転生したら剣でした16
"I became the sword by transmigrating" Story by Yuu Tanaka, Illustration by Llo
棚架ユウ
イラスト／るろお
GC NOVELS

フラン
クーネ
師匠

アル・アジフ
「我が血肉を奪って出でよっ！
『継ぎ接ぎの骸ども』おおおおおおお！」
ジャン・ドゥービー
ウルシ

「あっち、いいにおい」

「オン！」

『これ、王城に辿り着くのはいつになるんだ？』

転生したら剣でした16

"I became the sword by transmigrating" Story by Yuu Tanaka, Illustration by Llo

棚架ユウ
イラスト／るろお

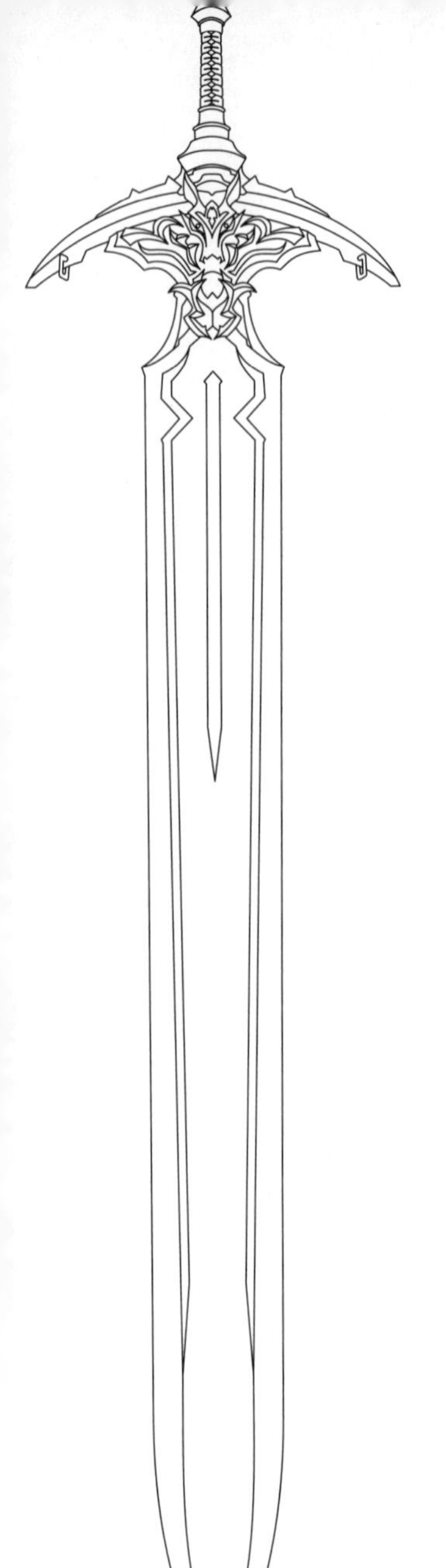

CONTENTS

"I became the sword by transmigrating"
Volume 16
Story by Yuu Tanaka, Illustration by Llo

第一章　ベリオス王国にて

「いらっしゃいフラン。待っていたわ」

「ん」

「フランにお茶を」

　部屋の主であるハイエルフの命令に従い、宙にフワフワと浮いたティーポットとカップが近寄ってくる。俺には見えないが、下位の精霊が茶器を運んでいるのだ。一時の凄まじい消耗は回復し、簡単な精霊魔術なら問題なく使えるようになったようだな。

　ヴィヴィアン湖の大魔獣を滅ぼしてから、すでに一〇日が経過した。

　ウィーナレーン――ではなく、ウィーナによる事後処理も一段落している。

　ウィーナとレーンに分離したため、今はウィーナと名乗っているのだ。急に名前を変えたと言われた周囲は、かなり戸惑っていたね。ただ、圧倒的な実力と権力を持つウィーナに対し、深く聞いたりはできないようだった。

　彼女の変わり果てた姿を見た多くの者たちが驚愕していたが、その影響力はほとんど変わりないように見える。

　様々な後始末で実際に動くのは周辺の領主や冒険者ギルドではあるが、指示を出したのはウィーナなのだ。まだ力が大きく弱体化したとは知られていないからというのもあるだろうが、今までの積み重ねのおかげだろう。

また、町からでも見えたあの大魔獣を滅ぼしたという事実も、彼女の発言力の向上に一役買っているみたいだ。

冒険者たちなどは英雄を見る目である。その指示に完全服従と言ってもよかった。

そうして、ある程度の指示を出し終えたところで、派遣されてきた国の役人などに仕事を引き継ぎ、ウィーナは学院に戻ることとなったのである。

役人たちも本当は町に残ってほしそうだが、無理やり引き止めるわけにもいかない。結局、ウィーナを見送るしかなかったようだ。

フランも復興のためのクエストをいくつかこなした後で、ウィーナと一緒に学院に帰還できていた。

学院では、変わり果てたウィーナの姿に大騒ぎだ。右手や右目が、よく解らない黒いモノに覆われているのである。

だが、さすがに二日もすると落ち着いてきたようだ。普段、生徒たちはあまりウィーナレーンに接することもないし、問題ないと説明されればそんなものかと思うのだろう。

教師たちは未だに慣れないようだが、そこは時間をかけてもらうしかなさそうだ。

まあ、明日には学院を発つ俺たちにできることはあまりないしな。

今日は最後の制服姿で、今後のことを相談にきたのだ。

「それじゃあ、ゼロスリードは本当にこちらで引き取るという形でいいのね？」

「ん」

今はウィーナたちと、ゼロスリードとロミオの処遇について話し合っていた。

これは、俺としても気になっていたのだ。

フランは、ゼロスリードと命をもらう的な約束を交わした。全てが終わったら、ゼロスリードが自分の命を差し出すとまで言っていたのだ。だが、フランが今更ゼロスリードを殺すとは思えない。

フランは、ロミオとシエラに親近感を覚えている。自分と重なる部分があると知ってしまったのだ。友情とは違うだろうが、何かしらのシンパシーを感じているようであった。

ゼロスリードを殺すとなれば、確実にロミオからは恨まれ、シエラは敵に回るだろう。フランとしても、それは嫌なはずだ。

無論、ゼロスリードに対するわだかまりが消えたわけではないが、絶対に殺さなくてはいけないかと言われれば、それは違うと思う。

キアラ自身が、敵討(かたきう)ちなんて下らないと言ってくれていることも大きいだろう。言い方は悪いが、ゼロスリードを殺さずに済ませるための言い訳がすでにある状態だ。

そしてフランの決断は、ロミオとゼロスリードをウィーナに預けるというものであった。

「本当にいいのね？　あなたにとっては仇(あだ)なのでしょ？」

「……ロミオには、ゼロスリードが必要だから」

赦(ゆる)すとも、水に流すとも言わない。だが、ここでゼロスリードの命にこだわるつもりはないようだった。

フランは、ロミオのことを考えているのだろう。

ロミオの願いは、恵まれた環境を得ることでも、優しい保護者の下で保護されることでもなく、ゼロスリードと一緒にいることだ。

だが、ゼロスリードは犯罪者として追われている。そんな彼が大手を振って歩ける場所は少ない。

そして、自治権を持った学院はその数少ない場所の一つであった。

また、ウィーナが弱体化し、レーンの力も弱まってしまった学院には、特別な戦力がない状態だ。ゼロスリードの力は学院にも必要だろう。

ロミオ、ゼロスリード、ウィーナ、シエラ、全員に恩を売れる決断である。まあ、フランはそこまで考えていないだろうがな。

むしろ、どうするか悩んだ挙句、ウィーナに押し付けた感じだった。多分、考えすぎて、自分でも訳が分からなくなってしまったのだろう。

シエラと魔剣ゼロスリードは、気づいたら姿を消していた。

あいつらの場合、別にここに留まらなくてはいけない理由もない。罪を犯しているわけでもないし、学院で依頼を受けていたわけでもないのだ。こっちの世界における彼らの身分は、単なる冒険者だった。

ただ、ロミオとゼロスリードの処遇が気になって残っていたのだろう。それらを見届ければ、用はないということらしい。

どこに行ったのかは分からんが、魔剣ゼライセを追っていったんじゃないかと思う。こっちのゼライセは死んだが、シエラたちにとっての真の仇は魔剣ゼライセの方だからな。

ネームレスたちは、結局どうなったか分からなかった。ウィーナも、そんな小物は分からないと言うし、逃げた可能性は高いだろう。彼女にとっては、戦場でチョロチョロしていたアンデッドくらいの印象しかないらしい。

残るは、俺たちの今後についてだ。

フランの教官としての役割は終わった。というか元々は、敵対しそうになった学院の精霊を誤魔化すために、無理やりに教官になったわけだ。いや、教官になるために学院にきたわけだから、フランは嫌がっていないんだけどさ。

ウィーナたちを助けたことで、教官を勤めあげたと正式に認められたらしい。これで教官を辞めても、守護精霊に攻撃されることはなくなったようだった。

ウィーナが弱くなって契約は平気なのかと思ったが、すでに結ばれた契約に変化はないそうだ。つまり、今後も学院の防御は鉄壁ということだろう。レーンまで加わるわけだしな。

「今回は助かったわ。ありがとう」

ウィーナが深々と頭を下げる。

口調などはウィーナレーンであった時となんら変わっていない。しかし、明らかにその内側に変化がある。

以前のような不安定さがなりを潜め、どこか安心して話を聞いていられるのだ。

一つの体に二人の魂という状態が解消されたことで、精神的に安定したようだった。

本来のウィーナに戻ったのだと思う。

そんなウィーナが、頬に手を当てて悩むように息を吐いた。

「ただ、報酬に悩むところなのよね」

「お金じゃないの？」

「それは当然支払うわ。でも、今回これだけ助けられていて、金銭でのお礼だけで済ませるつもりはないわ。相応(ふさわ)しい報酬を支払います」

「おお～」

ウィーナの言葉に、フランが瞳を輝かせる。彼女ほどの大物が、相応しいと言い切るほどの報酬だ。かなり期待できそうである。

こういう時、フランは遠慮しないのだ。フランもそれが分かっているのだろう。

「何くれる？」

「とりあえず、以前から約束していた報酬から先に渡しましょうか」

「約束？」

「ええ、剣さんなら覚えているわよね？」

『ああ、そういうことか。勿論だ』

「なるほど」

フランも思い出したらしい。まあ、忘れるわけもないんだが。

「狂っていないインテリジェンス・ウェポンの情報を教えるわ」

ウィーナが出会ったことがあるという、多くのインテリジェンス・ウェポンたち。

その中でも珍しいという、狂っていないインテリジェンス・ウェポンの情報は、是が非でも知りたかった。俺にとっては、どんな報酬よりも有り難いのだ。

湖の異変の原因を突き止めたら教えてもらえることになっていたんだが……。原因を突き止めるどころか、大本を消滅させてしまったからな。

当然、解決という扱いで、情報を教えてくれるらしい。

「まだ彼女が現存しているかどうかわからないけど……」

「彼女？」

『女なのか？』

俺たちは驚きの声を上げてしまった。

男だなんて決まっているわけじゃないんだが、過去に出会った剣の人格は全てが男だった。

俺もそうだし、魔剣ゼライセも魔剣ゼロスリードも、神剣ファナティクスも基本人格はそうだった。

そのせいで、無意識に相手が男だと思ってしまっていたらしい。

アナウンスさんは女性だけど、元人間なわけじゃないしね。

『女か』

中に入っている精神が元々人間のものならば、当然性別がある。

いや、剣に性別などないといえばそうなんだが、やはり中の精神の性別は重要なのだ。だって、俺が女性風呂に入ったら事案だろ？　きっと、色々な人に怒られる。

フランの場合は子供だし、俺は保護者だから混浴もぎりぎり許される。そこは譲れん！　だが、他の女性のいる風呂にはちょっぴり入りづらいわけだ。

精神が女性となると、その場合――。

「なんか悶えているけど、話を続けていいかしら？」

『おっと、すまん。ちょっと驚いちまった。続きを頼む』

「ごめんなさい」

「私が彼女と出会った場所は、呪われた大陸ゴルディシア」

『ゴルディシア……』

世界を滅ぼしかねない、最悪の魔獣に滅ぼされた大陸。今はその魔獣が大陸外に出るのを押し止めるため、巨大な結界に覆われているそうだ。そして、世界各国から派遣された騎士団や冒険者が、魔獣と戦い続けているという。

確かに、伝説上の存在と謳われるインテリジェンス・ウェポンが存在するに、相応しい場所かもしれない。

『ウィーナレーンがそのインテリジェンス・ウェポンと持ち主に出会ったのは、一〇〇〇年以上前なんだろ？』

「ええ」

ということは、持ち主が代わっている可能性は高いだろう。

『まだゴルディシア大陸にいる可能性は低そうだよな……』

「ん……」

神剣もそうだが、長きに渡り様々な使い手の間を流転し、その所在が分からなくなっていることが多いのだ。

だが、ウィーナは俺たちの心配を否定する。

「いいえ、それは多分大丈夫。むしろ、彼女が破壊されていないかの方が心配ね」

「？」

『どういうことだ？』

「使用者はまだ生きているから」

『はぁ？　マジか？』

一〇〇〇年だぞ？　いや、それでも生きている存在が全くいないわけではない。ウィーナたちハイエルフなど、その筆頭だ。

『もしかして、インテリジェンス・ウェポンの持ち主は、ハイエルフ？』

そう尋ねてみると、ウィーナは首を横に振った。ハイエルフではないらしい。

他に、そんなに寿命が長い種族がいるのか？　まあ、俺が知らないだけで、結構いるのかもしれんが。

『じゃあ、どんなやつなんだ？』

「所持者は不老不死の罪人。名はトリスメギストス」

「えっ？」

『あの？』

フランが驚きの声を上げた。それだけ、飛び出した名前が衝撃的だったのだろう。

『神罰で永遠に魔獣と戦い続けることを強制されたっていう、竜人の王様だったか？』

「そうよ」

「トリスメギストス……」

フランが珍しいほどに驚きの表情を浮かべている。まあ、仕方ない。何せ、お伽噺に語られるような超有名人にして、史上最悪の罪人と言われている存在なのだ。

異世界人である俺はともかく、常識人とは言いづらいフランでも知っていた。

こちらの世界でも、特に有名な大悪人であるらしい。

だが、名前を聞いて思い出した。

『そういえばフレデリックが、トリスメギストスがインテリジェンス・ソードを持ってるって言ってたな』

ファナティクスに支配され、暴走した半竜人の少女ベルメリア。彼女の守役(もり)にして、自身も半邪竜人という種族だった男性である。

ゴルディシア大陸出身であるらしく、色々と情報にも詳しそうだった。

王都での事件後、姿を消したらしいが、彼がファナティクスの存在を知った後に、そんな話を漏らしていた。

二人の話に出てきたインテリジェンス・ウェポンは、同じ存在だったってことか。

「名前は――いえ、銘はファンナベルタ」

『ファンナベルタ』

それが狂っていないインテリジェンス・ウェポンの名前か。

「そう。かの竜人王トリスメギストスの副官にして相棒。冷血の魔女。虐殺剣士。黄金王の影。様々な異名を持っていた高位魔術師であり、自ら望んでインテリジェンス・ウェポンになったエルフ。それが彼女よ」

『元エルフ!』

だから、ウィーナたちと知り合いなのかもしれない。

『今の異名を聞いた感じ、友好的に話を聞くのは難しそうか?』

「そうね。少なくとも、とっつきやすい相手ではなかったわね」

ウィーナが遠い目をして、大昔の記憶を掘り起こそうとしてくれる。あまりにも大昔であるため細かい部分の記憶は薄いようだが、その冷徹な性格は忘れられないらしい。トリスメギストスの副官として、彼の補佐をすることだけを生き甲斐にしているような女性であったそうだ。

「トリスメギストス至上主義者ってところかしら？」

『……それってさ、剣になる前から狂ってたとかいうオチじゃないよな？』

最初から狂ってたから、剣になってもこれ以上は狂いません的な？

「まあ、少なくとも会話ができないほどには狂っていなかったとは思うわ。狂信者ではあったかもしれないけど。それに、剣になってからも永い間、変わらない精神を維持できているということは確かでしょう？」

『それはそうだな』

狂わない方法と、自分を保つということはイコールと言ってもいい。剣にならずに、俺として存在し続けられる方法があるなら、ぜひ聞いてみたかった。

違う時間線の、剣に成り下がった自分を見たことで改めてそう思う。

俺は、絶対にああはならない。フランが泣くからな！

「問題は、ファンナベルタがまだ無事かどうかってことよ。あの地獄みたいな大陸で、破壊されずに今も残っているかは分からない。トリスメギストスの愛剣であるということは、毎日激しい戦いに身を置いているということだから」

神罰として、魔獣と永遠に戦うことを宿命づけられているというトリスメギストス。確かに、その戦いは激しいものだろう。それこそ、武具なんてすぐに破損してしまうほどに。

「ゴルディシア大陸……」

『危険だが……』

正直、ファンナベルタに会ってみたいとは思う。だが、場所があまりにも危険すぎた。しかし、珍しくフランが俺の言葉を遮り、力強く宣言する。

「絶対に、いく」

『ああ、頼む。俺に力を貸してくれ』

「ん！」

フランは、俺のためにゴルディシア大陸へ行こうとするだろう。俺が危険だと言ったところで、止まらないはずだ。俺も、今回ばかりは止めない。自分のためにも、フランのためにも。

だから、ここは「ごめん」じゃなくて、「頼む」が正しいのだ。一緒に、危険な大陸へと向かって、インテリジェンス・ウェポンを探してもらわなきゃならないからな。

「オンオン！」

『分かってるよ。ウルシも頼むぞ』

「オン！」

「仲がいいこと」

「ん！」

「オン！」

揶揄（やゆ）するようなウィーナの言葉に、フランもウルシもドヤ顔で頷き返す。それを見て苦笑しながら、ウィーナは肩をすくめた。そこには皮肉気な様子は微塵もなく、なんでもない会話を楽しんでいるようだ。

少し前の余裕を失ったウィーナレーンであれば、絶対に見せない顔だったろう。

「はいはい。私が知っているインテリジェンス・ウェポンの情報はこんなところね。後は……何か欲しいものとかない？　特にないならお金の報酬を増やしておくけど」

「む……師匠？」

『ちょっと待てよ……』

俺たちはそこまで金を必要としていない。普通の冒険者が最もお金をつぎ込む武具が、すでに最高品質なのだ。

自画自賛になるが、俺よりも優れた剣なんて金を出せば買えるようなものじゃないし、防具は神級鍛冶師のお手製である。

多分、国によっては国宝級だろう。

しかも、自動で修復するからメンテナンスにもお金はかからない。

すでに今回の報酬として、大金を貰えることになっている。今回使い切った高品質のポーションなどを補充したとしても一〇〇〇万ゴルド以上手元に残る計算だ。これ以上の金銭、俺たちには不要だった。

それに、相手は長い時を生きるハイエルフだぞ？　しかも権力者。ここは金銭には代えられないような報酬をお願いしておく方が絶対にお得なはずだ。

それこそ、金を積んだからといって手に入るかどうか分からないような、貴重なアイテムや情報をである。

『金は要らん！　他に何か、役立ちそうなアイテムとか情報の方がいいんだけど』

「うーん……。そんなこと言われてもねぇ……」

ウィーナも左手を顎に当てて悩んでしまう。

「フランが喜びそうな報酬となると、天龍の寝床への立ち入り許可かしら？」

「天龍の寝床？　あの浮遊島？」

「ええ。しかも、送迎付きでどう？」

S級の魔境で、脅威度A魔獣の天龍がウヨウヨ棲んでいるって場所だ。

『立ち入り許可をもらえたとしても、俺たちだけで入ったりしないぞ？　危険すぎる』

「えー」

俺の言葉にフランが不満げな声を上げるが、ここは譲れん。

『えーじゃない。こればかりは絶対にダメ！』

「まあ、そうよねぇ。私の状態が万全なら手助けできるんだけど、今はこれだから」

ウィーナが左肩をすくめて、ため息をつく。確かに、ハイエルフの護衛付きだったらぜひ行ってみたい場所である。

何せ天龍の素材は最高ランクだからな。あのランクA冒険者のアマンダが、自分の相棒として使っていた鞭も天龍の素材を使って作った武器だった。

武闘大会で壊れてしまったが、未だにあれ以上の鞭は手に入っていないようだ。それだけ希少で、強大な力を秘めているということなのだろう。

天龍の素材があれば、フランの防具をさらに強化することなども可能かもしれない。

だが危険すぎる。相手は、一対一でも俺たちより強いかもしれない相手だ。それが複数いたら、絶対に勝てない。

　大概の冒険者は隠密行動で素材を少しだけ持ち帰るそうだが……。

『さすがに鱗一枚とかじゃ、大した強化は見込めないと思うんだよな』

「むぅ……。残念、アマンダにプレゼントしたかった」

『アマンダに？』

「ん。鞭の素材になる」

　なんと！　自分が高位魔境である天龍の寝床に興味があるだけだと思ってたら！　アマンダへのプレゼントだと？

　フランの成長を実感できて、俺は嬉しいぞ！

　そうなると俺も協力してやりたいんだが……。

『なあウィーナ。鞭を作るために必要な天龍素材って、何がある？』

「鞭？　だったら髭でしょうね。あとは魔石に、鱗や髪も必要になるかしら？」

『だよな』

　やはり、忍び込んで落ちている素材を少しばかりかすめ取ってくるくらいでは、鞭の材料は揃いそうもなかった。鱗などを少数贈るだけでもアマンダなら大喜びしてくれるだろうが、どうせなら実用的な物を贈りたい。

　ウィーナも、俺たちが何を求めているのか察してくれたんだろう。軽く頷きながら、ある情報を口に出した。

「そうねぇ。天龍の素材、実はうちの学院の宝物庫にあるわよ？」

『本当か？』

「ええ。少し必要な素材があって、一匹狩ったのよ」

当時の国王の病を治すために、天龍の内臓から作る薬が必要だったらしい。

結果、鱗や髭、角や魔石などは使われず、とりあえず宝物庫に仕舞い込まれたままになっているそうだ。

普通ならそれで武具を作るのだろうが、ハイエルフであるウィーナレーンに防具は必要なく、経営が順調な学院としては売る必要もない。

結果、ウィーナでさえ忘れかけていたということだった。

「じゃあ、それ欲しい！」

「ふーむ……。鞭を使うのはアマンダってことでいいのかしら？」

「ん」

「高位の冒険者が使用するのだとしたら、中途半端な性能だとまた壊れるわね。髭に髪、魔石は当然として、眼球や骨なんかも――」

ウィーナが何やら考え込んでいる。少しすると、精霊が寄ってきた。ウィーナが呼んだらしい。気配は感じるが、さすがにどんなやり取りをしているかはわからない。

そして、ウィーナが難しそうな顔で口を開いた。

「私としては、天龍の素材を一式あげてもいいと思うわ。全身あげたっていいくらい。でも、そうもいかないっぽいのよ」

学院の宝物庫に収蔵されているということは、その管轄は学院。つまり、守護精霊たちの管理下にあるということだ。

たとえ学院長であっても、ウィーナが独断で自由にすることはできないらしい。今回の働きへの対価として支払うという形ではあるが――。

「学院から支払える報酬の上限が、決まってしまっているのよね」

今回のフランへの報酬は、学院が定める最高ランクとなっている。それでも、金額に直せば二〇〇〇万ゴルドが上限であるそうだ。どれだけの働きをしたとしても、それ以上は精霊が許さない。

つまり天龍素材の価値は二〇〇〇万ゴルドを優に上回っているということなんだろう。

「私の所持品にしておけば、問題なかったんだけどね」

『じゃあ、今回支払ってもらうはずの報酬を全部天龍素材にしてもらったら？　金は要らない。むしろ支払うから』

俺たちに支払われる報酬は、学院からの報酬にウィーナがポケットマネーから色を付けてくれる形になっている。金額にすれば四〇〇〇万ゴルド。

つまり、学院から二〇〇〇万。ウィーナから二〇〇〇万だ。ウィーナからの二〇〇〇万を学院側に支払って、天龍素材を買う形にすればどうだ？

「それでも、なのよ。私にもう少し蓄えがあれば、もっともっと上乗せしてあげられたんだけど……。あと一〇〇〇万くらいしか支払えないし」

何千年も生きるハイエルフのウィーナ。しかし、彼女は意外にもそこまでの資産家ではなかった。勿論、一般人からすれば億万長者だが、彼女レベルの強者の財産としては想像よりもはるかに少ないのだ。

ただ、それには理由があった。

学院で生活するには金などなくとも済むし、華美な生活を好む性格でもない。何かのコレクターでもなければ、金を溜めこむ趣味もない。それに、いざとなれば身一つでなんでもできる。

ぶっちゃけ、金など必要なかったというわけだ。それゆえ、積極的に金を稼ぐこともせず、思いつくままに寄付したりしながら、日々質素に過ごしてきたらしい。

それでも、毎年学院長に支払われる報酬を適当に貯めこんだ結果が、今回俺たちに支払われる報酬、二〇〇〇万ゴルドだった。あと一〇〇〇万は支払えると言ったが、それでも天龍素材一式には届かないらしい。

『なら、髭とか魔石とかだけ売ってもらうのは？』

「それでもいいけど……。中途半端な素材で作るくらいなら、報酬で最高級のダンジョン品でも買う方がよっぽど高性能になると思うわよ？」

「むぅ……」

やはり、そう簡単にはいかないか。

だが、悩む俺たちに対し、ウィーナが思案気に口を開いた。

「解決策があるわ。学院からの依頼を一つ受けてみない？」

「依頼？」

『内容によるけど』

どうやら天龍の素材の価値は、五〇〇〇万ゴルドを大幅に超えているらしい。なのに、たった一つ達成しただけで、不足分を補填できるレベルの依頼？　絶対に簡単な依頼ではないだろう。

「あなたたちは、ゴルディシアの責務って知ってるかしら？」

「？」

『いや、知らん。ゴルディシア大陸に関係するんだろうってことは理解できたが……』

「まあ、簡単に言えば、各国に課せられたゴルディシア大陸への派兵や援助に関する取り決めのことなんだけどね」

ゴルディシア大陸では、トリスメギストスが生み出した禁忌の魔獣、深淵喰らいとの戦いが今でも続いている。

まあ、俺も伝聞で聞いただけなので、どんな戦いなのかはいまいち分からんが。

そして、その戦いには世界中の国が様々な援助を行っていた。兵力を派遣する国、物資を提供する国、運搬を担当する国。それぞれの国が、それぞれにできる援助をしているのだ。

この援助は『ゴルディシアの責務』と呼ばれ、世界各国に参加が義務付けられているそうだ。この責務を放棄した場合、様々なペナルティがあり、悪質な場合は周辺国との戦争にさえ発展する。

実際、このゴルディシアの責務を無視したあげく、兵力をゴルディシアに派遣中の隣国に攻め入ったとある侵略国家が、その後周辺国家の連合軍により攻め滅ぼされるという事件が起きたこともあった。

ゴルディシアの責務は、世界を守るためには必要なことである。従って、それを無視しても平気であるという認識が生まれないよう、制裁はかなり厳しいものになるらしい。

なんと、あのレイドス王国ですらゴルディシア大陸への援助は怠らないというのだから、その強制力は中々のものと言えるだろう。

「で、我がベリオス王国なのだけれど、いつもなら金銭の援助と輸送用船舶の提供、雇った冒険者の派遣を行っているわ。場合によっては私が出張することもあるし。でも……」

『次回に金銭援助をしたり、兵士を派遣するのが難しいってことか？　ウィーナの参戦は当然無理だし』

「その通り。ベリオス王国の受け持ちは今年か来年。でも、今回の事件で馬鹿にならない被害が出てしまった」

「今年か来年？」

そこまで直近のことだとは思っていなかった。

『そりゃあ、確かに厳しいな』

「金銭面は無理をすればどうにかなる。でも、兵力はちょっとね……」

復興のためにも、労働力はいくらでも必要だろう。それに、ただでさえ数が減った冒険者を国外に派遣するなど、許されるわけがない。

たとえ来年まで待ったとしても、劇的な回復は見込めないだろう。

「一応、重大な災害などで国力の低下が認められた場合なんかには、責務の軽減や延長が認められている。でも、それは最後の手段にしたいの」

他国に弱みを見せることで、ベリオス王国の影響力が下がってしまうそうだ。

俺たちには下らないと感じてしまう政治の話だが、国のお偉いさんとしては無視できないことなのだろう。

『つまり、フランにベリオス王国の代表として、ゴルディシアに行けってことか？』

「そういうこと。まあ、国だけではなく、魔術学院の代表としてでもあるけど。報酬は学院と国、両方から出るわ」

つまり、魔術学院代表として、他のベリオスから派遣される人間と一緒にゴルディシア大陸へと渡れということなんだろう。

『うーん。確かにゴルディシア大陸にはいつか行くつもりだったけど……』

国を背負ってなんて、不安じゃないか？　だってフランだぞ？　戦闘能力に問題はないと思うが、問題行動を絶対に起こさないなどとは確約できない。

保護者の俺としては、そんな責任ある立場をフランに任せるのは反対だった。

そのことを伝えると、ウィーナは軽く肩をすくめる。

「言っておくけど、そこまで肩肘を張らなくても大丈夫よ」

俺の想像では軍隊に組み入れられ、命令厳守のお堅い戦場を想像していたんだが、もっといい加減な場所であるそうだ。

それこそ、ゴルディシアに着いた後は、個人での自由行動が許されるほどに。

そこら辺は、各国の自由裁量となっているらしい。まあ、小国だと、大国のお願いという命令に従うしかないそうだが。

「ハイエルフである私の後ろ盾があるベリオス代表に、無理難題を押し付けようとする愚か者なんていないでしょうね」

『でも、自由に行動して、戦果の確認とかはどうするんだ？　冒険者ギルドの依頼みたいに、倒した魔獣の素材を提出するとか？』

「いえ、そこはもっと簡単よ」

大陸に入る時に特殊な魔道具に登録することで、大陸内での戦果が分かる仕組みがあるらしい。それにより、大陸内でフランが深淵喰らい相手にある程度戦えば、それでベリオス王国が責務を果たした扱いになるという。

「つまり私からの依頼は、ベリオス王国が派遣した冒険者としてゴルディシア大陸に渡り、あとは適度に暴れること。それだけよ？」

『なるほど……。深淵喰らいっていうのは、どれくらい強いんだ？』

無限に成長増殖するという話は聞いているが、それ以外の情報は少ない。一般兵士も戦っているという話から、そこまで戦闘力が高くはなさそうだとは思うんだが……。

「中々説明が難しいのだけど――」

ウィーナが簡単に説明をしてくれた。

まず、深淵喰らいの見た目は、無色透明なスライムのような姿であるらしい。もしくは、スライムの幽霊とか言われることもあるんだとか。

そしてそのサイズは、それこそ大陸をスッポリと覆ってしまうほどである。

なんと、ゴルディシア大陸を覆う神の結界の内側は、深淵喰らいによって隙間なく満たされているそうだ。

イメージ的には半透明のドームがあり、その内側に深淵喰らいがみっちりと詰まっている。まさにそんな感じらしい。

『え？　でも、結界の中に入って戦うんだろ？』

「そうよ」

『それって、深淵喰らいの中に入るってことにならないか？　危険じゃないのか？　それに、空気とかは？』

「深淵喰らいは半霊質の魔獣。そこにはいるけど触れられない。少し精霊に似ているかもね。体内と言っても、深淵喰らいそのものがこっちを害するわけでもない」

『でも、だったら危険なんかないんじゃ？』

「それは違う。深淵喰らい本体には、攻撃力はない。ただそこに在るだけ。でも、深淵喰らいがその体内で生み出す魔獣は別。そいつらはどんな物にも襲いかかり、食べ、力を深淵喰らいに送り続ける」

『魔獣を延々と生み出す大本になるってわけか。つまり、深淵喰らい本体をどうこうするのではなく、生み出される魔獣を倒すのが仕事ってわけだな？』

「その通り。深淵喰らいの体内で生み出される魔獣は、抗体の魔獣。抗魔と呼ばれているけど、その抗魔をできるだけ多く倒してもらいたいの。ある程度の成果を上げてくれれば、後はどう行動しようとも自由よ？」

ゴルディシア大陸には行く予定だし、行けば抗魔との戦いは避けられないだろう。それで依頼を達成することができるのなら、有り難いかな？

未だ迷っている俺たちに、ウィーナがダメ押しをしてくる。

「しかも、この依頼を受けるメリットは、報酬だけではないわよ？」

『どういうことだ？』

「一般渡航でゴルディシアに渡るとなると、色々と制限があるし、ノルマも課せられる。でも、私の依頼を受けてゴルディシアに行くのであれば足もこちらで用意するし、向こうでの上陸もスムーズ。しかも、他の国に無理やり組み込まれることも、横やりを入れられることもなく、自由に行動が可能。これはメリットと言えるんじゃない？」

「ん。自由なのはいいこと」

『だな』

どうせ行くんだったら、依頼を受けてもいいかもしれない。俺は前向きに考えてもいいと思い始めたんだが、フランは少し悩んでいるようだ。

『何か気になることがあるのか？』

「ん……。レイドス王国。ほっといてもいいの？」

『まあ、確かにやつらの動向は気になるが……。でかい国相手に、俺たちだけでできることなんかないだろ？』

あの国に冒険者の入国は認められていないし、潜入したとしても何をする？　広い国内を隠れて移動しながら、どこにいるかもしれないネームレスやゼライセの関係者を探すのか？

下手したら国全てが敵に回る状況で？

いくらなんでも無謀すぎる。仮に国外でネームレスを探すとしても、どこに行けばいいかも分からない。

「レイドス王国に関しては、私から各国、各ギルドに連絡してある。そっちの反応を待ってからでも遅くはないわ。今すぐレイドス王国を滅ぼしたいわけでもないのでしょう？」

「ん」

「いずれは、やつらにもかならず落とし前を付けさせる。あなたの力を借りる時が来るわ。それまでは、我慢しなさい」

ウィーナは、自分たちにちょっかいを出してきたレイドス王国に容赦をするつもりはないのだろう。自分で制裁をする力がなくなったとしても、なんらかの方法でレイドスに対抗するつもりであるようだった。

だとしたら、ウィーナが対レイドスに集中するため、その仕事を肩代わりするのが俺たちにできることだろう。ゴルディシアの責務の負担を軽くすることは、巡り巡って俺たちのためにもなる。

「わかった」

フランにとってレイドス王国は、自分の周りに迷惑をかける嫌な国だ。だが、憎んでいるとか、滅ぼしたい相手というほどではなかった。

せいぜいが、痛い目を見ればいいのにくらいの感情だっただろうか？

まあ、今までは、だが。

ゼライセと手を組み、ネームレスを生み出し、ジャンを狙っているという情報もある。フランにとってレイドス王国の権力者の一部は、倒さねばならない相手になっていた。

とはいえ、フランも自分一人でどうにかしようとは思っていない。ウィーナが動くというのであれば、それを待つことはできる。

「じゃあ、ジャンに伝言だけ届けたい」

「あなたが言っていた、ネームレスというデミリッチについてね？」

「ん」

「それも任せておきなさい。あなたから得た情報は、ギルドに全て伝えておくから」

「お願い」

ウィーナは冒険者ギルドにも影響力があるだろうし、任せておいて問題ないだろう。

そうしてウィーナと今後のことを話していると、部屋に新たな人影が現れた。

だが、扉は一切開閉されていない。

突如、湧き出るように出現したのだ。

「フラン、私からもお礼を言わせて。あなたのおかげで、無事に守護精霊になれたわ」

「レーン」

それは、学院の精霊として契約を結び直した、レーンであった。

ウィーナレーンと大魔獣に分散していた力を取り戻したとはいえ、その肉体はすでに消滅し、精霊として存在が定着してしまっている。

肉体を再構成し、ハイエルフに戻ることは不可能だという。

ウィーナはなんとか肉体を取り戻す方法を探そうとしていたが、それを拒否したのはレーン本人だった。

「精霊として在るのが、湖の精霊を取り込んでしまった私のケジメだから」

レーンが精霊化したのは、大魔獣の中に取り込まれた湖の精霊と契約を結び、一体化したからだ。

つまり、彼女の半身は湖の精霊のものでもある。

精霊というのは人とは全く違う思考をするし、意識の在り方や価値観も違う。レーンと同化したとしても、湖の精霊がそれを嘆いているわけでもない。しかし、レーン本人がそれを許すことができないのだろう。

精霊として、ウィーナの側にいたいと口にしていた。

だが、精霊として存在するにしても、疑問に思ったことがある。

『ウィーナと契約するんじゃなくて、学院の守護精霊になったのはなんでだ？』

ウィーナ個人の契約精霊ではなく、学院に縛られた守護精霊となったのだ。

「それだと私とウィーナの間に上下関係が生まれてしまうでしょ？」

『学院の院長と守護精霊でも、上下関係はあるんじゃないか？』

「そこは平気よ。定められたルールの下に、私もウィーナも平等だから」

「平等に、学院に縛られているとも言えるわね」

俺が知る限り、魔術学院はこの世界でもっとも厳格に法が適用される。

多分、ウィーナレーンが自らが暴走しないように、自分の意思よりも守護精霊が守るルールが最優先される作りにしたんだろう。

情も好悪(こうお)も関係なく、罪は罪、功は功として判断される場所だった。

これなら、将来的に彼女以外が学院長になったとしても、横暴を防ぐことができる。権力者の気分次第でいくらでも法が捻じ曲げられるこの世界において、稀有(けう)な場所と言えた。

「正直、レーンも戻ってきて、私としてはもう学院長職を退いてもいいのだけれど？」

「だめよ。せっかく私の夢が叶ったのだから」

ウィーナの言葉をレーンが否定する。学院に縛られることが夢？　どういうことだ？

フランも意味が分からないらしく、首を捻っていた。

「夢？」

「そう。いつか学校を作って、子供たちに囲まれて過ごすのが夢だったの」

そういえば、まだ分離する前のウィーナレーンだった時に、そんなことを叫んでいたな。レーンのために学院を開いたと。

「レーンはね、子供の守護者の称号を持っていたこともあるのよ」

子供の守護者の称号！　アマンダが所持している、子供好きの子供好きによる子供好きのための称号だ。

それを持っていたということは、本当に子供が好きなんだろう。

『でも、守護精霊と先生じゃ、かなり違うんじゃないか？』

「まあ、ちょっとだけ違う形だけど、子供を見守ることができる立場だもの。満足よ」

本当にそれでいいのかと思ったが、レーンの表情は満足そうだった。先生になるというよりも、子供たちをそばで守り続けるということが重要なのだろう。

エルフで子供の守護者。アマンダにそっくりだな。そのことを告げると、レーンから驚きの言葉が返ってきた。

アマンダはウィーナレーンの子孫だという話だったが、正確にはレーンの子孫だという。アマンダがウィーナレーンのことを嫌っているのは、まるでウィーナがレーンを取り込んだように見えるからというのも、大きな理由であるらしい。

本当は子供好きじゃないのに、学院長なんてやって子供好きのふりをしていたのが一番の理由だろう。子供の守護者からすると、信用ならない相手に見えるだろうし。

『ま、レーンが喜んでいるんならそれが一番か』

「うふふ。ここ数千年で、今が一番楽しいわよ」

「ん。それはなにより」

レーンの顔には、以前のようなミステリアスなアルカイックスマイルではなく、人間味のある温かい笑みが浮かんでいた。

聖母というには親しみやすく、若い外見にしては安心感のある、まるで優しい学校の先生のような笑顔だ。

これが、本来のレーンの笑顔なのだろう。

小学校の時にこんな先生がいてくれたら、もっと学校が好きになれたかもな。

そう思える顔だった。

それから少しの間悩んでいたフランだったが、結局ウィーナからの依頼を受けることになった。デメリットよりもメリットの方が多い話だったからな。

出発は明日。といっても、いきなりゴルディシア大陸に向かうわけではない。

まずは依頼票を持ってこの国の王都に行かなくてはいけないらしい。そこで、他の参加者などと一緒にゴルディシア大陸に渡ることになるのだ。

「この後は、特別授業だったかしら？」

「ん」

「何か得るものがあれば幸いだわ」

ウィーナと別れたフランは、ある小さな教室へと向かう。なんと、そこでフランのための特別授業を行ってくれるというのだ。

職員室などで何度も顔を合わせたことがあるエルフの教師が、マンツーマンで熱の入った講義をしてくれた。

「――という感じになりますね。分かりましたか？」

「ん」

講義してもらったのは、精霊魔術についてである。まだ今日までは生徒でもあるということで、ウィーナが気を利かせてくれたのだ。

おかげで一通りは習うことができた。まあ、結局は、相性のいい精霊を見つけなさいってことだったが。

そして、授業の後はフランのお別れパーティーである。生徒たちが開いてくれたのだ。

フランが指導したことで驚くほど味が改善した学生食堂で、皆と食事をしながら別れの挨拶を交わす。

「ありがとうございました。勉強になりました」

「助けてくれてありがとう」

「また、来てください」

最初はビビらせてしまったけど、今ではすっかり受け入れてくれている。特に湖から学院に戻っての数日は、本当にクラスの一員のように過ごせていた。生徒たちが、寂しそうな顔で次々と挨拶に来てくれるのだ。

「もう行ってしまうのですね。残念です」

「本当ですよ！　同じ獣人仲間ができたと思ったのに……」

イネスやホリアルなどの教師陣も、別れを惜しんでくれている。

「あなたの指導を受けたクラスは、目に見えて実力が向上しておりました。このまま指導し続けていただければ、生徒たちも喜ぶのですが……。いえ、違いますね。私が同じように、鍛え上げてみせましょう！」

「ん。頑張って」

「は！」

イネスと話すフランはとても嬉しそうだ。ただ自分との別れを惜しんでくれているだけでなく、教師としても評価してくれているからだろう。

フランは教師役が意外と嫌いじゃない。まあ、偉ぶるのが楽しいという子供っぽい面もあるだろうが、自分の経験が他人の役に立つという部分にやりがいも感じているのだ。

その部分を本職の教官であるイネスに褒めてもらえて、自信が付いたのだろう。

「フラン」

「キャローナ」

「お世話になりましたわ」

次にやってきたのは、金髪デコドリルことキャローナだ。その目は少し赤いが、気丈に微笑(ほほえ)んでいる。フランとの別れで涙してくれるとは……。最初は冒険者ギルドでの微妙な出会いだったのだが、いつの間にか懐かれたものだ。

キャローナにとってフランは、戦技教官として彼女らを扱き、課外授業の引率をした上位者という印象が強いのだろう。

礼を言いながら頭を下げる彼女からは、深い感謝の想いとともに、格上に対する尊敬の念が感じられる。

だが、懐いているのはフランも同じだった。彼女に感謝し、尊敬している。

彼女がいなければ、フランの学生生活はもっと違うものになっていただろう。

他の生徒たちに馴染むのだって時間がかかっただろうし、こんな風にワイワイと騒ぐことなどできなかったかもしれない。

フランもそれを理解していた。確かに、戦士としてはフランが格上だ。だが、人としての経験ではキャローナの方が上である。フランはそう感じたらしい。

「こちらこそ、ありがとう」

キャローナに対し、頭を下げ返していた。

「キャローナのおかげで楽しかった」

「まあ、そんな……」

キャローナが目を丸くしている。フランのことを少なからず知ったことで、そんなことを言うタイプではないと理解しているからだ。だって、あのフランだよ？

俺も驚いた。

その気配が伝わったのだろう。フランが軽く首を傾げている。

（どうしたの？）

『いや、今日のフランは、いつもよりたくさん喋るなーと思っただけだ』

（そう？）

『ああ』

どうやらフラン自身も、気づいていなかったらしい。

『でも、自分の気持ちを素直に口に出すのは、いいことだと思うぞ？』

なんでもかんでも言えばいいってもんじゃないが、感謝の言葉くらいはね。

すると、フランが何かに納得したような表情で、コクリと頷いた。

（確かに）

『お、分かってくれるか？』

（ん。あっちの私と師匠。もっとちゃんと話してたら、ああなってなかったかも）

『ああ、なるほどな』

あっちの自分たちとの邂逅は本当に僅かな時間だったが、フランの中に残る何かがあったらしい。

濃密な時間だったからな。

「フラン……」

キャローナが感極まったように、口元に手を当てる。

「……また、来てくださいまし……」

「ん」

「ち、ちょっとだけ席をはずしますわ！」

ちゃんとした泣き顔を見られるのは恥ずかしいのか、キャローナが席を立つ。そんなプライドの高さも含め、最後までお嬢だったな。俺は嫌いじゃないよ？

「フランさん、ご無事で何よりです」

「情報助かった。ありがとう」

最後にやってきたのは、ベリオス王国への道中で出会った娘、カーナである。メッサー商会の情報は本当に助かったのだ。

「いえ、こちらこそありがとうございました」

「？」

「あ、そのレイドス王国からこの国を守ってくださって」

「自分のためだから」

「それでも、多くの人が助かったのは確かですから。あのまま大規模な戦争に発展していたら、両方の国でとてもたくさんの人が不幸になっていたはずです」

カーナがそう言って、再び頭を下げる。なんというか、その様子はとても痛々しく見えた。キャロ－ナたちのように嬉しさや安堵だけではなく、どこか悲しみや寂しさが籠（こも）っているのだ。

どういうことなんだろうな？　彼女には、レイドス王国出身の疑いがある。それなのに、レイドスからの侵略が失敗して、心の底から安堵しているように見えた。

深い事情があるのだろうが……。だが、何かを聞く前に、カーナはその場から立ち去ってしまった。何か用事があるらしく、引き止めることもできない。

『いずれ聞けたらいいな』

「ん」

その後も楽しく、パーティーは続いた。

フランにしては珍しく、夜遅くまで起きていた。多くの同年代の少年少女とワイワイ騒ぐのは、フランにとっても楽しかったらしい。

『フラン』

「？」

『楽しいな』

「ん！　楽しい」

色々と面倒ごとも多かったが、フランのその笑顔が見られただけで、この学院に来た甲斐があったというものだろう。


学院を後にして宿に戻ってきたフランは、宿の中央を貫く巨木を眺めながら神妙な顔で食事を摂っている。あれだけ飲み食いして、まだ夜食を食べるのかと言われそうだが、フランとウルシにとっては通常営業である。

お婆さんも、何も言わずに食事を出してくれたあたり、フランのことを分かってくれているんだろうな。いや、単純に、子供を構うのが好きなだけか？　まあ、いい宿に当たったことは間違いない。

『もう、ここの宿ともお別れか』

「オフ」

「……ん」

声に力がない。ここの食事は美味しいはずなんだが、いったいどうした？

『フラン、具合でも悪いのか？』

（……精霊、結局会えなかった）

『ああ。そう言えばそうだな』

古木に宿るという精霊とは、結局出会うことはできなかったな。精霊察知スキルを得た俺でも、その気配は感じ取れない。

だが、フランが不意に視線を上へと向けた。

『どうした？』

「オン？」

「精霊、いる」

『え？』

フランの呟きの意味が分からない。

だって、俺には何も感じられんぞ？　首を傾げているウルシにも、何も見えてはいないのだろう。

しかし、フランの目は虚空の一点をしっかりと捉えていた。

「……」

そのまま数秒間、フランが巨木の幹を無言で見つめ続ける。

その直後であった。

『！』

「見えた」

『お、俺もだ！』

「オ、オン！」

ウルシにも見えたらしい。食事をすることも忘れて、口をポカーンと開けている。

「――」

そこには、薄く光る緑色のリスがフワフワと浮いていた。外見は小動物だが、その内からはもっと深くて強い存在感を感じる。

古木の精霊だろうか？　どう少なく見積もっても、上位精霊だ。

不思議なものだが、姿が見えた途端に、相手の大きさが理解できた。見えない時には何も感じ取れなかったというのに。

それに、目の前に居ながら察知系スキルを完璧に誤魔化したという点を見ても、この精霊が相当な力を持っていると分かるのだ。

「ほほお。精霊様が自分から姿を現すとはのぉ。随分と気に入られたようだで」

「私が？」

「んだ」

エルフのお婆さんが、ニコニコとフランと精霊を見つめている。やはり、目の前にいる緑のリスが、古木の精霊だったらしい。

「お嬢に感謝しとるようだのぉ」

「なんで？」

「さて？　なんでじゃろうのぉ？　見えるんじゃやから、自分で聞いてみたらどうだで？」

いやいや、姿が見えただけでも奇跡だぞ？　いきなり喋れって、かなり無茶な気が……。

「ん。わかった」

「うんうん」

だが、お婆さんの言葉にフランが力強く頷いた。

『え？　すっごい自信満々だけど、やれるのか？』

「きっとだいじょぶ」

何やら自信があるらしい。

そして、ゆっくりと古木の精霊に近づいていく。

「……」

「……」

フランと精霊が、しばらくの間無言で目を合わせ続ける。

そこまで長くはない。一〇秒くらいだろうか？　やはり、会話できるとは思えん。

すると、精霊とフランが、何故か互いに頷き合う。

『え？　通じてんの？　今ので？』

（？　声、聞こえなかった？）

『うん？』

どういうことだ？　何か会話してたか？

『精霊のってことだよな？』

（ん。レーンを助けてくれてありがとうって言ってる）

『ウルシ？』

（オフ）
ウルシにも聞こえていない。

どうやら、フランにだけ精霊の声が聞こえたらしい。

なるほど、これが相性ってやつなのかもしれない。精霊魔術は、スキルレベルや技能の腕よりも、精霊との相性が重要だという。

極論、精霊魔術を覚えたての駆け出しでも、気に入られさえすれば人知を超えた大精霊と契約ができるのだ。

どうやら古木の精霊とフランは相性が良く、俺やウルシとは相性が悪いらしい。

というか、今思ったが、俺に相性とかあるのか？　だって剣だし。精霊ですら、俺に気付いていない可能性もあるよな？

「ん。なるほど」

「……」

「ふーん」

完全に精霊と会話が成り立っている。

『その精霊、レーンと知り合いなのか？』

（ん。レーンの友達だって。大魔獣から解放されて、喜んでる）

水と植物は相性がいいはずだ。きっと、水の上位精霊と植物の上位精霊同士、交流のようなものがあるのだろう。友というくらいだし、人の知らないところで遊んでいたりするのだろうか？

「あ……」

『お』

「オフ」

そんなことを考えていたら、精霊の姿がスーッと消えてしまった。ただ、フランには気配が感じ取れているらしく、精霊がいると思われる空間を目で追っている。

精霊は、ただ単に感謝の念を伝えにきただけであったらしい。だが、俺たちにとって、得たものは言葉以上に大きかった。

〈霊格の高い精霊を長時間視認したことで、フランが精霊魔術のスキルを習得しました〉

『は？　なんだって？』

「？」

〈才能が一気に開花したようです〉

まじかよ！　慌ててフランのステータスを確認する。確かに、精霊魔術を覚えていた。実は、先日の激戦の結果、フランもウルシもレベルが五つも上がっていた。

だが、その時には確実に精霊魔術など得ていなかったはずだ。

もしかして、古木の精霊はこのためにあえて姿を現してくれたのだろうか？　ともかく、フランが新スキルを得たことは喜ばしい。

『フラン、精霊魔術を覚えてるぞ』

「ほんと？」

『ああ、どうだ？　使えるか？』

「ん……」

フランがワクワクした様子で、意識を集中させた。出会った頃、魔術だってすぐに使いこなせたフランだ。初見のスキルだとしても、問題ないだろう。

そう思っていたんだが、すぐに集中するのを止めてしまった。耳と尻尾がへニョッと垂れ下がり、明らかに元気がない。

『フラン？』

「だめ」

『ダメか。スキルの使い方が分からないってことか？』

「スキルは使える。でも、木の精霊しか分かんない」

『今まで見えてた、古木の精霊のことだよな？　他の精霊の気配を感じ取れないってことか？』

「ん。それに、私じゃ木の精霊の力を借りれない」

精霊魔術は確かに発動していても、精霊に拒否されたってことらしい。相性が良さそうに見えたんだが……。

精霊魔術を使うのは、想像以上に難しいようだった。

昼間の授業で習ったことを思い返す。多分、既にお婆さんと深い契約を結んでいるため、他の契約者を欲しがっていないんだろう。精霊の中には複数の契約者を持つものもいれば、一人の人間の側に寄り添うことを好む精霊もいるらしい。

古木の精霊は、明らかに後者だった。

『もともと、使い手が少ない激ムズ魔術なんだ。のんびり練習していこう』

「ん。がんばる」

翌日。

俺たちは学院都市レディブルーの門の前にいた。

『この町でも色々あったな』

(ん)

あっちのフランのお陰で、剣になりかけた俺がどうなるのか知れた。人に教えることで、フランは成長もできた。そして、大魔獣の恐ろしさを目の当たりにし、真に凶悪な存在がいるということも知れた。

復活した大魔獣は、過去に出会った相手で最強クラスだっただろう。それに勝利したウィーナレーンは、まさに最強の中の最強だ。

そんな最強同士の戦いを目の当たりにできたことは、大きな経験になった。

まあ、本気で死にかけたけどな！

色々なことを思い返しながら、歩く。

「フラン。待っていた」

「シエラ？」

レディブルーの大門を潜った俺たちの前に、一人の少年が現れていた。ここ数日姿を消していた、シエラだ。

あちらの時間線からやってきた、ロミオ少年が成長した姿である。

ただ、彼らからは今後もシエラと呼ぶように頼まれていたので、フランも俺もロミオとは呼ばない。

「どうしたの？」

「改めて礼を言っておこうと思った。俺たちを見逃してくれたこと、感謝する」

シエラがそう言って頭を下げた。

魔剣ゼロスリードの正体が判明した際、シエラは全てが終わったら相手をすると約束をしていたのだ。つまり、フランの復讐心を受け入れ、戦いの場を設けるということだった。

だが、フランはシエラたちを見逃している。

ゼロスリードへの恨みはまだ残っているが、それはこっちのゼロスリードに対するものだ。

魔剣の姿になってしまったあっちのゼロスリードに対しては、そこまでマイナスの印象は持っていない。

むしろフランとしてはシエラに対してシンパシーを感じているし、今さら戦いたいとは思っていなかったのだ。

フランはシエラに対し、ゼライセが逃げたからまだ全部が終わったわけではないと告げ、戦いを回避していた。

『もしかして、礼を言うためだけに待っていたのか？』

「違う。いや、勿論礼を言うためでもあるが、少し思い出したことがあったんだ。それを伝えようと思って」

『思い出したこと？』

「ああ、あっちで得た情報だ」

あっちつまり、ここことは違う時間線で手に入れた情報ということだ。

「どんな情報？」

「あっちのフランが、師匠のことを神剣だと語っていたらしい。おじちゃんがまだ剣になる前に、そんな会話を聞いたと言っている」

『はぁ？　神剣って、俺がか？』

「ああ。その通りだ」

どういうことだ？　あっちの俺が神剣だった？

いやいや、そんな馬鹿な。

『廃棄神剣ってことじゃなく？』

「いや。おじちゃん相手には神剣開放するまでもないと、言い放ったらしい」

それは確かに、廃棄神剣じゃ有り得ない言葉だ。明らかに、現役の神剣である。

「じゃあ、師匠が神剣に進化するかも？」

『フランの言う通りだが……。そんなこと、ありえるか？』

〈是。有り得ます。個体名・師匠の誕生には神が関わっており、フェンリルやケルビムなど、その器も十分に揃っています。なんらかの方法で、神剣としての銘を得る可能性有り。ただし、詳細な情報が不足しており、その方法が不明〉

『アナウンスさん、むこうのアナウンスさんと情報の共有をしたって言ってたよな？　その時に何か教えてもらってないのか？』

〈是。師匠の神剣化に関して、一切の情報がありません〉

それも謎だな。スキルの情報なんてものをやり取りできたんなら、簡単な情報くらい教えてくれてもいいんじゃないか？　こっちの師匠、神剣になってますよーくらいなら、一瞬だろう。

『そんな余裕さえなかったのかね？』

〈否。情報共有をする余裕は十分にありました〉

じゃあ、なんで教えてくれなかった？　神剣になれるかもしれないだなんて、結構重要な情報だと思うが？　あっちとこっちで違いはあれど、アナウンスさんが意地悪や出し惜しみをするとも思えない。勿論、伝え忘れはもっとない。

『となると――あえて神剣に関わる情報を教えなかった？』

〈その可能性が高いと思われます〉

『つまり、神剣にならない方がいいと、あっちのアナウンスさんが判断したってことか』

〈個体名・師匠が神剣としての力を得るにあたり、何かしらの代償がある可能性が大〉

『その代償がヤバいってことかもな……』

あっちのアナウンスさんなら、俺たちが大魔獣と戦っていると知っていたはずだ。そこでも神剣に進化するための情報を渡さないとなると、本当にその代償が酷いものなのだろう。

それこそ、名前が変わることで俺が俺じゃなくなるとか？　むこうの俺は剣に成り下がっていたし、神剣となったことがその原因ということも十分考えられる。

神剣にはかなり憧れるが、これは慎重になった方がよさそうだった。

『その情報感謝する』

「いや、少しでも役に立てたなら嬉しい」

『十分、役に立った』

神剣に至れる可能性があるということもそうだし、それが危険かもしれないという情報もゲットできたのだ。

「シエラはこの後、どうする？」

「俺は魔剣ゼライセを追う。やつこそが、俺の真の敵だ」

「そう」

「そっちは、どうするんだ？」

「私はウィーナから受けた依頼」

フランとシエラが、互いの今後の行動について、情報を交換し合う。

シエラの場合は、とりあえずレイドス王国に合法的に入国する方法がないか調べるそうだ。それと同時に、周辺でのアンデッド被害の情報を集めるらしい。

現在の魔剣ゼライセの所有者であるデミリッチのネームレスは、レイドス王国に所属する黒骸兵団の団長と名乗っていた。

つまり、アンデッド軍団を率いて、各地で暗躍している可能性も高いのだ。シエラはアンデッドの目撃情報を集めることで、その後を追えないかと考えているようだった。

フランの場合、直近の目的地はベリオス王国の王都である。そのままゴルディシア大陸に渡る可能性が高いだろう。

そこでウィーナの依頼をこなしつつ、トリスメギストスに会いにいく。

あと、長期的な目的としては、黒猫族全体の呪いを解くことが挙げられる。まあ、これは本当に長い時間がかかるだろうが。

「黒猫族にかかった呪い？」

「うん」

どうやらシエラはその情報を知らないらしい。興味がなければそんなものなのだろう。フランが、簡単に説明をしてやる。

「つまり、黒猫族のみで、脅威度S以上の邪人を倒さなきゃいけないってことか？」

「邪神の眷属でもいい」

「どちらにせよ、厳しい戦いになるだろうな」

「でも、絶対に呪いを解く」

「そうか……。目標を達成できるといいな。俺も応援している。どこかで強い黒猫族を見付けたら、知らせることにするよ」

「お願い。私も、ゼライセ探す」

「頼む」

最後に握手を交わすと、シエラが連れていた馬に飛び乗った。どうやら、召喚獣であるらしい。下位ではあるが、馬タイプだ。その足はかなり速そうである。

「シエラ。またね」

フランが大きく手を振る。

シエラも振り返って、し返してくれた。

互いに無事を祈り合っている表情は、完全に友達の間柄にしか見えんな。

「またな！」

「ん！」

そうして、シエラが去っていくのをキッチリ見送ったフランは、自分もウルシの背に飛び乗った。その顔はやる気に満ち溢れている。

「私たちも、行こう」

「オン！」

『ああ、そうだな』

「シエラにまけてられない」

『俺も、他のインテリジェンス・ウェポンに負けんぞ！』

「ん！」


レディブルーから旅立った俺たちは、一路ベリオス王国の王都を目指していた。

僅かな千切れ雲だけが頭上を流れる清々しい空を、ウルシが軽快に駆ける。

「オンオーン！」

「ウルシ、楽しそう」

『全力で走るのが気持ちいいのか？』

「オン！」

やはりイヌ科。走るのが好きなのだろう。高高度だから障害物もないし、本当に全速力で走り続けられるのだ。

俺たちは今、非常に高い場所を進んでいる。さすがに雲よりは低いが、二〇〇〇メートルくらいはあるかね？

　この高さなら、本来のサイズに戻ったウルシが全速力で走っていても、地上からは目立たない。巨大魔獣が出現したと騒ぎになることもないだろう。

「オンオオーン！」

「おおー」

『フラン、しっかり掴まってるんだぞ！』

　テンションが上がり過ぎたのか、ウルシの動きが激しくなりだした。無駄に高度を上げて走ってみたり、歩幅を変えてピョーンと跳躍してみたり、色々だ。

「オンオンオン！」

「うおー」

『ちょ、落ちるから！』

　遂には、チューブ内を壁走りしているかのように、螺旋(らせん)状に回転しながら走るという荒業を繰り出す。まるでジェットコースターに乗っているみたいだ。

　様々な方向から襲いかかってくるGが面白いのか、フランが歓声を上げている。やはりジェットコースターだな。

　だが、俺はフランが落ちないか気が気ではない。ヒヤヒヤが止まらんのよ。

『ウ、ウルシ！　はしゃぎすぎだ！』

「クゥン……」

「もう終わり？」

『フランも残念そうな顔しない！』

そうして賑やかに空を往(ゆ)く俺たちの目に入ってきたのは、さらに上空でキラキラと輝く不思議な光だった。

「オン？」

「師匠、あれ天龍？」

『ああ、だろうな』

見上げると、そこに在るのは浮遊島だ。そして、その島を包む白い雲の表面を舐めるように、細長い何かがユラユラと蠢(うごめ)いていた。

脅威度A魔獣の天龍だ。普段は雲の中にいるらしいが、偶然外に出てきたらしい。

「光ってる」

『太陽の光が反射してるんだろうな』

光魔術を得意とする天龍は、その身に光の魔力を纏(まと)っている。しかもそれだけでなく、降り注ぐ太陽の光を反射しているのだろう。

魔術学院の倉庫にあった天龍素材を見せてもらったが、生きている天龍の鱗はそれとは全く違う輝きを放っている。

倉庫で見た天龍の鱗は、鈍い金色だった。俺の抱いた色の印象は、磨くのを怠ったシンバルである。だが、魔力を帯びることで鏡のような輝きを得るらしかった。

白金に輝く天龍が雲を昇っていく光景は、拝みたくなるほどに美しい。

姿を見た者に幸運が訪れるなどと言われる意味が分かった。

『いいことありそうだな』

優雅に空を飛ぶ天龍の姿は、まるで俺たちの旅路を祝福してくれているかのようだ。

「ん」

「オン！」


レディブルーを出立してから二日。

道中の町や村に立ち寄って名物を買い込みつつ、俺たちは順調に東進を続けた。

そして、特に問題も起こらず、ベリオス王国の王都に到着する。

『いやー、さすが大国の王都。クランゼル王国の王都と同じくらいデカイな』

「ん。壁も高いし、道も広い」

「オン」

レディブルーでもその規模に驚いたが、あれは学院の大きさに驚いた部分も多かった。だが、ここは純粋に都市の規模が大きいのだ。

王都の中を歩いても、やはりクランゼル王国の王都と遜色ない賑わいだった。

「じゃ、お城いく」

『おう。ウルシは大きくなるなよ？』

「オフ」

クランゼルでは王都で迷ったが、ここではそんなハプニングは起きそうもない。門からほぼ一直線に進むだけで、王城に辿り着くことができるのだ。計画的に都市を作ったのだろう。まあ、クランゼル王国でも、フランが脇道にそれなければ迷うことはなかっただろうけど。

馬車が横二〇列くらいは並べそうな大通りの先に、巨大な城が見えている。

『さ、行こう』

「ん」

ただね、この道幅の広さがフランにとっては仇となってしまった。

「もぐもぐ」

「モムモム」

『美味いか？』

「ん」

「オン！」

恒例の買い食いが始まる。フランもウルシもいつも通りに目についた飲食店に片っ端から突撃し、通りをジグザグに進んでいく。

こっちの世界にきて初めて見たっていうくらい、幅の広い道をジグザグにだ。

一〇〇メートル進むのに三〇分くらいかかった。片側だけにしておけば、まだましなんだが、フランもウルシも鼻がいいせいで、逆側の店舗もすぐに発見してしまうのである。

「あっち、いいにおい」

「オン！」

また通りの逆サイドにある店を見つけたのか、人混みを縫うように駆け出していく。

『これ、王城に辿り着くのはいつになるんだ？』

〈このペースで歩を進めた場合、王城への到着まで推定四時間三八分〉

メッチャ長い！　このままじゃ、夜になっちまうぞ！

俺は心を鬼にして、フランたちに買い食いの中止を提案した。

『なあ、フラン、ウルシ。王城まで、まだまだ距離があるんだけど……。先に、用事を済ませてからにしないか？』

「……ん」

「……オフ」

くっ！　そんな切ない目で見るなって！　だが、今回ばかりは許可できん。

『あとで！　用事済ませたらいくらでもつきあうから！　だから今は城にいこう？　な？』

「いくらでも……。分かった。お城いく」

あ。いくらでもはヤバかったか……？

その後、駆け足でベリオス王国の王城へ向かったフランだったが、驚くほど簡単に入ることができてしまった。

ウィーナに書いてもらった紹介状が、凄まじい威力を発揮したのだ。さらに、俺たちが到着する前に、湖で起きた事件の詳細な報告が国へと提出されていたらしい。

その中には当然、フランの素性などに関する情報もあったのだろう。王城の入り口では、それで本当にいいのか心配になるくらい素早く検査が済んでしまった。検査というか、一瞬見たくらいの感じである。

どんな情報が報告されているのか分からんが、まるで英雄を見るような眼だったな。出迎えてくれた部隊長っぽい兵士さんとか、最初にいきなり最敬礼だったのだ。

そして今は、王城の一角にある会議室のような場所で一人の老人と向かい合っている。

非常に人相の悪い、痩身色黒の老人だ。長い白髪の間からこちらを見つめる目は殺し屋のように鋭く、睨まれているかのようだ。

千切れた右耳や、体中に刻まれた大小の傷跡は、この老人が堅気の人間ではないと否が応でも教えてくれていた。

何も知らずに出会っていたら、引退したヤクザとでも思っていただろう。

この老人の名前はブルネン。なんと、ベリオス王国の海軍提督の一人であるらしい。そう聞くと、確かに歴戦の勇士としての風格がある。まあ、提督よりは海賊寄りの外見だが。こっちの世界は舐められたら終わりだから、こういう感じの厳(いか)つい外見の男が多いよな。

ゴルディシアへの派兵について、彼が現場の責任者であるらしい。

「では、ウィーナレーン殿からの連絡にあった通り、我が国の雇われ冒険者として、ゴルディシアに向かう意思があるということだな？」

「ん」

「そうかそうか！　そいつは有り難い！」

フランが頷くとブルネンが歓喜の表情を浮かべる。やはり今回の事件の影響は大きく、ゴルディシアの責務をどうするか、王国首脳陣もかなり悩んでいたらしい。

そこにやってきたのが、ウィーナレーンがランクA並みと評するフランだ。国としてはまさに救いの主なのだろう。

「こちらとしても、お主をぜひ雇い入れたいと思っている」

「ん。それで、いつ出発する？」

フランがワクワクを抑えきれない声で、ブルネンに問いかける。地獄などと言われるような大陸であっても、フランにとっては未知の修行場でしかないんだろう。

すると、ブルネンの表情が僅かに陰ってしまう。

「うむ……、それなのだが……」

「？」

「あー……」

なんだ？　急に歯切れが悪くなったぞ？

まだ出会って三〇分ほどだが、ブルネンは豪快な男だ。こんな風に口籠るのはらしくないように思える。

だが、話を詳しく聞いて理由が分かった。

「じゃあ、出発は二ヶ月後？」

「うむ」

元々は三月の末から四月の上旬、つまりあと一〇日ほどでの出発が予定されていたらしい。だが、ここにきての大魔獣騒動だ。

物資の搬入や兵力確保の遅れに加え、被害者への補償、商業船団の立て直しも行わなくてはならない。

ベリオス王国としても、予定の変更を余儀なくされていた。

「なるほど」

　頷くフランに対し、ブルネンは切羽詰まった顔をしている。

「頼む！　無理は承知だが、二ヶ月後に、また王都に来てくれやしないだろうか？」

　二ヶ月というのは、国としてはそう長くない感覚だろう。たった二ヶ月の出発延期だ。だが、冒険者のような刹那的な生き方をする者たちにとっては、遥か先の話になる。

　普通の冒険者だったら「そんな先の話は分からないから、今回の依頼はなかったことにしてほしい」と言い出す者が絶対に現れるはずだ。

　ブルネンもそれが分かっているのだろう。

　もし、ここで二ヶ月先に絶対に戻ってこいなどという契約を提示したら？　縛られることが嫌いな冒険者の場合は、へそを曲げて去ってしまう者もいるに違いない。

　それに、フランほどの戦闘力をもつ冒険者相手に、上から高圧的に命令することも難しいし、他国出身のフランに国への忠誠など期待できない。

　結局、ブルネンには頭を下げて、誠心誠意頼むことしかできないのである。

『どうする？』

(問題ない)

『まあ、口約束だから、破っても罰則があるわけじゃないしな』

　ブルネンやウィーナには恨まれるだろうが。

　そもそも、ゴルディシア大陸に行くことはほぼ確定事項だ。だったら、国の後ろ盾がある状態の方がいいだろう。それを考えたら、ベリオスに恩を売った状態で依頼を受けるのは、悪くはない状況だった。

すぐに行きたい気持ちもあるが、絶対に今行かなきゃならんわけでもない。

「わかった。二ヶ月後に戻ってくる」

「ほ、本当か！　恩に着る！」

「ん」

「それでフラン殿は、この後どうするつもりなんだ？」

そう。それが問題だ。

ゴルディシア大陸に渡るつもりだったから、特に予定もないんだよな。

だが、フランにはキッチリ代案があったらしい。

「バルボラ！　料理コンテストにいく！」

『ああ、なるほど。そういえば、時間ができたんなら参加できるな』

クランゼル王国で開かれる二つの大イベント。バルボラの料理コンテストと、ウルムットの武闘大会。

昨年、フランはどちらにも参加したが、今年は諦めていた。

ゴルディシアに渡るとなれば絶対に間に合わないだろうし、フランとしても未知の大陸への興味が勝っていたからだ。

だが、ゴルディシア行きは延期となり、都合よく時間ができた。これは、クランゼルでイベントに参加するチャンスだろう。

その言葉を聞いたブルネンが、何やら考え込んでいる。

「そうか……。南へ向かうか……。では、我が国からの依頼を一つ引き受けてもらうわけにはいかないか？」

「依頼？」

「うむ。とある人物に渡りを付けて、ゴルディシア行きに同行してほしいと頼んでほしいのだ。親書を認める故、それを渡してもらえばいい」

クランゼル王国の人間だろうか？　戦力になりそうなところで考えると、アマンダは無理だろう。ジャンもダメだと思う。フォールンドとか？

「普段は南方の小国群を放浪しているはずだが、今年のウルムット武闘大会に主賓として招待されているはずだ。お主なら、会うことができるかもしれん」

「誰？」

フランの質問に返答したブルネンの口から出たのは、意外な名前であった。

「親書を渡す相手の名前はデミトリス。ランクS冒険者として名を馳せる人物だ」

「デミトリス」

『以前聞いたことがあるな』

コルベルトの師匠にして、デミトリス流という武術の創始者。神に認められた武人にして、最強の格闘者である。

そして、『不動』の異名を持つランクS冒険者でもあった。

かなりの老齢だという話だが、未だに現役バリバリであるらしい。

「デミトリスに会いに行って、手紙を渡せばいいの？」

「ああ、そうだ。引き受けてくれるのか？」

「いい。私も興味があるから」

「おお！　恩に着る！」

「手紙を渡すだけでいいんでしょ？」

「こちらとしても、絶対に我が国からの依頼を承知させろなどと言うつもりはない。忙しい方だからな。そもそも、普通では会えんよ」

相手は高位冒険者だ。フランのような同業者の方が、話を聞いてくれる可能性は高いという。

「悪人じゃないが、気難しい人だからな……」

そう言われると、ちょっと不安になるんですけど……。

「だから、お前さんが受けてくれて本当によかった！」

大喜びのブルネンが、一つの袋を取り出した。ベリオス王国の紋章が描かれた以外はなんの変哲もない、革袋だ。だが、見る者が見ればそれなりの魔力が込められているのが分かるだろう。

「アイテム袋？」

「おうよ。こいつにデミトリス殿に渡す親書やらなんやらが入ってる。ああ、ちょっと待て、不用意に開けんな」

中を覗き見ようとしたフランを、ブルネンが慌てて止める。

「一応、親書は機密文書扱いだ。依頼失敗になるぞ？　デミトリス殿以外が開けたら分かるようになってるからな？」

「そんなことできるの？」

「うちの魔道具技師長は優秀でな。特にアイテム袋や時空系の魔術に強いんだよ」

「ふーん」

フランは魔術やスキルで事足りているので気のない返事だが、普通に考えれば凄い人材だろう。下手したら長距離転移装置とかも作れるかもしれないのだ。

ブルネンは、興味なさげなフランの態度にムキになったらしい。その魔道具技師について、色々と自慢のような話をし始めた。

すると、ある話題でフランが急に食いついた。まあ、俺もなんだけど。

「アイテム袋を開く研究？」

「ああ。まだ実用段階じゃねーが、登録者が死んじまったりして、中を取り出せなくなったアイテム袋があるだろ？　アレを開く研究をしてるんだよ」

フランが反応を示したことが嬉しいのか、この技術の画期的さを説明してくれた。

これが上手くいくと、軍での物資管理が飛躍的に楽になるそうだ。

今は普通の食料は登録なしのアイテム袋で管理し、医薬品や現地での供出時に使う金銭などの貴重物資は、登録者付きのアイテム袋に入れることが多いらしい。

これは、横流しや盗難を防ぐ意味があるのだが、デメリットもある。登録された人間が全員死んでしまうとアイテムが取り出せなくなってしまうのだ。

過去には暗殺者によって管理者が殺され、食料や医薬品が使用不可となって瓦解した軍もあるらしい。

そりゃそうだ。管理者を数人殺すだけで敵の物資に大ダメージを与えられるなら、試さないはずがない。

そのため、何かあった時に備えて登録者を多めに設定しているが、それもまたデメリットがある。登録者が増えればよからぬことを考える輩が交じる確率も増えるからだ。

だが、登録者を無視して、いかなるアイテム袋でも開くことができるようになれば？　そんな心配は必要なくなる。

「でも、登録者の意味なくなる」

そうだ。フランの言う通り、そんな技術が開発されてしまえば、そもそも登録自体が無意味なことになるだろう。

「まあなぁ。悪用されることもあるだろうなぁ」

ブルネンもそれが分かっているようだ。難しい顔で唸る。

だが、この研究自体はどこでも行われているので、自国だけが乗り遅れるわけにもいかない。いつか完成されることが決まっている研究ならば、いち早く自分たちで手に入れた方がアドバンテージになるってことなのだろう。

「それに、今はそこまで心配しなくてもいいだろうよ。何せ、未だに小さい袋さえ開けられたことはないからな。あれだったら、高位の契約魔術師に大金払って開けてもらう方がまだましだろ」

「高位の契約魔術なら……アイテム袋、ひらけるの？」

「まあ、一応な。袋のランクや、大きさにもよるそうだが……。契約魔術の先にある、呪法魔術にはそれに関係する術があるそうだ。もしかして、開けない袋を持ってるのか？」

「ん」

そう言ってフランは、アイテム袋をいくつも取り出した。人身売買組織のアジトで手に入れたものや、ゴブリンから入手したものなど、色々だ。

「これの登録は、契約魔術で行うんだ。だから、上書きできるくらいの呪法魔術師なら、契約を無効化できる」

「そう……」

正直、俺なら開くことができる。

契約魔術のレベルを上げて、呪法魔術を手に入れればいいのだ。だが、中に何が入っているかも分からんアイテム袋を開くためだけに、貴重なポイントを使うのもな……。

旅しながら、呪法魔術を使える人間を探すしかないだろう。もしくは呪法魔術を使える魔獣だ。魔石から呪法魔術を得られるのであれば、それが最も手っ取り早い。

まあ、今までも忘れかけていたんだし、見つからなければ見つからないで構わんしな。

「じゃあ、私はその親書の入った革袋をデミトリスに渡せばいい？」

「そういうことだ。頼んだぜ？」

「ん」

不動のデミトリス。どんな老人なのだろうか？　今から楽しみである。まあ、不安もあるけどね。だって、高位の冒険者って、どいつもこいつも変人ばかりなのだ。

フラン？　フランのどこが変人だっていうんだ！　こんなにプリチーでラブリーでキューティーじゃないか！

全人類が愛でるべき存在だぞ！

「師匠、どうした?」

『いや、なんでもない。少し考え事してただけだよ』

「ふーん。不動のデミトリス、楽しみ」

『そうか?』

「ん。戦ってみたい」

『……』

まあ、常識人かどうかと言われたら、少し困ってしまうけどな。

第二章　久々の料理コンテスト

ベリオス王国の王都を出立して数日。

俺たちはクランゼル王国へと戻ってきていた。

問題なく国境の審査を通過し、クランゼル王国の大地を踏みしめる。

『久しぶりのクランゼル王国だな』

「ん」

本当はもっと早く戻れるはずだったんだが、ベリオス王国で受けた依頼の最終確認や、王都での買い物で数日かかったのだ。

だが、おかげで使い切ったポーション類は多少補充できたし、食材なども仕入れることができた。

フランも気に入ってくれた、学院に伝授した特製マーボーカレーなどもたくさん作ってやることができるだろう。

時間をかけてベリオスの王都を巡った甲斐があったというものだ。いや、一番時間がかかったのは、フランとウルシの買い食いだけどね。買い出しの合間に、有名店はほとんど回っただろう。

『国境を越えただけなのに、なんか感慨深いぜ』

この世界に来て初めて降り立った場所だからなのか、妙に懐かしさを感じる。俺にとっても、ここが特別な国になっているのだ。

だが、フランは俺の感傷など知ったこっちゃないとばかりに、国境を越えてから即座にウルシの背にヒラリと跨(また)がった。そして、南をビシッと指し示す。

「ウルシ。急ぐ。時間がない」

「オン！」

フランの言葉に応え、ウルシが全速力で走り始めた。フランだけではなく、ウルシも真剣な表情だ。どこか焦っているようにも見える。

その焦りを表すように、フランとウルシの旅は強行軍であった。いつもなら休むタイミングでも休まず、魔術で体力を回復しながら、一直線に進んでいく。

食事さえ走りながらだ。ウルシが疲れたら、フランが自分の足で走り続ける。

俺たちが現在向かっているのはアレッサだ。

近くまで来たんだから、クリムトやアマンダに挨拶をしておかないとね。

だが、真の目的地はバルボラである。

急げば料理コンテストに間に合うかもしれないのだ。参加は難しいだろうが、フランとウルシの目的は屋台での買い食いなので、祭りの最中に間に合えばいいのだろう。

そのために、限界を超えるつもりなのだ。どんな無茶をしてでも、料理コンテストで買い食いをするつもりである。

「たとえ足がへし折れても、絶対に屋台に間に合わせる！」

「オン！」

戦闘じゃなくて、食い意地のために限界突破とか、フランたちらしいけどね！

だが、フランたちは俺の想像以上に頑張った。骨は折れてないけど、疲労困憊でぶっ倒れそうにはなったのだ。そして、僅か三時間でアレッサへと到着を果たしていた。

ベリオスで経験を積む前だったら、どんなに頑張っても四時間はかかったんじゃないかね？　あの激闘の経験を、こんなところで生かさないでほしい。いや、成長したってことなんだけどさ。

アレッサに辿り着いたフランは、以前世話になったドナドロンドなどに軽く挨拶回りをした後、冒険者ギルドでクリムトと情報交換をした。そのまま休憩もそこそこに、クリムトへと別れの挨拶をする。クリムトも、あまりの強行軍に驚いているぞ？

「もう行かれるのですか？」

「ん」

「あと半月もすればアマンダさんも帰還すると思うんですがね？」

「それだと間に合わない」

料理コンテストにね。

「依頼の最中でしたか？　それでは仕方ないですね」

因みに、アマンダは北の国境の偵察をするために、アレッサを空けているという。

大魔獣の放っていた凶悪な魔力は方々に届いていたようで、クランゼル王国でも観測されたらしい。そのため、多くの冒険者に国境の偵察依頼が出されたようだ。

俺たちが伝えた大魔獣事件の情報は、ギルドに非常に喜ばれた。ああ、秘密にしなきゃいけないことはキッチリ黙っているぞ？

対してクリムトからは精霊魔術や、デミトリスについての情報をゲットしている。

精霊魔術に関して目新しい情報はなかったが、デミトリスに関しては色々と興味深い話が聞けたのだ。

単騎でゴブリンスタンピードを鎮めた話や、戦争で敵国の城に突っ込んで国王の首を取った話。不動という異名の元になった、とある橋の中央に一人で陣取り、侵略してきた敵軍相手に三日三晩その場を動かずに橋を守り切ったという話など、物騒な逸話は枚挙に暇(いとま)がない。

最近では落ち着いたというが、好々爺と呼べるような人物ではないだろう。また、今でも自分は修行中であると称し、各地で魔獣を狩っているそうだ。

色々と面白い情報も聞けたし、短期間でもこの町に戻ってきてよかった。

門の前で出発準備をしていると、手を振ってくれる兵士や冒険者もいるな。フランのことを覚えていてくれたんだろう。フランも手を振り返す。

『やっぱ、いい町だよな。ここで少し滞在しなくていいのか？』

「アレッサには、また帰ってこれるから」

フランはこともなげに言うが、俺はその言葉がちょっとだけ嬉しい。

フランにとっても、ここが戻ってくる場所の一つなんだろう。だからこそ、すぐに旅立っても、寂しくはないのだ。だって、いつでも帰ってこれるから。いつ戻ってきても、受け入れてもらえると確信しているから。

「じゃあ、いく」

「オンオン！」

「ああ……。私だけフランさんに会ったと知ったアマンダさんが、ブチブチと文句を言う様が想像できてしまいます……」

すまんクリムト。フランたちの食欲は、俺でも止められないんだ。

アマンダによろしくなーっ！


『で、もうバルボラ間近か。早かったな』

「ん。頑張った」

「オン！」

二人の食への執念によって、俺たちは驚くほど早くクランゼル王国を縦断していた。

町のそばをウルシが走り抜けると警戒させてしまう可能性があるので、町を避けて蛇行しながら走ったが、それでも北の国境からバルボラまで四日で到着している。

普通の旅人だったら、一ヶ月以上かかるはずの道のりだ。

恐るべし、食欲パワー！

特に驚いたのは、国の中央部にある険しい山岳地帯を僅か一日で踏破したことだ。

山のせいで気流が乱れていて、ウルシでも空を無理やり通過することはできなかった。いや、一度は試したが、高度を維持できずに墜落しかけたのである。

そのせいで、地道に山登りをするしかなかった。

多分、富士山よりも高くて険しい山が並んでいただろう。下手したらヒマラヤ以上？　こっちの世界は、それくらいの山がそこらに普通にあるのだ。

だがフランは寒さや低酸素、急峻険峻を物ともせず、時には空中跳躍を使い崖を駆け上り、クレバスに落ちても這い上がり、山脈を一直線に進んでみせたのだ。

空中跳躍が使えないほどに吹雪いた時にも休まず、障壁を張りつつロッククライミングであった。ヘソ出しの衣装が見てるだけで寒そうなのだ。

こういう、地球人と比較できるような姿を見ると、改めてこっちの人間たちの超人具合がよく分かるな。

また、かなり強い魔獣も出現したが、フランとウルシの勢いを止めることはできなかった。むしろ、僅かな休憩時間に美味しくいただきました。魔力が豊富な分、非常に美味だったらしい。ウルシなんか、明らかに魔獣を探していたのだ。まあ、俺の手にかかったら、極上の料理になるからね！

他にも色々と料理を作ったが、俺も雪山で変なテンションになっていたらしい。ちょっと頑張り過ぎて、一〇種類以上の新作料理を作ってしまった。

特に好評だったのが、雪山の上で見つけた雪苺と氷河を使って作ったスムージーである。魔術で温めた簡易かまくらの中で飲む雪苺スムージーが、かなり美味しかったようだ。

カレー以外であれほど食いついたのは久しぶりなんじゃないか？　数時間足を止めて、雪苺を大量に採取しまくったほどなのだ。氷河もたくさん収納してあるから、いつでもスムージーが作りたい放題である。それ以外の収穫だと、新スキルがいくつか手に入ったことかね？

雪走り、雪潜り、雪中遊泳の三つだ。どれも、雪の中での行動を補助するスキルである。限定された場所でしか使えないが、いざという時にあっても困らないスキルたちだろう。

俺のお気に入りは雪中遊泳だ。まるで水中にいるかのように、雪の中を泳げるのだ。フランがこれをやると一気に体が冷えるけど、無機物の俺には関係ないからね。

『じゃあ、まずは料理ギルドに向かってみるか』

「ん！」

「オン！」

懐かしのバルボラへと辿り着いた俺たちは、一直線に料理ギルドを目指した。

もうコンテストは始まってしまっているのでエントリーはできないけど、昨年の出場者として挨拶くらいはしておかないとダメだろう。それに、出場者の情報を貰えれば、美味しい屋台を効率よく回れるのだ。

「おお！　黒しっぽ亭のフラン様ですか！」

「ん」

「こちらへどうぞ！」

中に入って名乗ると、即座に奥へと通される。冒険者のフランではなく、カレーをバルボラに伝えた凄腕料理人として扱われるのはここだけだろう。

少し豪華な個室では、一人の老人が待ち受けていた。

「小娘。よくきたな」

「ん。きた」

昨年もお世話になった料理評論家の男性、メッキャムだ。グルメ漫画に出てくる頑固系老人キャラみたいな雰囲気は嫌いじゃない。まあ、世話になったと思っているのは俺だけで、フランはライバル的な相手であると認識しているが。

それは、不敵な表情でメッキャムと向かい合う、フランの姿を見れば分かる。

前回の料理コンテストでそれなりに認め合ったはずなんだが……。互いに馴れあうタイプではないし、こうなってしまうのも仕方ないのかもしれない。

　横にいる料理ギルドの職員さんが間に入ってくれなかったら、ずっとギスギスしっぱなしだっただろう。そうして話が進むと、驚きの提案をされる。

「屋台？」

「はい。そうです。実は、今年は黒しっぽ亭は屋台を出さないのかという問い合わせが、大量に！　それはもう大量にありまして……！」

　職員さんに、コンテストとは関係なく屋台を出してほしいとお願いされたのである。

　去年俺たちが出店した屋台「黒しっぽ亭」は元祖カレー料理の屋台として伝説となっており、今年はコンテストに出場しないのかという問い合わせが殺到しているらしい。

　それなのに、フランが出店もせずに買い食いをして遊んでいたら？　料理ギルドに非難が集まることが予想された。

「それで、どうだ？　食材なども、できる限り融通するが？」

　言葉は偉そうだが、メッキャムもどこか懇願顔である。俺たちの想像以上に、問い合わせがあるのかもしれない。

（師匠？）

『まあ、フランが出したいならいいと思うぞ？』

　バルボラに大急ぎでやってきたのだって、フランが買い食いしたいがためだ。買い食いの時間を減らしてでも屋台を出したいというのであれば、それでも構わない。

（カレー作るの、大変じゃない？）

『それを心配してくれてたのか。大丈夫だよ。今回は食材も用意してもらえるみたいだし、料理するのは好きだしな』

それに、カレーは大量調理に向いている。俺だったら、そこまでの重労働でもなかった。

それを聞いたフランが、嬉しそうにコクコクと頷く。

フランとしては、何故か屋台を優先したいらしかった。昨年も楽しんでいたのは覚えているが、買い食いを諦めるほどだとは思わなかったな。

「ん。屋台、出す」

「おお！　ありがとうございます！」

職員さんが心底安堵した様子で、胸を撫で下ろす。大分追いつめられていたらしい。なんか、ごめんな？

メッキャム老人は相変わらず表情の変わらない顔で、屋台の内容を尋ねてくる。

「今年もカレーか？」

「ん！」

「ほほう！　それは楽しみだ。あれから一年、このバルボラでもカレー料理の店が爆発的に増えた。もう、珍しさでのアドバンテージは薄れているぞ？」

「ふふん。師匠のカレーはそんじょそこらのカレーじゃない。問題ない」

「それは楽しみだ」

「今年こそ、カレーが世界一だと認めさせる！　カレーこそ至高！」

なるほどね。

フランとしては、カレーの普及もまた大事であるようだった。自分の好物を、メッキャムに何としてでも認めさせたいのだろう。

ぶっちゃけ、メッキャムはカレーを認めてるとは思うけどな。ツンデレさんだから、素直に言えないだけだと思う。

「では、決勝の前日に場所を用意する。売り子なども希望があればこちらで揃えよう」

「わかった」

ということで、今年も出店側として、祭りに関わることになったのだが……。

「師匠、どんなカレー出す？」

『え？　決めてなかったの？』

二つ返事で引き受けたから、何か案があるんだと思ってたよ！

『去年のカレーじゃダメっぽいしな……』

（だいじょぶ。師匠ならやれる）

『お、おう』

まさか、俺に丸投げするつもりだったとは……。

カレーであることは確定だ。フランもお客さんも期待しているし、あえて他の料理にする理由もない。ただ、できれば去年とは違う形にしたかった。カレーパンでもいいけど、カレーライスはダメだろうか？

「カレーライス、去年はダメだった」

『去年はな。だが、今年ならいけるかもしれん』

去年は勝負だったのだ。採算性とか販売数とか、色々と気にしなければならないことが多かった。

だが、今年は違う。

何せ、コンテスト本戦とは関係ない出店。言わばエキシビション的なものなのだ。採算とかも気にしなくていい。

「なるほど」

『つまり、値段とかも気にしなくていいということだ！　超豪華な利益無視やりすぎカレーでも許される！』

むしろ、採算度外視の特別感がある料理の方が、喜ばれるだろう。

「じゃあ、すっごいの作る！」

『すっごいのかー』

「ん。一番いいお肉とかお芋使って、最強のカレー作る。食べた人がカレーしか食べられなくなるくらいのやつ！」

サラリと恐ろしいことを言ったな。

だが、それもいいかもしれない。

昨年末から魔狼（まろう）の平原などで溜めこんだ魔獣肉が、凄まじい数ある。下位の魔獣肉だけでも一万食分はあるだろう。

食べられるものを捨てるのは抵抗があったのでなんとなく溜めこみ続けているんだが、俺の貧乏性がこんなところで役に立つとはね！

問題はむしろ米だろう。今から大量に用意できるか？

料理ギルドに聞いてみて、米が手に入ればカレーライスで行こう。

そう思っていたのだが――。

『米がここまで少ないとはな……』

「ん」

バルボラ中を探しても、米がほとんど手に入らなかったのだ。全くないわけではないが、古米なども多く、正直俺たちの目的にはそぐわなかった。

元々、米の最大輸出元はベリオス王国だった。水が豊富で、クランゼルに比べやや寒冷なベリオス王国は、米の一大産地であったらしい。日本でいえば東北などに近い気候なのだろう。魔術学院でも、米は普通に提供されていたしな。

だが、今月はそこからの米の供給がガクンと減ってしまった。大魔獣騒動の余波だ。

ベリオスは収穫した米を独自の方法で保存しておき、そこから毎月少しずつ輸出する方法を取っていた。これなら高品質の物を提供できるし、国内で何かアクシデントが発生した場合は輸出を取りやめて食料を確保することも可能である。

そして、先月には大事件が起きたことで、輸出量が減ってしまったというわけだ。

『仕方ない。他の方法を考えよう』

「ん」

だが、去年と同じカレーパンは避けたい。つまらんからね。

「ルーだけじゃダメ?」

『そうだなー……。いや、スープにすればいけるか?』

カレースープにするのだ。具だくさんにして、食べ応えがあるようにすれば行けるんじゃないか？　肉も多めで。

「お肉いっぱいのカレースープ」

「オウン！」

フランとウルシの口の端から、涎がタリーッと垂れている。想像しただけで我慢できなくなったらしい。

カレー大好きコンビのお墨付きも出たし、これで行ってみますか。

Side　とある三人組

「姉御。アレが港湾都市バルボラですかい？」

「ああ、そうだ。あの規模の港はそうそうない。間違いないだろう」

「ようやっと到着ですか！　いやー、船旅がこんなに暇なもんだとは……」

「最初はスゲースゲーと連呼しながら、はしゃいでいたのはあなたではなくて？　ビスコット」

「クリッカ、お前も甲板に上がってきたのか。そりゃあ、最初は物珍しかったけどよ、ああも同じ景色が続くとなぁ……。シビュラの姉御もそう思うでしょ？」

「私は悪かなかったよ？　海の魔獣もそこそこ歯ごたえがあったしねぇ」

「あー、ダメだ。戦っていられりゃ満足な姉御に聞いた俺が馬鹿だった」

「あん？」

「な、なんでもないっすよ！　でも、クランゼルに入るだけだったら、最初に寄ったダーズって港町でも良かったんじゃないですかい？　わざわざこんな南の町に来んでも……」

「ダメですわ。現状、国境付近は警戒が厳しすぎますもの。下手な騒ぎは起こしたくはないですし」

「突破しちまえばいいんじゃねーの？」

「お馬鹿！　まったく、これだからあなたはビスコットなんですわ！」

「お、俺の名前が馬鹿の代表みたいに使われてる！」

「いいですか？　国と違って、外では補給も援軍もないのですよ？　追われても逃げ込む場所もない。騒ぎを起こしたらすぐに身動きが取れなくなりますわよ？」

「そうか？」

「そうですわ。そもそも、相手の戦力も分かりませんし」

「戦力？　外のやつらなんざ、大したことないだろ？」

「ビスコット」

「！　へ、へい。なんですかい姉御？」

「外のやつらを見下すのは別にいい。うちの国の習性みたいなもんだからな。直らんだろ。だが、見たこともないはずの相手の実力を過小評価するのはやめろ。上層部の馬鹿どもと同じことをするつもりか？」

「す、すいやせん」

「だいたい、これからそれを確かめにいくんだろう？　外のやつらが本当に雑魚（ざこ）なのか？　それとも、違うのか」

「うす」

「だいたい、あの辺りにはフィリアース王国の悪魔騎士が展開していますわ」

「あー、あれは厄介だよな～。なるほど、そりゃ迂闊に動けん」

「ふん、分かればよろしいのですわ。さて、シビュラ団長――いえ、シビュラ様。外の者たち、特に冒険者の実力を測るには、いくつか方法がございますわ」

「へぇ？　どんな方法だ？　私の頭じゃ、そこらで適当に因縁つけてやり合うくらいしか思いつかないが」

「絶対にやめてくださいまし。一応我々は旅の傭兵という扱いになっております。身分の保証は実家の伝手(つて)を使い、傘下のモーリー商会に頼んでおりますわ。でも私たちが下手をうてば、長い時間をかけてクランゼル王国で実績を積んできたその商会の信用が一気に失墜いたします。我が国にとっても、この商会が立ち行かなくなることは大きな損失でございますわ」

「外貨獲得に情報収集、こういった場合の潜入工作と、色々と使いようはあるからねぇ」

「分かっていただけたようですね。それに、モーリー商会は外での活動が多い故に、我々よりも国への忠誠は薄いでしょうから。最悪、我々が切り捨てられるかもしれませんわ。以前、娘の護衛が欲しいと言うので紅旗騎士団(こうきしだん)の落ちこぼれを紹介したことがありますが、それをどこまで恩に感じてくれているかも分かりませんし」

「おいおい、クリッカ。そんなやつらに頼って大丈夫なのか？　俺は、可愛(かわい)いメイドさんにグッサリなんて嫌だぜ？」

「我々が彼らに不利益を与えるようなことをしなければ問題ありませんわ。それに、この船の戦力程度であれば、我ら三人で簡単に制圧できますし」

「そりゃあ、そうだがよう……」

「あなたはお馬鹿なんだから、私たちの指示に従っておけばいいのですわ」

「ぐぅ」

「ビスコット、黙ってな」

「へい……」

「で、冒険者の実力を見るには、いくつか方法があるって話だったね？」

「はい。まずはオーソドックスに、依頼を出す方法。我々の護衛でもさせれば、間近で仕事ぶりを見られるでしょう。まあ、問題もございますが」

「何が問題なんだい？」

「相手の実力がある程度高かった場合、私たちの実力を見抜かれる恐れがあります。私たちレベルの人間が護衛を頼むことに、疑問を持たれる可能性が高いでしょう」

「なるほどね」

「やや迂遠(うえん)ではありますが、町などで売られている魔獣肉や薬草類、武具の質をチェックする方法もありますわ。直接実力を確認することはできませんが、全体の実力を測る指標くらいにはなるでしょう。幸い、これから向かうのは大都市バルボラ。調査するには向いている場所ですし」

「納得はできるが、自分で細々とした調査をするのは勘弁願いたいねぇ」

「俺もですよ。だったら、そこらにいる冒険者を闇討ちでもする方が楽でいい」

「だから、そういった行動はダメだと言っているでしょう！　まあ、私も、シビュラ様とバカコットにそれができるとは思っておりませんので。とりあえず提案してみただけですわ」

「面倒な調査をやらないですむなら、バカでもういい」

「調査は私にお任せを」

「頼んだよ。で、クリッカ。他には？　お前の口ぶりだと、他にも案があるんだろ？」

「次が本命ですわ。もう少しすると、ウルムットという都市で武闘大会があるそうです」

「武闘大会？　ほほう。そりゃあ面白そうだ！　強いやつも出るんだろ？」

「その大会には有名な冒険者も多数出場するそうですから、観戦すれば実力もよく分かるでしょう」

「観戦？　見てるだけで、出場しないっていうのかい？」

「勘弁してくださいまし。私たちの素性がばれたら、タダではすみませんわ。あまり目立つことは控えませんと」

「ちっ……」

「あからさまに舌打ちしないでくださいませ。とにかく、我らと違ってシビュラ様は目立ちます。出場などしたら、絶対にその素性を探られますわ。下手に優勝なんぞしたら、どうなることか……。わざと負けるのはお嫌でしょう？」

「はぁ……。今回は観るだけで満足しておくか」

「そうしてくださいませ」

「となると、バルボラで軽く骨休めしつつ、その後はウルムットの武闘大会を見にいくって流れでいいんだね？」

「お二人はそう思っていていただければよろしいかと。細かい手配は私が行いますので」

「うん。よろしく頼むよ」

「へへ、バルボラって町でしばらく逗留ですかい？　いい酒があるといいんですがね」

「私は、なまらない程度にゴロツキでもいてくれると嬉しいねぇ」

「……くれぐれも、騒ぎは起こさないでくださいましね？」

*

「えーっと、野菜の煮込み具合は、こんな感じで大丈夫でしょうか？」

「もぐ」

「……どうでしょう？」

「ん。完璧」

「それは良かったです」

今俺たちがいるのは、料理ギルドの地下にある調理場であった。さすが大都市に本拠地を構えるギルドの本部なだけあり、その調理場は豪華の一言だ。

金属製のシンクなんて、こっちの世界で初めて見たかもしれない。コンロやオーブン、水場にも魔道具が大量に取り付けられており、デザインも非常に合理的で洗練されている。

一見すると、地球の大ホテルの厨房のようだった。

その調理場で、フランと一人の女性が並んで、カレースープの味見をしている。

「イオ、さすが」

「いえいえ、フランさんの師匠さんの方がすごいですから！　こんな凄いお料理を考え出した人に比べたら私なんて……！」

フランと一緒にいる女性は、天然天才料理人にして、頼りにならないけど優しいみんなのお姉さん、イオさんだった。

昨日、イオさんの孤児院に挨拶に行ったのだが、そこでシャルロッテから今年はコンテストに出場しないという話を聞いたのである。

今までは孤児院の運営費を稼ぐために出店していた。だが、今はアマンダの庇護下に入り、資金難は解消されている。

また、子供の数がこの一年で倍増してしまい、中々コンテストの準備のための時間などもとれないそうだ。リンフォードたちの起こした事件のせいで、孤児が増えたのである。

そのため、今年はコンテストに出場するつもりがないということだった。

「できればお店を出したいんですけどねぇ。地域の方々との交流も大事ですし」

そんなイオさんの言葉を聞いた俺たちは、屋台を手伝ってもらえないかと相談を持ち掛けてみたのだ。

悪い話ではないはずである。一日だけでも、給金は弾むつもりだ。イオさん級の料理上手に手伝ってもらえたら、本当に助かるからな。それに、今までの出店理由の一つでもあった、地域住人との交流も多少ではあるが果たせる。一応、屋台だし。

対する俺たちは、最高のお手伝いさんをゲットできる。顔も広いし、料理の腕も問題なし。これ以上の人材はいないだろう。

まさにＷｉｎ－Ｗｉｎの関係だ。

また、彼女の料理する姿を見てみたいという、俺の我儘もあった。

料理スキルのレベルは俺の方が上だが、イコール俺の方が美味しい料理を作れるというわけではない。

フランの剣術スキルなどと同じで、一気にスキルレベルを上げてしまった弊害だった。自力でスキルを育ててきた人たちに比べると、どうも料理の基礎が疎かになってしまっているのである。

また、応用力に欠ける部分も多かった。俺の場合は、地球の料理を再現し、より美味しく昇華することは得意である。

だが、元々こっちの世界にあった料理に関しては、再現することはできても、いまいちアレンジが上手くない。

不味いわけじゃないし、フランは十分満足してくれている。しかし、イオさんや竜膳屋のフェルムスの料理を見てしまうと……。スキルレベルに相応しい腕前なのかと言われると、首を傾げてしまうのだった。

そこで、イオさんとの共同作業だ。野菜の切れ端と塩だけで、誰もが唸る激ウマスープを作り出すその料理の工程を見ることができれば、何か掴めるかもしれない。

そう思ったんだが……。

分かったことは、地道に精進あるのみということだけだった。天才の真似はできんのですよ。

コンコン。

そんな中、調理場の入り口をノックする音が響いた。

一応、新作の試作ということで、関係者以外は立ち入り禁止である。ただ、何やら客人が訪れたらしい。

「誰？」

「お、この声はフランか？　コルベルトだ。バルボラに来てるって聞いてな！」

やってきたのはコルベルトであった。料理が好きなランクB冒険者にして、凄腕の格闘家。そして、これから会いに行かねばならないデミトリスの元弟子である。

武闘大会でフラン相手に本気を出したせいで破門されてしまったが……。

（入れていい？）

『ああ、構わないぞ。デミトリス流を破門されてスキルを失っても、デミトリスの記憶まで無くしたわけじゃないんだ。色々と有益な話を聞けるかもしれん』

別に、弱点とか戦闘方法などを聞きたいわけじゃない。俺が知りたいのは、好きな食べ物とか、好きな色とか、友好的に接触するために使えそうな情報である。

入ってきたのは、黒い短髪に、日に焼けた赤銅(しゃくどう)色の肌が海の男って感じの、精悍な雰囲気の男だ。

相変わらず、男臭いやつだな。

「久しぶりだなフラン」

「ん」

「デカくなったなぁ」

「？」

入ってきたコルベルトは、妙なテンションである。何故か目の端に涙を浮かべながら、フランの手をガシッと握った。

　おいおい、どうしたんだ？　馴れ馴れし過ぎるんじゃないか？　というか手！　強く握り過ぎだ！　も、もしかしてフランに惚れたのか？　そりゃあ、フランは超可愛いから当たり前のことかもしれんが……。いかん！　いかんぞ！　そもそもフランよりも弱いやつにフランを任せられるか！　フランよりも強くなって出直してこい！

「俺じゃあ、フランのお師匠さんの代わりにはなれんだろうが、この町にいる間はなんでも頼ってくれよな！」

「？」

「カレー師匠、あんたの弟子は立派に成長してますよ！」

　あー、コルベルトのテンションがおかしい理由がなんかわかった。あれだ、俺が死んだって勘違いしたままで、俺の代わりにフランを見守るつもりっぽい。思い込みが激しいタイプだし、フランを見て独りで盛り上がってしまったのだろう。

「師匠は生きてる」

「うんうん！　そうだな」

「……」

　フランが呆れた顔をするのは珍しい。

『姿を見せて誤解を解くか？』

（……今はいい）

『え？　いいの？』

（ん。今師匠が姿見せたら、情報を聞き出すどころじゃなくなる）

『あー、それはそうかもしれん』

きっと、コルベルトは喜んでくれるだろう。だが、喜び過ぎて、テンションがもっとおかしなことになるに違いなかった。

『じゃ、もう少し後にしておくか』

（ん）

コルベルトを調理場に招き入れると、彼は驚いた顔をしている。

「孤児院のイオ殿か？　なんでここに？」

「二人は知り合い？」

「えーっと、どちら様でしょうか？」

コルベルトはイオさんを知っているようだが、イオさんはコルベルトを知らないらしい。困った顔で首を傾げている。

「おっと、失礼しました。あなたのスープはバルボラでも有名なので、俺が一方的に見知っているだけです。もちろん、毎年買わせていただいてますよ！」

「え？　あの、その、ありがとうございます？」

なるほどね。料理好きで料理人を尊敬しているコルベルトなら、イオさんのことは当然知っているか。敬語になってるしな。一方的に尊敬しているらしい。

「ああ、俺はランクＢ冒険者のコルベルトといいます」

「えぇぇぇ？　ラ、ランクＢ？」

コルベルトの自己紹介を聞いて、イオさんが驚きの声を上げた。悲鳴にすら聞こえる。

俺たちの感覚が鈍っていたが、一般人からしたらランクB冒険者というのはかなりの大物だ。英雄とまでは行かないし、貴族とはまた扱いが違うが、遥かに格上の存在と認識されているだろう。

突然名乗られたら、驚くのも無理はなかった。

「あ、ああ。でも。そこのフランもランクB冒険者ですよ？」

「うぇぇ？」

イオさんがフランを見て、再び悲鳴を上げる。

そういえば以前はランクDって名乗ってたか？　その後、あえてランクは伝えてなかったかもしれない。

「フ、フランさん？」

「ん。ほんと」

「はえぇぇぇ！」

フランが頷くと、イオさんが今日一の素っ頓狂な声を上げた。

「だって、前は……。ええ？」

「気にしないで」

「そ、そんなわけには……」

ランクB冒険者に挟まれて、右往左往するイオさん。なんか、可哀そうになってきた。

「俺は、あなたの方が凄いと思いますよ？　凄腕の料理人は、もっと尊敬されるべきだ」

「うぇ？　いえいえ、そんな……」

イオさんは、真剣な表情で自分を褒めてくるコルベルトに、恐縮している。ランクB冒険者に畏まられて、困惑しているんだろう。完全に困り顔だ。

「いやいや、こちらこそ――」

「いえいえ――」

互いに頭を下げ合っている。

『このままだと話が進まんぞ』

「ん。ねえ、コルベルトはどうしてここにきた？　顔見にきただけ？」

「いや、今回も手伝いをさせてもらおうと思ってな。どうだ？　なんでもやるぞ？」

そう言いつつも、どこか期待に満ちた表情である。俺はこの表情に見覚えがあった。フランがカレーをおねだりする時の表情だ。まあ、可愛げは全く及ばないが。

多分、賄い目当てなのだろう。前回の料理コンテストの時も同じだったのだ。

「……手伝わせてあげてもいいよ」

「本当か！」

「ん。雑用係が欲しかった」

「それでいい！」

フランもコルベルトの目的が金銭ではないと分かっているからこその強気発言だが、普通に考えたら逆だろう。

「え？　え？」

イオさんがまた混乱している。まあ、どう考えてもおかしいのだ。

ランクB冒険者であるコルベルトを雑用で雇うなど、普通では考えられない。高位冒険者の超絶無駄遣いと言えるだろう。

しかし、フランとコルベルトのあべこべ会話は続く。

「報酬は賄い三食で」

「やった！　それでお願いします！　フランの料理の腕も凄いからな！　期待してるぞ！」

「ん。新作料理を用意する」

「ま、まじか！」

「だから頑張って働く」

「おう！」

「え、えぇぇ？」

料理の腕の非常識さ以外は常識人のイオさんが、混乱し過ぎて「えええ」しか言わなくなってしまった。

「大丈夫？」

「は、はいぃ」

「疲れたなら、休憩していいよ？」

「わかりました。す、少し休憩してきますぅ」

イオさんがフラフラとした足取りで調理場から出ていく。驚き疲れたんだろう。

それを見送ったフランが、再び口を開く。

「あと、聞きたいことがある」

「なんだ？　なんでも聞いてくれていいぞ！」

「デミトリスについて教えてほしい」

フランの口から自分の師匠の名前が出ると、コルベルトがやや居住まいを正した。

「興味があるのか？」

「依頼で、デミトリスに会わなきゃいけない」

「ほほう。つまり、居場所が知りたいと？　確実に会いたいなら、ウルムットだと思うぞ」

ウルムットの武闘大会には、毎年ランクＳ冒険者のデミトリスがゲストとして招かれているのだという。

ただ、去年はデミトリスの方に用事があってウルムットに来ることができず、代わりに獣王が主賓として招待されたそうだ。ちょうど外交の一環でクランゼル王国を訪問することが決まっていた期間だったらしい。

「獣王殿が大会運営用に魔道具などを貸し出したのも、多分デミトリス師匠に対する対抗心とかじゃないかと思う」

「仲悪いの？」

「いや、そうじゃない。ただ、代わりに招かれていて、何もなしでは面子が立たないとでも思ったんじゃないかね？　あの方は冒険者であり、王でもあるからな」

政治的な意味で、同じランクＳ冒険者のデミトリスに張り合った結果、準々決勝で使用された魔道具、『時の揺り籠』を提供したってことか。

まあ、派手好きっぽかったし、王族としても面子は重要ってことなんだろう。

「ウルムットに来るのは知ってる」

「じゃあ、何が知りたい？」

「好きなものとか」

「ああ、そういうことか」

「人となりも」

デミトリスとの接触で、粗相をしたくはないのだ。ランクSを怒らせたくないという意味でもそうだし、依頼を達成するためにも、ぜひ有用な情報が欲しい。

「そうだな……師匠を簡単に表すならば……」

「あらわすならば？」

「厳格、苛烈、偏屈。そんなところかな？」

少なくとも、とっつきやすくはなさそうだ。

ちょっと心配になる単語の数々だ。弟子の口から出たっていうのが、さらに不安にさせる。

「……悪いやつ？」

「ぶははは！　おっかないが、悪人じゃないさ。弟子に対しては容赦ない人だが、民衆には英雄のように崇（あが）められている」

「？」

フランはあまりイメージが湧かないらしい。難しい顔で首を捻っている。

「なんつーか、戦いを生業にしている人間には厳しい。自分が基準なんだろうな。『その程度のこともできんのか！　死ぬ？　死なんわ！　本当に死にかけとるなら喋れもせん！』って、感じのことを何度も言われたよ」

うわー。それは厳しい。あれだ、映画に出てくる海兵隊的な感じだ。しかし、それだけなら多くの弟子に慕われることはないだろう。

コルベルトも顔は苦笑いだが、言葉の端々にデミトリスへの敬意が感じられた。破門されても、師への尊敬の念は変わらないらしい。

「だが、困っている人がいれば見捨てないし、貧乏な人からは報酬もとらん。口では修行のためだとか言ってるけどな。俺の育った村も、そうやって救われたんだ」

つまり、ジルバード大陸を放浪しながら、困った人々を無償で助けているってことか？　それは確かに、英雄視されるだろう。

だが、それって問題はないのか？

例えば冒険者。デミトリスは一応ランクSの冒険者だ。つまり、全世界の冒険者の頂点にいる人間である。

そんな人間が無償で人助けをしていては、他の冒険者の立つ瀬がないのではなかろうか？

デミトリスにタダで助けられた村が、次にランクD冒険者を雇ったとしよう。その時、納得できるのか？　デミトリスよりも遥かに手際が悪く、弱い冒険者に何万ゴルドも報酬を支払わないといけないんだぞ？　正当な報酬のはずだが、不満が出てもおかしくはない。

それに、騎士や兵士の面子にも関わってくる問題じゃないのか？

「それ、いいの？」

「何がだ？」

「報酬なしじゃ、他の冒険者が困る」

「あー、そこか」

俺が何か言う前に、フランが疑問を口にした。フランの場合、報酬は正当な評価だと考えているタイプだ。

ただ、フランは気に入った相手をタダで助ける行為も理解ができる。黒猫族の村などでは大盤振舞いだったが、報酬は貰っていないのだ。それ故、余計に気になったのだろう。

「デミトリス師匠の場合はなぁ。元々、修行に都合がいいから冒険者になったわけだ。そして、ランクAになった頃、あっさりと冒険者を辞めようとしたらしい」

「なんで？」

「面倒になったからだそうだ。貴族の勧誘やギルドの横やり。後は、さっきの依頼料の問題。師匠にとってはギルドに所属することが足枷（あしかせ）になったんだろう。だが、それをギルドが引き止めた」

そりゃあ、ランクA冒険者が辞めるとか言い出したら、誰だって引き止めるだろう。

その時に、デミトリスは冒険者に留まるための条件を三つほど突きつけたそうだ。

突発依頼を受ける際、依頼料はデミトリス自身が決めてよいこと。デミトリス流の弟子の修行に冒険者ギルドが協力すること。魔境への無制限の立ち入り許可。

明らかに吹っ掛けている。断らせることが目的なのは、子供でも分かる。よしんば受け入れられたのなら、それはそれでラッキーってことだろう。

そして、冒険者ギルドはそれらの条件を全て呑んだ。どうも、当時からいずれはランクSに昇り詰めると言われていたそうで、何がなんでもデミトリスをギルドに引き止めたかったらしい。

当初は色々と問題もあったそうだが、現在ではデミトリスが活動する南方小国群でその話は有名となり、大きな問題は起きなくなったという。

「他の冒険者に色々と言われたこともあったらしいが、あの人は頑固だからな。しかも過激だし。ぶん殴って黙らせたそうだ」

今度は頑固で過激か。

悪人ではないのだろうと思いつつも、どうしても良いイメージが湧かんのだけど。

「どうすれば仲良くなれる？　好きな食べ物は？」

「好きな食べ物は知らないな……。日常生活全てが修行みたいな人だから、食事も味より栄養重視でな。薬草のサラダとか、薬湯とか、そんなのばっか食ってるよ。ぶっちゃけ俺が料理に興味を持ったのは、そんな不味い食事に嫌気がさしたからだからなぁ」

「じゃあ、美味しい物で仲良くなるのは無理？」

「多分な。まあ、栄養豊富で、食ったら強くなれるような料理でもあれば話は別だろうが」

「ふーん」

食ったら強くなれる料理？　いや、そんなもんがあったら俺がフランに食わせてるよ。でもまあ、栄養バランスが良くて、味もいい食べ物を提供するっていうのはアリかもしれんな。期待は薄そうだけどね。

「じゃあ、趣味は？」

「修行だよ。まあ、デミトリス師匠は絶対に認めないだろうけどな。修行とは人生であり、人生は修行である。そんなことを日頃から口にしてる人だ。他のことに興味があるとも思えん。あるとすりゃ、強いやつとの戦いかな？　それも修行の一環と言えば、修行の一環だが」

自らを高めることにしか興味がないタイプか。これは厄介そうだ。コルベルトは怒るかもしれないが、今の俺のイメージは他者を思いやる心を持ったエイワースって感じだ。

「模擬戦を挑むっていうのは、一つ有りかもしれんぞ？」

「そうなの？」

「ああ。最近じゃ模擬戦をする相手にも困っているんだ。嬉々として受けるだろう。勿論、余りにも弱ければ無視されて終わりだが、フランなら大丈夫だ」

「ふーん」

「ただ、相手は人類最強の一角だ。覚悟しておけ？　半殺し程度なら御の字だぞ？」

「ふふん。望むところ」

あー、やばい。フランのバーサーカースイッチが入ってしまった！　その顔に戦闘狂スマイルが浮かんでしまっている。

止めても絶対に止まらんだろう。何せ、ランクS冒険者との模擬戦だ。フランにとったらプラチナチケットみたいなものである。

それでも、釘は刺しておかねば。

『フラン。無理はするなよ？』

（ん。分かってる）

分かってない顔だよ！　それは！

デミトリスが実は孫大好き人間とかで、同じ年頃のフランに出会った瞬間からデレデレになったりしないかな？

『ま、今は目の前の屋台に集中しよう』

（ん）


そこからは、目まぐるしい日々だった。

食材を用意してもらって、試作を繰り返し、容器などを発注する。それを数日で終えた後は、ひたすらカレーを売り続けたのだ。

驚くほど人気で、毎日ずっと列が途切れなかった。

カレーの元祖という看板。去年活躍したことによる口コミ。冒険者たちの情報網。料理ギルドの大々的な宣伝。商人のネットワーク。イオさんの知名度。

それら全てが合わさり、料理ギルドの予想を遥かに超えるお客さんが詰めかけたらしい。屋台の裏方を担当していたギルド職員が、途中でかなり慌てていた。行列が凄まじ過ぎて、すぐに売り子さんを増員して、レジを増やしたほどだ。

フランはずっと複雑な表情をしていたな。カレーが大人気なのは嬉しいが、目の前でカレーがどんどん減っていくのは悲しいようだ。だが、途中からは吹っ切れたようで、楽し気に接客をしていた。

まあ、無表情なフランが楽しんでいるのは、俺とウルシくらいしか分かっていないと思うけど。

そして、料理コンテスト最終日。

「はいどうぞ！　こちら元祖カレースープです！」

「お肉たっぷりカレースープ！　一杯二〇〇ゴルドです！」

「おいしいですよー」

黒しっぽ亭の屋台の前には凄まじい行列が出来上がっていた。

ここ数日で一番の大盛況だ。三〇〇人以上が並んでいるだろう。今日が最後ということで、リピーターが一気に押し寄せたらしい。

『この値段でも売れるもんだな』

(おいしいから!)

コップ一杯のスープで二〇〇ゴルドはかなり強気な値段だ。安宿一泊分の値段である。イオさんのスープが例年一〇ゴルドだということを考えれば二〇倍の値段だった。

だが、これでも儲けは薄いのだ。何せ料理ギルドを通じて欲しいスパイスや食材を好きなだけ集めてもらってしまったからね。試作品の製作だけでもかなり散財した。

知識にだけあった魔力野菜やブランド食材、希少なスパイス。そういったものを使いまくった結果が、一杯二〇〇ゴルドという値段だった。

肉はこっちで用意した物を使っているから実質タダだ。魔獣肉まで購入していたら三〇〇ゴルドを超えることになっていただろう。

それでもそこそこ売れるんじゃないかと踏んでいたんだが、実際は想像以上の大盛況だった。

「うう、行列が終わりません……」

「前回よりも大変ですー」

「うう。黒雷姫(こくらいき)に騙された」

人聞きの悪いことを言うなリディア! むしろ賄い食わせてやるって言ったら、飛びついてきたのはお前らだろ！

前回も売り子を手伝ってもらった緋の乙女の三人も、速攻で招集している。というか、最初の方でお客さんとして買いにきたので、そのまま売り子として雇ったのだ。

嘘をついて無理やり売り子をさせたりは断じてしていない。ただ、賄いは仕事が終わった後だとは言わなかっただけである。いや、当然だろ？　なんでまだ働いてもいない相手に賄いを出さなきゃならん？

因みに今回うちの屋台で提供しているのは、ホクホク野菜とゴロゴロお肉のカレースープだ。厚紙のコップに入れ、蓋代わりにパンを被せて販売している。

イメージ的には、ロールパンよりも少し大きめに焼いた丸パンを上下に切って、それをコップの上から強めに押し付けて蓋みたいにしていると思ってくれればいい。

これならカレーも零れないし、パンも一緒に売れるのだ。

辛さは、これも以前と同じ普通、激辛、竜辛の三種を用意している。どれもフランとウルシお墨付きの、絶品カレースープだ。

だが、最も辛い竜辛はほとんど冒険者専用だな。去年と同様、これくらい食べられなきゃ冒険者として恥ずかしいという噂が流れているらしい。今年もコルベルトの仕業かと思ったが、今回はそんな噂は流していなかった。どうも、去年竜辛を食べて悶絶した冒険者たちが、勝手に言い出したことであるようだ。

これ、このまま伝統みたいなノリでバルボラに根付いたりしないよな？

辛い物が苦手な冒険者たちよ。済まぬ。

ここ数日でほぼ全ての屋台を制覇したフラン曰く、ライバルになりそうなカレー料理は数品。互角なのは、フェルムスの出しているカレー竜膳スープだけだそうだ。

あのフランが互角と言うんだから、本当にそうなんだろう。やるな、フェルムス。既に、スパイスの調合はものにしたらしい。

ていうか、実質俺の負けじゃね？　こっちは制限なしのうえに元祖なのだ。対するフェルムスは屋台としての利益を追求しつつ、僅か一年で俺と互角のスープを作り出している。

くっ！　やるなフェルムス！　フランのためにも、まだまだ精進せねば！

そんなことを考えていると、不意にフランの気配が揺らいだ。動揺とまでは行かないが、少しの驚きと、ほんの僅かな戦意だろうか？

数ミリの重心の変化。腕が僅かに俺の柄に近づき、目が細められる。体が思わず臨戦態勢に移行しようとしたらしい。

だが、それも無理はないだろう。

「へぇ。これがカレーってやつですかい？　確かにいい匂いだ。ねぇ、姉御？」

「ああ。美味そうだねぇ」

今、カレーを受け取っている二人組。特に赤髪の女性の方の発する物騒な気配に反応してしまったのだ。道端ですれ違ったら、喧嘩を売られているとでも思ったかもしれない。それくらい、攻撃的な気配を身に纏っていた。

売り子をしていた冒険者三人組が、完全に萎縮してしまったぞ。

女性は値踏みをするように、緋の乙女の三人を見つめている。リディア、マイア、ジュディスと視線を移し、すぐに興味を失ったのだろう。

次にフランを見つめてきた。

「……」

「……」

うわー、なんだよこの女。一瞬、獣王と初めて出会った時のことを思い出したぞ。それほどに女の放つ威圧感は猛々しかった。獰猛とさえ言えるかもしれない。

瞳は何もせずとも威圧感を放ち、皮肉気に歪んだ口元が猛獣のように思える。

そして、内に秘めた強さも、相当なものだろう。それも含めて、獣王と重なったのだ。

獰猛で物騒な雰囲気というのであれば、メアを思い出したっていい。同性なのだし。

それでも無意識に獣王を思い出したということは、つまり俺がそれほどの危険性をこの女に感じたということである。

フランも女を見つめ返す。

「……」

「……」

お互いに、威圧感を叩きつけ合っているわけではない。ただ、値踏みし合う両者が醸し出す微妙な牽制の雰囲気が、一般人には十分威圧になっているというのが問題だった。

二人が目を合わせたのは一瞬だろう。

しかし、不自然な騒めきが上がる。

訳も分からず店員を急かす者や、急に寒気を感じて声を上げた者など、理由は様々だ。しかし、誰もが口を開いて何か音を発さずにはいられなかったのだろう。

何が起きたか分かっている人間はほとんどいないと思うが、その場が危険であると本能が理解したらしい。

数少ないこの場の理解者である冒険者たちは、その逆だ。フランと女の実力を前に、黙り込むことしかできない。しかし、異変が起きたのはその数秒間だけであった。

「……ありがとよ」

「ん」

女はカレーを受け取ると、そのまま屋台から離れていったのだ。フランも女も、すれ違ったヤンキーがガンをつけ合うように自然に牽制し合ってしまっただけだったからな。

そもそも、二人が本気で威圧感をぶつけ合っていたら、大パニックが起きていただろう。

『……なんだったんだあの女。冒険者か?』

(強い)

『だな』

後で、誰かにあの女の情報を聞いてみるか。間違いなく、有名な冒険者だろうからな。

少し妙な雰囲気になってしまったが、その後は大きな問題もなく、無事にカレーを売り切ることができていた。

交代で賄いを食べたおかげか、後半は緋の乙女の三人も調子を取り戻していたのだ。

「お疲れ」

「いやー、忙しかったなぁ!」

「もうへとへとですー」

皆で労い合い、料理ギルドへと戻る。

ギルド主催の打ち上げ立食パーティーに出席するためだ。

パーティーといっても料理人や商人が主催の、懇親会に近い催しである。貴族の姿もチラホラあるが、気さくな感じで料理人と普通に話をしていた。そういう人物でないと、こんな無礼講の集まりには参加しないんだろう。

フランたちは賄いを食べた直後であるというのに、今も大量の料理を食べまくっている。フラン、コルベルト、リディア、マイア、ジュディス、それぞれの前に料理を盛りに盛った皿が数枚置かれている状況だ。

有名料理人たちが料理を用意したとあって、どれも絶品であるらしい。

フランも頼まれたから、俺が作った料理を提供しているぞ？　すでに完売したみたいだが、カレーパウダーを振って焼いた魚である。フィッシュカレー風を意識してみた。

今は肉のカレーが主流だけど、シーフードカレーも良いものであると分かってくれただろう。

実際、多くの料理人が俺の料理を前にして、熱い議論を交わしていた。

次にきた時はきっと魚介を使ったカレー料理が増えているに違いない。

「フランさん。お久しぶりですね」

「フェルムス」

「今回の料理も素晴らしい物でした」

「そっちも。すごくおいしかった」

そこに挨拶にやってきたのが、竜膳屋のフェルムスだ。相変わらず若々しい。

年齢は何倍も離れているが、フランにとっては経験豊富で強く、美味しい料理を作れるうえに優しい同業者だ。フランとフェルムスの話はそれなりに弾む。

無口なフラン相手に、それなりでも楽しく会話ができるフェルムスって凄いよね。

「フェルムスさん。優勝おめでとうございます」

「いやいや、カレーという新しい料理のおかげさ」

そこにコルベルトも加わって、今日の屋台の話になる。

「貴族から勧誘されていましたけど、宮廷料理人になるんですか？」

「ははは！　今のところその予定はないね。多くの人に食べてもらうことが好きだし、料理以外の仕事をさせられることも分かりきっているから」

「なるほど。フェルムスさんを雇ったら、戦闘方面で活躍してもらいたくなるでしょうね」

このコンテストに参加している料理人の多くは、優勝して貴族のお抱えになることを夢見ているらしいが、フェルムスは全ての話を断ったらしい。

確かに、フェルムスが手元に居たら料理以外の仕事をさせたくなるのが人情だろう。

元ランクA冒険者にして、斥候などの技術にも明るいのだ。

それが分かっているからこそ、フェルムスは市井(しせい)の料理人にこだわっているらしい。

そもそもフェルムスにとっては、名誉も富も今さらなんだろう。

「そういえば、かなり強そうな女性がいたのですが、そちらはどうでした？」

「赤い髪の女」

「そうです。久々に戦いたくないと思うような、強者の気配を発する相手でした。それこそ、以前フランさんに出会った時以来かもしれません」

「強かった」

「間違いなく」

フランとフェルムスの意見がこれだけ一致しているのだ、間違いないだろう。

「俺はちょうど休憩に行っていて、その女を見ていないんですよ」

「赤いザンバラ髪の、背の高い女性です。普段着が不自然過ぎて、逆に目を引きました。赤茶色の目でこちらを睨むように見ていましたね」

フェルムスすげぇ。そこまで正確に覚えてるのか。俺たちはその強さと赤い髪くらいしか見てなかったぞ。

「野性的というよりは、ヤクザ的と言った方がいいかもしれません。自らの内の狂暴性を本能と知性で飼いならすことができているタイプです」

確かにそうかもしれない。あの女性の態度は、確実にわざとだった。

強い相手を見て興奮して喧嘩腰になったのではなく、最初から相手の反応を見るために物騒な気配を放っていたのだ。理由は分からないが、フランの品定めをしていたのかもしれない。

戦闘狂の匂いがあったし、ただ単にフランの実力を知りたかっただけかもしれないが。それでも最後は驚くほどあっさり引いたあたり、ただの戦闘狂とは違っている。

「一緒にいた男性も相当なものでしたよ」

「……いた？」

まあ、あの時のフランは女性に対して集中していたしな。それに、赤髪の女に比べたら目立たなかったことは確かである。

「はい。金髪をオールバックにした、女性よりも頭一つ分ほど背の高い骨太な男性です。よい筋肉の付き方をしていました。多少着ぶくれしていましたが、間違いなく戦士の体でしたよ」

「へぇ」

「ニヤケ顔とでもいうのでしょうかね？　ずっと口の端で笑っているような感じでした。夜の女性にはモテそうなタイプでしょう」

「強そうだった？」

「それなりには。女性ほどではないですがね。ただ、あの女性の放つ気配を間近で浴びていても態度を全く変えないところを見るに、かなり胆力がありそうです。いざ戦闘になれば、厄介な相手でしょうねぇ」

「ほほう」

フランはフェルムスの評価を聞いて、男にも興味を持ったらしい。なんとか男のことを思い出そうと、腕を組んでウンウンと唸り始めた。

しかし、思い出すことはできない。

何度か会話したことがある相手だって忘れるんだぞ？　こう言っちゃなんだが、思い出せるはずがないと思う。

（師匠は覚えてる？）

『ああ。顔も分かるから、次に会った時には教えてやる』

（ん。おねがい）

それにしても、フェルムスもコルベルトも、あの女性の素性を知らないようだな。

「コルベルト、誰か分からない？」

「あー、そうなんだよ。直接見たわけじゃないが、かなり目立つ風貌なんだろ？　そんな冒険者の心当たり、ないんだよ」

コルベルトが知らないってことは、バルボラで活動している冒険者ではないだろう。

「この近隣の冒険者でもないでしょう。あれだけ腕の立ちそうな女性です。噂にならないはずがない」

「なるほど」

「まあ、この時期だし、国外の冒険者なのかもな。バルボラからウルムットっていうルートは、国外からきた人間の黄金ルートだし」

バルボラ目当ての観光客も、有名なウルムットの武闘大会を見たいと思うだろう。逆に、武闘大会の参加者も、せっかくクランゼルにきたんだからとバルボラに立ち寄る場合も多いらしい。

「国外の冒険者が、有名な冒険者に絡むのはよくあることだしなぁ」

「そうなの？」

「そうだね」

まあ、そこは冒険者だし、ヤンチャなやつも多いんだろう。

「俺みたいな、国外じゃ無名の冒険者にまで、挨拶にくるやつがいたくらいだぞ？」

「ほう？　もしかして鉄爪のコルベルトも、いよいよ有名になってきたんじゃないのかい？」

「えー？　そうっすかね？」

「挨拶にきたの、どんなやつだった？」

「地味な感じの女だったな。気配を抑えちゃいたが、確実に同業者だろ」

コルベルトであっても一般人と勘違いしそうになる、地味な印象の女性だったらしい。だが、動きを見れば素人でないことは判る。

「斥候系の職業なのは間違いねぇ。実際やり合えば、かなり強そうだったぜ」

「へー」

「ま、有名になってきたかはともかく、俺にすら注目するやつがいるってことは――」

「前回の入賞者である私やフランさんの品定めに来る人間がいるのは、当たり前と言えば当たり前だろうね」

「ん。確かに」

ということは、あの女は武闘大会の参加者ってことか？　強敵出現だな。

（楽しみ）

フランの戦闘狂スイッチがまた入った！　武闘大会間近ということで、いつもよりも昂（たかぶ）りやすくなってるんだろうな。

Side　とある三人組

「もう！　シビュラ様！　あれだけ騒ぎを起こさないでほしいと言いましたのに！」

「いやー、まさかあんな騒ぎになるとは思わなくてねぇ」

「ここは我が国と違うのです！　平和ボケした国なのですから、魔獣と戦ったことがないどころか、姿を見たこともない人間もいるのですよ！」

「はぁ？　そりゃあ本当かい？」

「本当ですわ。我が国のように対魔訓練を受けているわけではないのですから。そんなところでシビュラ様が威圧感を出せば……」

「いやいや、威圧なんてしてないぞ？　本当だ。なぁビスコット」

「へい。屋台の娘とちょぃと睨み合っただけですよ」

「……それでどうして、ああなるのですか……。私が少し目を離した隙に……」

「そういえば、何かを確認するとか言ってたよな？　何してたんだ？」

「有名な冒険者が食事をしているというので、軽く接触を試みましたの」

「へぇ？　どんなやつだい？」

「ランクB冒険者、鉄爪のコルベルトですわ。挨拶して、軽く話をしただけですが」

「それで、お前の印象は？」

「そうですわね……。非常に社交的で誠実。依頼をするには好ましい人柄かと」

「冒険者っていうのは、欲深くて信義もなく、卑怯で愚かで弱き存在。だったかね？」

「何度聞いても酷いプロパガンダですわ。だったら、何故そんな冒険者を多数有するクランゼル王国がここまで栄えているというのでしょうか？　妄想と現実の区別もついていない馬鹿な上層部にこの都市を見せてやりたいですわ」

「それほどかい？」

「市場の大きさ、扱う品物の豊富さ。どちらも我が国の首都さえ超えていますわ。そこらの屋台の料理が、我が国の貴族料理並みですもの。冒険者の働きがやはり大きいようです。見たこともない冒険者を大したことがないと言い放つお馬鹿さんたちに、現実を見ろと言ってやりたいですね」

「だが、実際問題本物の冒険者を見たことがないんだ。国が言ってるんだからそうなんだろうって、信じちまうのも仕方ないんじゃ？」

「そう。ビスコットにしては珍しく鋭いことを言いましたわ！」

「珍しく……」

「問題は、南部地域の国民だけではなく、騎士や兵士の中にもプロパガンダを信じ込んでいる者が増えている状況です」

「我が国こそが優良で優秀で、大陸を統べるに値する。冒険者などという野蛮な愚者に頼る他の劣等国は我が国に従うべきだって？　くくく、南征公が言い出したんだったかね？　負けっぱなしの豚がよく言う」

「ですが、生まれた時からそう教育されては、疑うことさえ難しいのですわ。二〇年ほど前に兵士を集めることを目的に掲げられたプロパガンダですが、今では南部全域に広まってしまいましたから」

「そのせいでクランゼルを見下す風潮が加速して、南征公が軍部を抑えきれなくなってきたって話だが……。自業自得だろ。まあ、それすら豚の目論見通りってこともあり得るが」

「ですが、このまま南征公が戦を起こせば、我が国にどれだけの被害が出るか分かりません。今回の視察で、冒険者の力を見極めなくては」

「でもよ、最悪俺たちが出れば――」

「ビスコット！」

「う、うす」

「私らの理念を言ってみな」

「は！　赤き剣は民を守るためにのみ振るわれるべし！　誰にも侵されず、誰も侵さず！　我らが打ち砕くは魔と悪なり！」

「そうだ。私らの仕事は魔獣と賊から民を守ること。侵略なんて下らないことには関わらん。無論、クランゼルやベリオスが侵略してくれば話は別だがな。そこのところ勘違いするんじゃないよ」

「へい。すいやせん」

「例外は、ゴルディシアへの派遣くらいだ」

「ですが、第六――朱炎騎士団(しゅえんきしだん)の動きが少々怪しいようですわ。どうも、南征公に協力している可能性があると」

「ちっ！　あいつら！　一度潰してやったのに、まだ懲りてないのかい？」

「団長がシビュラ様に討ち取られ、その後代替わりしましたから。喉元過ぎればというやつですわ」

「まあ、あそこはまだ手柄も少ねーから舐められがちですし、そもそも南部領が主戦場ですからねー。南征公の要請を断れないんじゃないですかい？」

「赤の騎士団が、権力者の私欲で動かされてどうするよ。嘆かわしい」

「朱炎騎士団は例の死霊術士によって大打撃を受けております。その名誉を挽回するためにも、打って出たい気持ちが強いようですわ」

「うちはともかく、他は大丈夫なんだろうね？　場合によっちゃ、各騎士団の締め付けを一度強化する必要があるよ」

「紅旗、緋眼は問題ないでしょう。茜雨は代替わりしたばかりですが、安定しているようです。血死騎士団は相変わらずですが、国外に出る気はなさそうです」

「つまり、朱炎のクソガキだけが問題か。まあ、いざとなったら潰せばいいか」

「そうですわね。あそこの団長は、シビュラ様と比べれば弱いですから」

「嘆かわしいもんだよ。前の団長は性格は腐っていたが、戦闘力は一級品だったのにねぇ」

「シビュラ様が満足できるクラスの人間、そうそう出てはきませんわ」

「そういう意味じゃ、今回の旅には期待してるんだが……。あんたが接触したっていう冒険者、腕はどうだったんだい？」

「私から見ても、相当な手練れかと。確実に勝てるかどうかは分かりませんね」

「なに？　クリッカから見てそうなのかよ？」

「ええ。そうですわ。ビスコットなら勝てるかもしれませんが、楽勝とはいかないでしょう」

「ほう？　そりゃあ、中々じゃないか。で？　それでもランクBなんだね？」

「はい。まだ接触はできていませんが、その上にランクA、ランクSというランクがありますわ」

「クランゼルにはランクAや、元ランクAがゴロゴロしてるって話だったが……。そうだ、それこそあの屋台の獣人の娘！　あれはどうなんだい？」

「姉御が楽しそうにしてましたからねぇ。まさか屋台の売り子の娘っ子があんな強いとは思いもよりませんでしたよ。正直、顔が引きつってなければよかったんですが」

「くくく。ありゃあ、上物だったよぉ。是非やり合ってみたいもんだ」

「シビュラ様がそこまで言うほどですか」

「ああ！　少なくとも朱炎のクソガキよりも楽しいだろうねぇ。間違いない。ありゃあ、ランクA冒険者ってやつだろう？」

「なるほど、そりゃあ頷ける。冒険者っていうのは実力主義だって聞いてますし。この国に入ってから出会った、数少ない俺よりも強そうな相手ですから」

「うんうん。どうだいクリッカ？」

「……残念ながら、違いますわ。あの屋台にいて、獣人でまだ幼い娘。それは間違いなく、黒雷姫という異名持ちの冒険者のことでしょう。確かに強いとは言われているようですが、ランクはBですわ」

「……あれだけ強くてかい？」

「シビュラ様とビスコットの話を聞いた感じ、コルベルトという男よりも大分強いのでしょう。しかし、それでもBなのですわ」

「ま、まじかよ……。あ！　それじゃあ、もう一人いたあのオッサン！　あれはどうなんだ？」

「ああ、スープ屋の店主か。あれも震えるほど強そうだったよ。迫力では黒雷姫。でも、不気味さではスープ屋の親父だったね」

「スープ屋……。それは、竜膳屋という店ではありませんでしたか？」

「そうそう！　そんな名前だった！　ねえ姉御？」

「嘘か真か、竜を使ってるって話だったよ」

「では、そこの店主である竜狩りのフェルムスでしょう。元ランクA冒険者という話です」

「あれで、元？」

「はい」

「えーっと、つまり、現役のランクAとなったら、黒雷姫や竜狩りよりも強いってことなのか？　いやいや、まじかよ？」

「くくく！　こりゃあ、ますますランクA冒険者に会うのが楽しみになってきたねぇ！」

「お、俺はちょっと怖くなってきましたよ。劣等国どころか、人外魔境なんじゃ……」

「くれぐれも！　くれぐれも、騒ぎは起こさないでくださいまし！」

「分かってる分かってる！」

「……はぁ。私たち、無事に国へ帰れるでしょうか……？」

第三章　魔境での新たな出会い

『ここも、久しぶりだな』

「ん！　お肉たくさん！」

「オンオン！」

『君らは、そう記憶してるのね』

料理コンテストが終わった後、俺たちはバルボラの冒険者ギルドで一つの依頼を受けていた。

本当は、ベリオス王国で受けた依頼を達成するため、ウルムットに急ぎたいところではある。だが、その内容を聞いてしまっては、無視できなかったのである。

内容は、魔境の調査だ。バルボラの近くにある魔境『水晶の檻』。冒険者ギルドが管理している場所なのだが、ここ数日で異変が起きているらしい。

なんと、黒猫族の女性が頻繁に目撃され、彼女によって魔獣が乱獲されているというのだ。他の冒険者の狙っていた魔獣を横取りしたりと、マナーも悪いらしい。それどころか、何人かの冒険者は攻撃魔術を間近に打ち込まれてすらいた。威嚇目的であったようで外れてはいるが、乱暴な行為であることに違いはないのだ。

最初はフランが疑われていた。なんせ、フランがバルボラにやってきたのと、事件が起きた時期が被っているからな。

ギルドマスターのガムドや、コンテストで親しくなった冒険者はフランじゃないと信じてくれた。

だが、疑っている冒険者は少数ながらいるという。まあ、料理コンテスト用に無理に狩ったんじゃないかと言われたら、疑わしいのは分かる。

ということで、疑いを晴らすためにも、フラン自ら調査にやってきたというわけだった。

正直、上級冒険者の獲物を横取りできるほどの手練れの黒猫族が、フラン以外にそうそういるとも思えん。多分、黒い装備の猫獣人なんかを黒猫族だと思い込んでいるだけだとは思う。フランが名を売ったことで、猫の獣人＝黒猫族と思い込んでいる冒険者も多いだろうからな。

それに、俺たちにはさらなる目的がある。この後会いに行こうと思っていた知人が、水晶の檻に立ち入っているらしいのだ。その人物を探して接触できればと思っている。

魔境の中央に聳(そび)え立つ巨大な水晶樹を横目に、俺たちは浅い層から調査を開始した。

この辺には強さはそこそこで食用になる魔獣が多く、バルボラの下級冒険者の稼ぎの場となっているそうだ。俺たちも、以前この辺りでスワンプ・ピッグを狩ったことがある。

今回は狩りが目的じゃないから、積極的には狩らないけど――。

「いた！　肉！」

「オン！」

狩らないつもりだったんだけどね！　もうフランたちが瞬殺しちゃったから、とりあえず収納してしまおう。

今倒したのは、ビッグレッグという飛ばないタイプの鳥型魔獣だ。ドードーを少し大きくして、足をメチャクチャぶっとくした見た目である。ただ、地球のドードーと違って、かなり素早く、攻撃的だ。

ランクはFだから、フランたちの敵ではないが。

フランの剣とウルシの爪が長い首を正確に刎ね、綺麗に倒していた。可食部をできるだけ減らさないように考えていたんだろう。食べ物が絡んだ時、フランもウルシも思考力や判断力がアップする気がする。食いしん坊パワーのなせる業なのだろう。

『二人とも、今回は調査にきたんだからな。狩りはほどほどにな』

「ん……」

「オン……」

ショボンとしてしまうフランたち。肉がたくさんいる狩場で、何も取らないのは生殺しに近いのだろう。

だが、乱獲者疑惑を払拭するためにやってきたのに、獲物を狩りまくったら本末転倒なのだ。

『とりあえず、冒険者を探すぞ。目撃情報が得られるかもしれん』

「わかった。ウルシ、やれる？」

「オンオン！」

ウルシが「任せとけ」ってな感じで吼えると、地面の匂いをクンクンと嗅ぎ始める。

そして、一〇秒もせずにある方角を向いた。

「オン！」

「あっちにいるみたい」

『よし、それじゃあ行ってみるか』

冒険者たちの狩りの邪魔にならないように、気配を消して近づく。

数分ほど歩くと、森の先にいくつかの人影が見えていた。

どうやら、獲物となる魔獣を探している途中であるらしい。息を殺して、森の中をゆっくりと歩いている。

あれで気配を消しているつもりなんだろうが、俺からしたらハイキングしてるようにしか見えなかった。

フランも、彼らが隠れているとは思わなかったらしい。

トコトコと歩いて近づき、普通に声をかけた。

「ねぇ」

「うわぁぁ！」

「ひょえぇ！」

「ひぃぃぃ！」

背後から急に声をかけられ、青年三人が同時に悲鳴を上げる。

フランは普通に歩いているつもりだけど、彼らにはその気配を感じることができなかったようだ。森の中だし、微かに気配は抑えているけどさ……。これに気付けないって、どんだけ索敵能力が低いんだよ！

悪いと思ったが、心配になって鑑定してしまったよ。

そうしたら、青年たちは本当に駆け出しであった。レベルもスキルも、最低限だ。正直、この森にはまだ早いと思う。まあ、冒険者なのだし、そこは自己責任なんだけどさ。

「なななななな！」

「おおおおおおお！」

「だ、誰だ！」

ビビり倒す二人は無視して、ギリギリ会話可能そうな緑髪君に話しかける。他の二人よりもガタイが大きくて、いかにもヤンチャそうなリーゼント風の髪型の青年である。

「私はフラン。あなたたちも冒険者？」

「そ、そうだ！　どこから見たって冒険者だろ！」

「？」

フラン的には、ギリギリ冒険者か一般人か迷う実力だったのだろう。

首を傾げている。だが、ここで本当のことを言っても彼らのプライドを傷つけるだけで話は進まない。

『フラン。とりあえず頷いておけ』

「ん。わかった」

「わ、分かればいいんだ。お、お前も冒険者なのか？」

「ん。この森に調査にきた」

「こ、ここは超危険な森なんだぞ！　ガキが一人で来ていい場所じゃない」

どうやら、フランのことを知らないらしい。

お前らが言うなって感じのセリフだが、一応フランのことを心配してくれているのは間違いないだろう。カモと見れば襲ってくるバカがいる中で、この対応は好感度上がるぞ。まあ、フランじゃなくて、俺の好感度だけどね！

「そっちこそ、この魔境はまだ早い。隠密も索敵も、全然なってない」

「な、なんだと！　俺は、村で一番の戦士だったんだ！　ここだって問題ない！　ガキが生意気言うな！」

あー、そのタイプね。村でゴブリンとか倒して、自分最強って勘違いしちゃったタイプかー。多分、事前に情報を調べることの大切さとかも、分かってないんだろう。

「ふむ」

フランは軽く首を傾げると、その場から青年たちの後ろに回り込んだ。

それほど速くはなかったはずだが、青年たちはフランの姿を見失ったらしい。

「え？　ど、どこだ？」

「消えた！」

「え？　え？」

「こっち」

「「「うわあああああ！」」」

フランが声をかけると、今度は全員が同じリアクションで悲鳴を上げた。

見てる分には面白いが、やはり魔境にはまだ早いだろう。こんなデカい声を我慢できないようじゃ、魔獣に見つけてくれと言っているようなものなのだ。今も音を聞きつけたビッグレッグが近づいてくるしな。

「いつの間に……！」

「どうやったんだ？」

「転移だ！」

「違う。普通に走って回り込んだだけ」

　なんてやり取りをしている内に、ビッグレッグたちが茂みを突き破って現れた。

「「「クッケェェ！」」」

「や、やべえ！　ビッグレッグが三匹も……！」

「逃げるぞ！」

「ここまで接近されたら無理だよ！」

　一応、自分たちの実力ではビッグレッグ三匹を同時に相手にはできないという認識は持っていたらしい。この魔境で最下層のビッグレッグ相手にこの様で、どうやって獲物を狩るつもりだったんだ？　運よく一匹でいるビッグレッグを見つけられなきゃ、マジで狩りの対象がいないぞ？

　ただ、フランを見捨てて逃げようとしない点は、高ポイントだ。

「お前もいくぞ！」

　ちゃんと、フランも連れて逃げようとしてくれている。

　動かないフランを引っ張っていこうというのか、手が伸ばされる。フランはそんな手を躱し、前に出た。またフランの動きを見失って驚いているな。

　焦った様子でキョロキョロしている青年たちを尻目に、フランが素早くビッグレッグたちに斬りかかった。

「はっ！」

「クッケェェ？」

三匹とも瞬殺である。自分たちが命を落としたことにも気付かず、その首を落とされていた。三つの首が同時に落下し、首の断面から血が吹きあがる。

ようやく気付いた青年たちが、異常な光景を見て驚きの声を上げていた。

「え？」

「ええ？」

「ええぇ？」

こいつら、わざとじゃないだろうな？　いいリアクションをしてくれる青年たち三人に、フランは分かりやすくドヤ顔だ。胸を張って、フフンと鼻を鳴らしている。

「こいつらぐらい瞬殺できないと、この森は危険」

「「「……」」」

もう、言葉を発することもできない青年たち。ここは、しっかりフランが何者なのか教えてやった方が話が進むだろう。

『フラン。冒険者カードを見せてやれ』

「ん。これ」

「そ、それは……！　Bランクゥゥ？」

「あ！　黒猫族の！」

「先輩が言ってた！　ほ、本当の話だったのか！」

それで、ようやくフランが何者か分かったようだった。駆け出しであっても、話を聞いたことくらいはあったらしい。

「この辺で、私以外の黒猫族見なかった？」

「いえ！　見てないです！」

「怪しいやつでもいい」

噂の黒猫族も、俺たちが探している知人も、どちらも怪しいやつだからな。その質問で、どちらのことも聞けてしまうのだ。

「怪しい人間も見てません！」

そもそも、彼らはバルボラにやってきたばかりで、前日の夜に酒場で聞いた他の情報くらいしか持っていなかった。その状態で、怪しいかどうかなんてわからないだろう。ただ、一つ面白い情報を聞くことができた。

少し前、魔境の奥の方から大きな音が鳴り響いたらしい。空気をつんざくような、ゴロゴロという音だという。落雷に似た音だったそうだ。

多分、この魔境の最奥に生息するサンダーバードと、何者かが戦ったんだろう。サンダーバードは雷鳴魔術を使いこなすので、場合によっては凄まじい轟音が鳴り響く。

『奥には誰も入っていないはずだ』

（やっぱり、誰かが忍び込んでる？）

『その可能性はある』

浅い層はともかく、奥に入る場合には冒険者ギルドに申請する必要がある。俺たちにその情報が上がってきていないのはおかしかった。

ただ、無謀な冒険者が奥に入り込み過ぎて、サンダーバードと遭遇してしまっただけの場合もあるので、誰が戦ったのか調べる必要があるだろう。

「情報、助かった。これは情報料」

「うぇ？　いや、こんな貰えませんよ！」

「いい。囮役をやってもらったし」

別れ際、フランはビッグレッグを一匹青年たちに押しつけた。

情報料だと言っているが、大きい獲物を渡すことで青年たちを帰らせようとしているんだろう。口で帰れと言っても、素直に帰るかどうかわからないからな。持ち物が獲物でいっぱいになれば、さすがに帰還するだろう。

口で言うだけではなく、こんな搦手を使うとは……。成長したな、フラン！

青年たちはフランの作戦通り、重いビッグレッグを三人で協力して引きずりながら、バルボラへと帰っていった。ギルドで解体してもらうと言っていたから、そこでしこたま怒られるだろう。自分たちの無謀の結果だから、甘んじて説教されてくれ。

『さて、どうする？　一気に奥を目指すか？』

「ん。でも、人も探す」

『ま、他の人からも情報を聞きたいからな』

「オン！」

俺たちは、その後もウルシの鼻を頼りに冒険者を探して接触してみたのだが、新たな情報を得ることはできなかった。

黒猫族を見た者はおらず、怪しい人物の情報もない。そして、雷のようなドガンという破裂音を聞いた者が多数である。

ただ、収穫がゼロというわけではなかった。

意外と冒険者たちがフレンドリーだったのだ。有名料理人として顔も売ったし、カレーを気に入った冒険者も多かったからな。まあ、ウルムットの武闘大会の入賞者としての肩書の方が、影響力は大きいだろうが。

フランが乱獲の犯人として疑われていると聞いたから、もっときつく当たられると思っていた。しかし、ほとんどの冒険者はフランが犯人などとは思っていないらしい。

極一部の、フランに嫉妬した冒険者が、フランを貶めるために騒いでいるだけであった。

むしろ、ほとんどの冒険者に頑張れと応援されてしまったのだ。

冒険者たちのこの反応は、バルボラやウルムットでの活動を頑張ってきたからだろう。フランもどこか嬉しそうだが、俺も嬉しいぞ！

それからさらに奥へと進んだ俺たちは、中層の半ばでようやく求めている情報を持つ冒険者に出会っていた。

「じゃあ、サンダーバードと戦ってたの、黒猫族？」

「おう。黒雷姫とは別人だって分かるくらいには、背格好が違ってたがな」

なんと、本当にフラン以外の黒猫族がいたらしい。

実は、違う獣人族を見間違えていたり、フランに罪を擦り付けるために適当に黒猫族がやったと吹聴していただけだと思っていたのだ。

黒猫族はつい最近まで進化条件が不明だったせいで、突き抜けて強い者が他種族に比べて非常に少ない。フラン以外にサンダーバードと戦えるような強者がいるだなんて、聞いたこともなかった。

ただ、俺たちに未知の黒猫族のことを教えてくれた冒険者は、赤犬族だ。同じ獣人で、特に鼻の利く犬系獣人が、相手の種族を間違える確率は低かった。

冒険者と別れたフランは、テンション高く歩き出す。

（師匠！　早く行く！）

『待て待て！　その黒猫族が、どんなやつかも分かってないんだぞ！』

フランとしては、黒猫族＝仲間という認識なんだろう。だが、魔境の奥に勝手に入り込んで、好き勝手に狩りをしているような手合いだ。

まともな相手かも分からない。

『言いづらいが、敵対する可能性もある』

（……ん）

フランがショボンとしてしまったが、俺の言葉を頭ごなしに否定するようなことはしない。フランも心のどこかでは分かっていたんだろう。可哀そうだが、ここはしっかりと警戒していかねば危険なのだ。

『気配を消して、静かに行くぞ』

（ん）

（オン！）

フランは隠密スキルを使用し、ウルシは影の中へ。

気配を最大限殺し、樹海の中を進んでいく。

この辺りからは魔獣も強くなり、瞬殺できる相手ばかりではなくなってくる。黒猫族探しも重要だが、それにばかり気を取られていていい場所じゃないのだ。

（む？）

『グリンカムビだ。止まれ』

俺たちが遭遇したのは、金色の鶏にそっくりなグリンカムビという魔獣である。サイズは巨大だが、その動きはかなり素早い。しかも、甲高い声で仲間を呼ぶことがあるため、モタモタしていると囲まれてしまうのだ。

牛型魔獣のアピスや、猪型魔獣のグリンブルスティといった、中層に出現する他の魔獣と比べて単体の戦闘力は低い。だが、冒険者の死傷原因はグリンカムビが一番であった。舐めてかかった結果、いつの間にか囲まれてやられるというパターンが多いらしい。

『なんか、妙に焦ってる感じだな』

（キョロキョロしてる？）

落ち着きがなく、気もそぞろだ。あれなら、奇襲を仕掛けやすそうだった。

『俺が風魔術で音を消す。ウルシが影で拘束して、フランが首を刎ねろ』

（わかった）

（オン！）

勝負は一瞬だった。作戦通り、ウルシのシャドーバインドで足を搦めとり、一気に近づいたフランが首を刎ね飛ばしていた。この魔境に来てから、首を刎ねてばかりだな。

金の大鶏を収納しつつ、周囲の気配を探る。

『仲間はいないようだ』

「ん。でも、なんか変だった」

『ああ。他の魔獣もどうなっているか分からん。気を付けよう』

道中の魔獣を倒しつつ、フランは静かに森を駆けた。やはり、魔獣たちがどこか浮ついている気がする。意識が散漫なのだ。

気付くと植生が変化し、より太く大きな植物が生え始めていた。魔境の中央に位置する水晶樹から発せられる魔力によって、植物が大きく育つらしい。

大きいから栄養を奪ってしまいそうなものだが、水晶樹は周辺の植物の大型化を促進するらしい。

そんな魔境の中心で、俺たちは足を止めた。

明らかな強者の気配が満ちているのだ。これ以上動けば、確実に発見されるだろう。

気配の主に、俺たちは覚えがあった。

『サンダーバードの気配だ』

(怒ってる?)

(オン……)

フランたちが言うように、サンダーバードの発する気配には怒りが混じっていた。以前、フォールンドと戦うサンダーバードを遠目に見たが、その時の気配に近い。

道中の魔獣の様子が変だったのは、サンダーバードが撒き散らす怒りの気配に怯(おび)えていたせいだろう。

雷を纏う巨鳥は水晶樹の周囲の気配を探り、何かを探しているようだ。言葉にするのは難しいが、サンダーバードの発する何かが、俺たちの表面を撫でているような感覚がある。

『いいか、絶対に動くなよ』

(ん……！)
(オフ)
実力的に、絶対に勝てない相手ではないだろう。

相手は脅威度B。俺たちは脅威度Bの魔獣を仕留めた経験もある。

ただ、今のサンダーバードは何故か怒り狂っており、その危険性はさらに増していた。しかも、サンダーバードは群れを作る習性があり、周囲に他の個体がいる可能性が高い。眷属を使役している場合もあるので、戦う相手は一羽だけではないのだ。

しばらくじっとしながら、サンダーバードの居場所を探る。すると、水晶樹の透明な枝葉の奥に、不規則に明滅する青白い光源があった。普通の灯りではなく、まるで雲間を突き抜ける雷光のような存在感を感じる。

間違いなく、あそこにサンダーバードがいるのだろう。

と、不意にサンダーバードの放つ雷光が激しさを増した。

「クオオオォォォォオォォォオォン！」

(うるさい)

『威嚇してやがるな』
(オン)
声に魔力を乗せて、自らが上だと何者かを相手に示しているようだ。より一層、放たれる存在感が増している。完全に戦闘態勢に入ったようだ。

深層の入り口付近で静かに監視を続けていると、サンダーバードが動いた。

「クオオォオ！」

水晶樹のすぐそばを激しい閃光が幾度も走り、轟音とともに幾条（いくすじ）もの雷撃が虚空目がけて放たれる。よく見ると、空中に何かがいた。小さい影が、宙を走っている。

（人！）

『ああ。サンダーバードはあいつを探してたんだろう。ウルシ、気付けてたか？』
（オフ）
（私もわかんなかった）

『俺もだよ』

サンダーバードの巨大な気配によって周囲が覆い尽くされていたのだとしても、俺たちが全く気付けなかった。サンダーバードと戦っている人物は、よほど隠密能力が高いのだろう。

いや、身に纏っている黒いローブの効果か？

気配だけではなく、鑑定防止系の効果もあるようだった。種族や性別も分からない。

サンダーバードが、連続で雷撃を放ち続ける。一撃一撃が、ランクD程度の魔獣なら消し炭にする威力があるだろう。だが、黒い人影はその魔術をヒョイヒョイと躱し、まるでおちょくるように何かを投げつけている。

苦無（くない）のような形の、投擲（とうてき）武器であるようだ。魔力を帯びた苦無は、サンダーバードでもダメージを与えられるだけの威力があるみたいで、サンダーバードもそれが感じ取れるのか、投げつけられた苦無をしっかりと回避していた。

自身の放つ雷撃は躱され、反撃まで飛んでくる始末に、サンダーバードの怒りのボルテージが上昇していくのが分かる。

「クッカアアァァァァァァ！」

水晶樹の枝から飛び出したサンダーバードが、周辺に無茶苦茶に雷撃を降らせ始めた。

ローブの人物もさすがに回避しきれないかと思ったのだが、驚くことにサンダーバードの放つ強力な雷鳴魔術を受け流しているではないか。というか、直撃してもすり抜けているというか、効いていないように見える。

あれもローブの効果だとすると、凄まじく強力な魔道具になるぞ。

雷鳴魔術が効かないことが分かると、サンダーバードは早々に攻撃方法を変えていた。

恐ろしいほどの速度で、突進攻撃を行い始めたのだ。翼長二〇メートルを超える巨体であるのに、その速度は見失いそうになるほどに速い。嘴の直撃を受けずとも、掠るだけで人は粉々になるだろう。

だが、ローブの人物はやはりただ者ではなかった。

空中跳躍のようなスキルを使い、空を蹴って突進を躱している。

サンダーバードの突進攻撃は、ただ速い体当たりというだけではない。

フランが閃華迅雷を使用している時と同じで、有り得ない角度で急激に曲がることができるのだ。

自身の肉体を一瞬だけ雷化することで、慣性を無視することが可能なんだろう。

そのため、一発目の突進を躱しても、異常な速度で旋回できるサンダーバードによって二撃目がすぐに襲ってくるのだ。

上位の冒険者でも、手こずる攻撃である。だが、ローブの人物は回避するだけではなく、その突進に合わせて攻撃を放っていた。

遠目からでも魔剣と分かる長剣を抜き放つと、すれ違い様に振るう。

（斬った！）

『いや、ダメージはほとんどない！』

サンダーバードの羽毛は非常に硬いし、魔力で強化もされている。多少斬れはしただろうが、バランスを崩すほどじゃないし、すぐに回復するだろう。

その後もローブの人物は驚異的な身のこなしで攻撃を躱していたが、超人的な動きをずっと続けてはいられない。

「！」

『飛ばされた！』

回避がギリギリになりすぎたせいで、風圧をもろに食らったようだ。後ろへと大きく吹き飛ばされる。その隙を逃さず、サンダーバードが追撃を加えていた。

雷鳴魔術ではなく、魔力弾をそのまま放っている。獣の癖に、素晴らしい判断だ。

無数の魔力弾が雨霰（あめあられ）のようにローブに叩き込まれ、爆発が水晶樹を彩る。迸る（ほとばし）魔力に照らされて輝く水晶樹は、場違いなほどに美しかった。

俺が水晶樹に見とれている間に、ローブの人物は地面に叩き落とされてしまう。

『おいおい、大丈夫か？』

ここで死なれちまうと、事情が聞けないんだが……。

『フラン！　サンダーバードの気を引くぞ！』

（ん！）

嬉しそうに頷いちゃって！　実は戦いたくてウズウズしていたのだろう。

侵入者を救うため、激怒状態のサンダーバードに向かってフランが飛び出した。

「はぁぁぁ！」

「クケッ？」

フランの斬撃が、サンダーバードの首を捉え――ない！

『このタイミングで躱すか！』

飛び出る瞬間、加速するために使用した魔力の微妙な動きを感知されたのだろう。サンダーバードの速度であれば、それで反応できるらしい。

今の一瞬で、サンダーバードの強さが理解できた。

相手はあの巨体だ。パワーで負けていることは解っていた。しかし、スピードでは負けていないと思っていたのである。最高速度はともかく、小回りではフランが勝っているはずだった。

だが、今の動きを見てしまったら、小回りでも互角に近いと思い知らされたのだ。

その後、フランとサンダーバードは数度攻撃を応酬し合い、互いの厄介さを認識する。

どちらも得意とする雷鳴魔術は、完全に無効化されて効かない。攻撃は回避される。結果、超高速で動き回りながら、位置を入れ替え合うだけであった。

まあ、何もしてないわけじゃないけどな。

『よし！　また毟ってやったぜ！』

(オンオン！)

サンダーバードがフランに気を取られている隙を狙い、俺とウルシが細々と攻撃を仕掛けていたのだ。

俺は念動を使い、やつの羽毛を毟り取っていた。羽毛だけでもそれなりに貴重だと聞いていたが、素材を得ることが目的ではない。少しでもサンダーバードの集中を乱すためだ。

高速で動きまわっている最中にブチリと羽毛を毟られれば、確実に嫌がらせになるだろう。

ウルシはウルシで、影に潜みながら時おり魔術を放っている。ダメージではなく、視界を潰すようなタイミングを狙っているようだった。

こちらもまた、フランを援護する目的である。

余りにも相手が速すぎて、大きな攻撃を直撃させるのは難しそうだからな。

だが、それでも戦況に大きな変化は訪れない。

サンダーバードめ！　魔獣の癖に、忍耐強いな！

いや、仲間がやって来るのを待っているのか？　時間をかけ過ぎて不利になるのは、こちらの方ってわけだ。

『フラン。本気でやらなきゃ、どうにもならんぞ』

(ん！)

『ウルシも、本気を出せ』

(オン！)

出し惜しみをして、どうにかなる相手ではなかった。無論、フランは覚醒し、今の全力で攻撃をしている。それでも、俺は魔力の消耗を考えて節約しているし、フランも体が壊れるほどの無茶な動きはしていない。ウルシのことも温存していたのだ。

(全力全開!)

フランが猛々しい笑みを浮かべると、ギアを一つ上げるべく魔力を練り上げる。

しかし、フランが身構えた直後、水晶樹の根元で異変が起きていた。

強い魔力が発せられたかと思うと、ローブの人物の気配が消失したのだ。

『今のは……転移したのか!』

自力で転移したのか、魔道具を使ったのか分からないが、意識を取り戻して逃走を選んだのだろう。

それを確認したフランの行動は素早かった。

魔術を放つと見せかけて、大きく後ろへと飛ぶ。

(師匠、離脱する)

『了解』

俺たちの目的は、サンダーバードの撃破ではなく、魔境の調査だ。ここで無理をすればあのローブの人物に逃げられるかもしれない。そう判断したのだろう。

『偉いぞ、フラン』

(目的は、あいつじゃないから)

『だな』

前のフランだったら、ここでサンダーバードとの戦いにこだわっていただろう。強い相手との戦いを放棄して、逃走を選べるようになったんだな! 大成長だ!

「クケエエエ！」

「お前とは、いずれまた」

『あばよ！』

俺たちは、長距離転移で一気に離脱する。やつらの縄張りである深層を抜けてしまえば、さすがのサンダーバードも追ってはこないのだ。

肩の力を抜き、息を吐くフラン。

「ふぅぅ。サンダーバード、強かった」

『ああ。さすがに魔境の支配者なんて言われるだけあったぜ』

「あのローブのやつ、探す。ウルシ、お願い」

「オン！」

水晶樹を中心に、二〇分近くは駆け回っただろうか。

サンダーバードの放つ強大な魔力もほとんど感じられなくなり、周囲に雑魚魔獣の気配が増え始める頃、俺たちは目的の人物を見つけ出していた。

『よし！　逃げられずに済んだな！』

(ん。ウルシ、お手柄)

「オンオン！」

フランが言う通り、発見できたのはウルシの鼻のお陰であった。一度匂いを嗅いだ相手なら、少し離れていてもしっかり追えるのだ。改めて、凄まじい追跡能力であった。

ローブの人物はこちらには気付かず、切り株に腰を下ろして休憩している。俺たちは気配を殺し、静かに距離を詰めていった。

こうして見ると、大怪我をしている様子はないし、あのローブもほとんど傷が付いていない。やはりかなり高位の魔道具だろう。あれだけの攻撃を食らって、破れてもいないとは。

ただ、のんびり観察している余裕はすぐになくなってしまった。

「……さっきから、誰かがこの辺を嗅ぎまわってるのは分かってるニャ！」

（！）

『ちっ。気づかれてたか！』

いつ気付かれたか分からないが、泳がされていたらしい。あえて動きを止めたローブの人物に、まんまと釣られてしまったというわけだ。やられたぜ。

ローブの人物――女性が、こちらを見て叫んだ。

出ていくかどうか迷ったが、相手は待ってくれない。

「怪しいやつはとりあえずぶっ飛ばすが吉だって、ご主人様も言っていたニャ！」

『ちっ！　転移！』

俺が転移を使った直後、それまでいた場所を雷撃が貫くのが見えた。

『いきなりぶっぱなしやがった！』

殺すつもりはないのだろうが、かなり威力が強い。軽い気絶で済まそうなんて気は、さらさらないのだろう。

「ほう？　子供かニャ？　いい動きだニャ！」

何だこの語尾！　ローブの遮断効果のせいで正確には分からんが、多分猫獣人なのだろう。だが、語尾に「ニャ」なんて付けている猫獣人、初めて見たのだ。

「誰？」

「それはこちらのセリフニャ！」

「私は冒険者。許可なく魔境に侵入している人を探す依頼を受けてる」

「ほほう？」

フランがそう告げた直後、ローブの奥に見える目がスッと細められるのが分かった。

フランも、相手の変化に合わせて警戒を強める。

「……ここで、なにしてる？」

「何って、修行だニャ！　強い魔獣がいると聞いて、やってきたのニャ！」

「魔境の奥に入るには、許可が必要」

「柵も見張りもなかったニャ！　自分たちで管理してるっていうなら、しっかり入れないようにしとけニャ！　だいたい、なんで冒険者ギルドの許可なんか必要ニャ？」

「弱い冒険者が、強い魔獣に挑んで死んじゃうのを防ぐため」

「ニャハハハ！　だったらニャーは問題ないニャ！　なんせ、最強だからニャー！」

「さっき逃げてた」

「あ、あれはたまたまだニャ！　だいたい！　誰にも迷惑かけてないんだし、とやかく言われる筋合いないニャ！」

猫獣人の女が言い放つが、そう簡単な話ではなかった。

「サンダーバードが怒ってるせいで、魔獣が逃げてる」

「それがどうかしたのかニャ？」

ローブの女は冒険者ではないのだろう。狩りについての理解度が低すぎる。多分、普段は狩りをあまりやらない、放浪の武芸者ってところかな？　修行しているという言葉に嘘はないようだし。

魔獣の生息域に異変があれば、冒険者の狩りにも影響が出る。狙っていた魔獣が見当たらないくらいなら可愛いもので、場合によっては普段狩場に現れるはずのない格上の魔獣と遭遇して、命を落とす者だっているかもしれない。

ただ、口下手なフランでは詳しく説明することは難しかった。

結局「冒険者に迷惑がかかってる」としか言えないのだ。

察しがいい相手ならなんとなく理解してくれるかもしれない。無口仲間のフォールンドとかね。

しかし、ローブの女は空気読めない勢だった。ムキになって言い返してくる。

「冒険者のことなんて知らんニャ！」

「ここはギルドが管理してる。知らないじゃ済まない」

「ギルドギルドうるせーニャ！　そんなの知らないニャ！　ギルドの犬め！　ニャ！」

「犬じゃない。猫」

「そういう意味じゃねーニャ！」

ローブの女からは強い敵意や悪意はないんだが、戦意だけがグングン高まっていく。もともと、修行なんて言って魔境に侵入するくらいだ。戦闘狂なんだろう。

フランの実力が高いと見て、戦いたくてウズウズしている。フランも同じだから、手に負えない。

どちらも、サンダーバードとの戦いの余韻が残っているというのも、戦意を高めることに一役かってしまっているようだった。

そもそも戦闘狂が向かい合った時、口で言い合いつつも、最終的に武力衝突になるのは決まっているようなものなのだ。

「……お前も戦士なら、これで語ってみせろニャ。勝ったら、言うこと聞いてやるニャ」

「……望むところ」

仕方ない。もうどちらも止まらないだろう。

『フラン。相手はかなりの手練れだ。油断するなよ』

「負けない」

「こっちのセリフだニャ！」

フランと女が武器を構え、睨み合う。

女が持つのは、柄も鍔も刃も青白い不思議な色合いの剣だ。間違いなく魔剣だろう。微かに氷雪属性の魔力を感じる。魔力そのものは小さく感じるが、多分こちらにも隠蔽系の能力があるのだ。あえて微かな魔力を漏れ出させることで、相手の油断を誘っているのだと思われた。

「先手はいただきニャァァ！」

「ふん」

凄まじい瞬発力で背後に回り込み、高速の斬撃を見舞ってくる女。

空中跳躍を利用し、全速力でも急角度で曲がれるのだろう。フランも同じことはやれるが、女の方がより慣れているように思えた。

まあ、フランはあっさり躱したけどね！

「ニャッハッハ！　やるニャァ！」

「そっちこそ」

互いに、相手の動きに感心している。

そこからは、いささか鋭すぎる牽制攻撃の応酬だ。どちらの攻撃も当たらず、その激しさだけがドンドンと増していく。

「ニャニャ！　ニャーより速いやつ、初めて見たニャ！」

「そのニャーニャーって、ニャンニャの？」

『フラン釣られてるぞ！』

可愛いけど！　メッチャ可愛いけど！

「なんなの？」

「これは、クセだニャ！　直らないんだニャ！」

「くせ？　それが？」

「昔、言わされてたら、クセになったんだニャー！」

高速で斬り合いながら、よく普通に喋れるな。どちらも本気で攻撃しているのに。

ただ、互いにギアを上げると、さすがに会話する余裕はなくなってきたらしい。

気合の咆哮を上げながら、攻撃を叩きつけ合う。

「はぁぁぁぁぁぁ！」

「ニャニャニャニャァァ！」

十数合にも及ぶ斬り合い。

その末に、ついに均衡が崩れた。

「ニュニャッ！」

「しっ！」

フランが女の上段斬りを上手く受け流し、返しの一刀でそのローブを切り裂いたのだ。

慌てて距離を取る女。

フランは追撃しない。いや、しないのではなく、驚きのあまりできなかったのだろう。

「黒猫族？」

「ニャ？　ニャニャニャ！　身バレ防止ローブがぁ！」

ローブの下から現れたのは、黒い猫耳だ。女は、噂通り黒猫族であった。

フランも、本当に黒猫族だとは思っていなかったのだろう。

身バレ防止ローブというのはまんまな名前だが、ふざけた名前とは裏腹に効果は凄まじかった。猫の獣人ということは判っていても、その下の姿や種族は本当に隠していたのである。

体型はフランとかわらないが、背はだいぶ高いかな。顔立ちは近いんだが、その雰囲気は全然違う。何となく、猫っぽい雰囲気が強いのだ。アーモンド形の猫目や、口の端から覗く八重歯のせいだろうか？

髪の毛はフランよりも長く、ポニーテールに纏めている。こんな時にあれだが、可愛い。

ローブの下に着こんでいるのは、白いワンピースタイプの布鎧だ。不思議な紋様の刺繍が施され、民族衣装のようにも見えた。ゲームとか漫画に登場する、アイヌ民族風に似ている気がする。

鑑定が一部通るようになったな。どうやら、切り裂かれたことでローブの能力が低下したらしい。

完全に隠蔽が解けたわけではないが、ローブの性能や、女の名前や一部スキルが見えている。

というかあのローブ、ヤバいんだけど。鑑定遮断、気配遮断、種族隠蔽、自動修復と、貴重なスキルのオンパレードだった。

俺もフランも、女のことは黒猫族ではない猫獣人だと思っていた。なんせ、この近辺で凄腕の黒猫族の情報なんて、欠片も聞いたことがなかったからな。

ただ、フランはすぐに驚きから脱し、むしろ嬉しそうに俺を構え直す。

「ぐぬぬニャ！　剣術じゃニャーの負けニャ！」

「ふふん」

「清々しいほどのドヤ顔ニャ！　同族のチビっ子に負けたのは初めてニャ！」

「ちびじゃない」

「成人もしてねーんニャし、十分チビニャ！」

「もう一三歳」

「ニャハハハハ！　ニャーはもう二四歳ニャ！　セクシーな色気ムンムンの超大人ニャ！」

「大人？」

フランの視線が女の体を見た。そして、首をコテンと傾げる。

「ニャ、ニャンなのニャその眼は！　ちょ、ちょっとだけ控えめニャだけニャ！　もう少ししたらバインバインに育つんニャ！」

女が両手で胸を隠して、赤い顔で怒りの声を上げた。

いや、フランは別に馬鹿にしたりはしてないんですよ？　ただ、今まで出会った大人の女性はナイスバディな人も多かったから、大人ならボンキュッボンっという認識があっただけなのだ。それに、俺はスレンダーなのも好きだ！

「そ、それにしてもお前、やるニャ。名を名乗れニャ」

「フラン」

「ニャーはクーネニャーッ！」

「クーネニャー？」

「違うニャ！　クーネ！　ニャ！」

クーネは、子供じみた態度で地団駄を踏んでいる。どこが大人だ！　中学生くらいにしか見えんわ！

「ニャーはこれでも、二〇年以上剣を振っているニャ！　子供の時から厳しい修行を受けてるんだニャ！　そんなニャーに勝るとは、お前天才かニャ？」

「二〇年前？　クーネはまだ子供」

「そうだニャ！　でも、当時ニャーはどっかの裏組織に買われて、暗殺者になるために育てられていたニャ！　それはそれは厳しい修行だったニャ」

結構悲愴な過去を語っているはずなんだが、クーネの明るい雰囲気のせいか全然可哀そうに聞こえないな。

ただ、フランは違っていたらしい。難しい顔で、聞き返す。

「……奴隷だった？」

「そうだニャ。ニャーは生まれてから今まで、ずっと奴隷のままだニャ」

クーネが簡単に身の上を語ってくれる。

クーネは生まれた時から、違法な闇奴隷だったそうだ。

暗殺者となるべく闇奴隷同士の子供として産み落とされ、一〇〇人中一人生き残ればマシという地獄の修行を四歳の頃から受け続けた。彼女の語尾も、この組織の意向で癖付けられたものだったらしい。

愛玩奴隷の振りをして標的の懐へと潜り込むために、可愛らしく見える語尾を真面目に考えていたのである。

ただ、クーネを育てていた組織は違う組織との抗争に負け、彼女たちは闇奴隷として他国へ売られることとなった。

その期間も新たに彼女たちを手に入れた組織によって訓練は続けられ、売られた先でも戦士として育てられたそうだ。闇奴隷を買うような相手だが、現在の彼女の主は奴隷を縛るタイプではないという。彼女に行動の自由を与え、好きに出歩くことも許してくれているらしい。

もしかしたら、闇奴隷の身分から救い出すために、買い取った感じなのか？　でも、奴隷から解放してるわけでもないんだよな。魔剣とかも買い与えているし、何がしたいのか分からん。

「……解放されたくないの？」

自分の生い立ちを、あっけらかんとした感じで語るクーネに、フランは渋い顔をしている。特に、今の主人の話をする時のクーネには、尊敬のような感情まで感じられたからな。

この世で最も価値があるものは自由だと信じるフランには、信じられないのだろう。

「今のご主人様は、ニャーを好きにさせてくれるニャ！　奴隷のままなのは、ご主人様の後ろ盾があるってことをはっきりさせるためなんだニャ！　むしろ感謝しまくってるんだニャ！　そのご主人様のためにも、ニャーは強くなるんだニャ！　こんなところで年下の同族に負けてなんかいられないんだニャー！」

クーネがそう叫んで、身構えた。

「剣だけでは負けたニャ！　なら、魔術ありならどうかニャ！」

「望むところ」

フランも身構える。

結局、自分と相手では価値観が違い過ぎて、言葉で言い合うのが面倒になったのだろう。拳で語る方が早い。お互いにそう考えているのだ。

「行くニャ！」

「ん！」

クーネは高速で移動しながら、魔術を発動する。すでに魔力を練り上げていたんだろう。

「くらうニャ！　ファイヤジャベリン！」

「む」

多重詠唱で一〇本もの炎の槍が生み出され、フランに降り注ぐ。

フランはその攻撃を危なげなく回避するが、そこに追撃が飛んできていた。回避する方向を読み、数発をそちらに飛ばしていたのだ。

「ニャハハハハ！　寒いのが苦手でずっと使ってたら超うまくなった、ニャーの火炎魔術はどうだニャ！」

虚言の理が反応しない。つまり、嘘じゃなかった。本当に寒さしのぎに魔術を使っていたら、いつの間にか火炎魔術まで進化していたらしい。こいつの方こそ天才だな！

「はっ！」

「にょわぁぁ！　む、無詠唱だニャ！」

フランが火炎魔術に火炎魔術をぶつけて、相殺した。

「ふふん」

「またドヤ顔ニャ！　くぅぅぅ！」

悔し気に唸るクーネに向けて、フランが再び魔術を放つ。

同じくファイヤジャベリンだ。剣に続き、魔術でも負けないということをアピールしたかったのだろう。しかし、フランがすぐに驚愕の表情を浮かべる。

「ムーンシールドだニャ！」

なんと、フランの放った火炎魔術が、半球のドームのようなものに阻まれたのだ。それどころか、次の瞬間には跳ね返って、フランを襲う。

「！」

何とか回避したが、かなりギリギリだったぞ。

「今の、なに？」

「ふふーん。何かニャァ？」

「なら、これ！」

「無駄ニャ！　ムーンシールド！」

再び、雷鳴魔術が跳ね返された。フランは、返ってきた魔術を俺で斬り払う。

ダメージはないが、その顔には悔し気な表情が浮かんでいた。今度はクーネがドヤ顔である。

「ニャハハハハ！　無駄無駄無駄ニャ！」

「むぅ」

『フラン。ありゃあ、月光魔術だ。魔術だけじゃなく、物理攻撃も反射するかもしれん。油断するなよ』

（ん）

以前、獣王の側近であるロイスが、武闘大会で使用しているのを見たことがある。攻撃を反射したり、無効化するような術がいくつかあったはずだ。

俺も手には入れているんだが、育てていないんだよな。嵌まれば強いが、使い所が難しいと聞いたせいだ。他にも育てたい魔術はあったし、結局後回しになっている。

「ほらほらどうしたニャ！」

「ぐぬぬ」

魔術を反射する月光魔術の盾を展開しながら、こちらに向かって尻をフリフリして挑発するクーネ。

それを見て悔しそうにしていたフランは、それでもその気持ちを押さえて、一気に跳び出した。

「ニャニャ？　ま、魔術での負けを認めるのかニャ！」

「さっき、魔術もありでって言ってた。剣と魔術あわせていい」

「ニャー！　そういえばそうだったニャー！」

「しっ！」

「くぬ！」

そこからは、剣術と魔術を混ぜた、激しい戦いが始まった。高速で移動しながら魔術を放つ二人のせいで、周辺は流れ弾で凄まじい惨状だ。割って入ろうと思っても、かなりの実力者じゃなければ近づくこともできないだろう。

剣術ではこちらが有利だが、月光魔術での反射があるせいでここぞというタイミングで踏み込むことができない。

お互いに決定打が出ず、ジリジリと両者の精神が消耗していく。

すると、クーネに微かな異変が訪れていた。

「ニャニャァ！　こんなところで……こんなところで同族の子供に負けて、なにが最強ニャ！」

最初はボソボソと何やら呟いていたのだが、段々と叫び声に変わっていく。

「負けないニャ！　ニャーは！　最強になって、ご主人様に褒めてもらうんだニャ！　ウニャニャニャニャー！」

「！」

クーネの身に纏う雰囲気が、大きく変化する。いや、雰囲気だけではない。魔力の質が、明らかに変わり始めていた。より強大に、より速く。

負けたくないという思いが彼女を追い詰め、眠っている力を目覚めさせようとしているのか？

「ニャー！」

動きにキレが増し、フランでも驚く鋭さを得ている。しかも、何を狙っているのかが分かった。

俺には、次のクーネの行動が分かる。ヤバいぞ！

『これは……。フラン！　来るぞ！　ふせげぇ！』

「！」

それまで明らかに間合いの外にいたクーネが、次の瞬間にはフランの目の前にいた。

彼女の剣と俺がぶつかり合い、互いに弾かれる。

「はやい！」

「ウニャー！」

『今度は上だ！』

真上から、まるで流星のような勢いで落ちてくるクーネ。

フランはその攻撃を何とか回避しつつ、渾身の蹴りをクーネに叩き込んだ。

「フギャ！」

クーネが潰れた猫のような悲鳴を上げて、吹っ飛ぶ。いや、猫だったな。

何とか体を捻って着地するが、その顔には驚愕の表情が貼り付いている。

「ば、馬鹿ニャ……。初見で、今の攻撃を完全に躱すニャンて……！　なら、これニャ！　月光三段ニャ！」

『それも知ってる！　後ろだフラン！』

「ん！」

再び、剣同士が激しく打ち合わされ、激しい火花が散る。

交差する剣を挟んで、無表情のフランと、驚愕するクーネの視線が交錯した。

そして、両者ともに後ろへと飛んで、距離を取る。

「これも、防ぐのニャ？　マジで何者ニャ……。ぐっ！」

クーネが呻き、右足を押さえる。超高速移動に、肉体が付いてこなかったのだろう。

彼女の瞬間移動まがいの超高速移動の正体は、月光魔術だ。物理反射結界で、自分自身を弾き飛ばしたのだ。月光三段はその名の通り、三段飛びで相手の背後に回る技である。完璧に制御しきれていなかった大技を、この土壇場で完璧に放つセンスはヤバすぎるな。

初見ならやばかっただろうが、一度見た技なら対応もできるのだ。

（……？　師匠？）

『どうし――』

「ニャァ……こうなったらっ！」

『マズイ！　会話をしている余裕なんかないぞ！』

クーネが、魔剣を腰の鞘に戻した。剣での戦いを諦めたのか？

否。あれは、魔剣の力を解放するための納刀だ。

『フラン！　氷刃だ！　見えない冷気の刃に注意しろ！』

俺が警告を発した直後、異変が起こる。その元凶は、クーネではなかった。

戦場を、フランの物でもクーネの物でもない、気色の悪い魔力が覆い尽くしたのだ。

「ニャ！」

「！」

クーネとフランが同時に、上空を見上げる。

「ぐひひひひ！　網を張ってたら、美味そうな小娘が二匹もかかったじゃないかぁ！」

空を漂うように浮いているのは、黒く小柄な人影だ。血の気の通わない真っ白な肌と、その肌に縦横に走る無数の縫合痕。まるでジグソーパズルのようだ。それに、よく見ると顔に違和感がある。

右目と左目の形状が、明らかに違っていた。右目の周りの皮膚は黒く、人種からして別物だ。それどころか、顔のど真ん中を上下に走る傷を境に、鼻や口も左右で形状が違っていた。まるで、様々な人間の顔のパーツを寄せ集めて、縫い合わせたかのようだ。

フードの中から覗く髪の色も、左右で違う。右が銀で、左が赤い。

最初は少女だと思ったが、中性的な容姿――というか、性別がよく判らない外見である。性別なんてないのかもしれないが。

身に纏っているのは、黒地に金をあしらったローブである。魔術師系のローブにありがちなやぼったさは全くなく、細部の意匠にまで凝ったオシャレささえ感じるものだ。生地もキャミソールのように薄くて、フレアスカートのような裾が優雅さと可愛らしさを演出していた。しかし、そのスカート状の裾から覗く白い足にも、無数の傷跡が見える。

頭にはフードをかぶっているが、角か何かが内側から生地を押し上げて、まるで黒い猫耳のように見えた。

性別や目的はよく解らないが、その素性は一発で分かる。

(アンデッド！)

『ああ。あの胸のエンブレム。黒骸兵団だ』

「ぎひひひひ！　柔らかそうな肉だなぁ！」

身につけている衣装は可愛いのに、その声はガサガサで、言葉遣いもガラが悪い。アンデッドだか

ら当然なのかもしれないが、その身から発せられるのは狂気的な雰囲気だった。

どう見ても、敵以外の何者でもない。敵だよな？

「おいおい？　黒猫族が二匹いるじゃねーか！　どっちなんだ？　どっちがターゲットだぁ？」

ターゲット？　もしかして、フランかクーネを狙ってきたのか？

「おい！　どっちかベリオスで依頼を受けたな？　しらばっくれても無駄だ！　人の口っていうのは、殺さなきゃ完全には塞げねぇもんだからなぁ！　ネタは上がってるんだよ！　その時に渡された手紙だか何だかを渡せ！　そうすりゃ、見逃してやってもいいぜ！」

こいつの狙いは、ベリオスで預かった手紙か！

ただ、内容は詳しく分かってないっぽいか？　敵国の重要書類を、とりあえず奪おうということなのかもしれない。

当然だが、フランもクーネも何も答えなかった。クーネは知らないからキョトン顔だし、フランは情報を無暗(むやみ)に喋るような軽い口は持っていないからね。

「ちっ！　だったらもういいぜぇ！」

フランとクーネを交互に見ていたアンデッドだったが、急に興奮したように叫び声をあげた。

「アアアアア！　もう我慢できねぇぇぇぜぇ！　両方ぶっ殺して、それから奪えばいいよなぁぁ！

どうせ、どっちも逃がすつもりなかったしなぁぁ！　ぎゃははは！」

そして、アンデッドは空中からこちら目がけて急降下してくる。

フランとクーネは一瞬だけ目配せをし合うと、対照的な動きを見せた。

クーネがその場で身構え、フランは大きく跳び退いたのだ。

「ひゃははは！　まずはテメーだ！」

案の定、アンデッドはクーネに狙いを定めると、どこからか取り出した異形の大鎌を構えたまま突っ込む。

「無駄ニャ！　てい！」

その鎌は、様々な武器の残骸を繋ぎ合わせた姿をしていた。折れた剣や槍の穂先、砕けた斧の刃などを寄せ集めて、鎌の形に組み上げているようだ。武器まで継ぎ接ぎだ。

ただ、継ぎ接ぎの大鎌から発せられる魔力は、そこらの魔剣など霞むほどに強大である。

タダでさえ圧倒的な魔力を纏う大鎌に、急降下の力が加わった超威力の攻撃がクーネを襲っていた。

まともに受ければ、人間など粉々に砕けるだろう。

だが、クーネはすでに月光魔術を準備していた。

大鎌が月光のように儚く輝く盾に弾かれる。

「はぁぁぁ？　なんだそりゃぁぁぁ！」

アンデッドが大きく体勢を崩す。あの威力の攻撃も反射するとは、月光魔術侮り難しだな。

そこに、間髪容れず、フランが魔術を叩き込んでいた。

「フレアエクスプロード！」

「ぐがっ！」

多重起動爆炎が、連続してアンデッドを包み込む。その様子を見て、クーネが快哉を叫んだ。

「ナイスだニャ！」

「ん！」

この二人、新たな敵の出現に、共闘することにしたらしい。

同族で、戦闘狂同士。敵ではあるが、憎い相手ではない。先ほどまでの戦いも、殺気は全くなかったしな。

手加減していたってわけじゃないんだが、殺す直前で止めるつもりではあったはずなのだ。事故が起きても仕方ないとは思っていただろうが、そこは戦士同士、暗黙の了解なのだろう。

対して、あのアンデッドはクーネもフランも殺すつもりだ。いや、喰らうつもりか。

殺意と飢餓感と悪意が混ざり合った、凶悪な気配をビンビンと感じるのである。

フランたちにとっては、優先して倒すべきはアンデッドの方であった。

「ぬがあああ！」

アンデッドを包んでいた炎が、一瞬で消し飛ばされた。大鎌で薙ぎ払ったらしい。

火炎魔術の爆炎が直撃したはずだが、アンデッドは無傷であった。ローブがかなり強力な魔道具なのだろう。クーネといい、あのアンデッドと言い、装備品が強すぎないか？　フランも人のこと言えないけどさ！

「やるじゃねぇか！　いいぜぇ！　手強い方が、喰らった時に満足感が違ぇからな！　せっかくここ数日、雑魚みたいな冒険者どもを見逃して腹をすかしてたんだ！」

狂ったアンデッドの言葉ではあるが、気になる部分があった。

あいつ、ここ数日この魔境に潜伏してたっぽい？　それに、冒険者を見逃したとか言っていた。もしかして、最近目撃されていた黒猫族って、こいつなんじゃ？　遠目から見たら、フードが黒猫っぽいし。

「クーネ。いつから魔境にいる？」

「ニャ？　今日からニャ」

「……冒険者の獲物を横取りしたりした？」

「ニャーがそんなはしたない真似するわけないニャ！」

やはり、クーネが例の噂になっていたという黒猫族ではない。

フランはキッとアンデッドを睨みつけ、声をあげた。

「お前！　黒猫族の振りして、悪さしてた？」

「ぶふぉふぉふぉ！　気づいたか？　そうだぁ！　ターゲットは黒猫族だって話だったしよ！　ここで黒猫族の振りして騒ぎ起こしゃぁ、絶対に寄ってくると思ったぜぇ！　町で襲っちゃダメとか、面倒な縛りがなけりゃこんな回りくどい真似せずに済んだのによ！」

正直、穴だらけの作戦だと思う。普通に考えれば、成功率は低いのだ。

まあ、俺たちはまんまと引っかかっちゃったけど！

「もうどっちでもかまわねぇ！　両方喰っちまうからよぉ！　手紙とやらは、グチャグチャにした死体から探すからよぉ！　だが、すぐに死んじまったら嬲りがいがねぇ！　もっともっと、抗って、このアル・アジフ様を餓えさせてみろやぁぁぁ！」

アンデッド――アル・アジフが空を蹴って、フラン目がけて急降下してくる。

空中からの急降下斬撃が、やつの主戦術なんだろう。

フランは受け流しの体勢だ。だが、これではまずい。

『フラン！　大きく躱せっ！』

「！」

　フランが俺の叫びに反応して、咄嗟に跳び退く。直後、フランがいた場所に深い斬痕が穿たれていた。鎌はその場所に届いてはいない。

『不可視の刃だ。しかも、時空属性で防御が難しい』

（なるほど！）

「しゃぁぁぁ！　死ねぇ！」

「死なない！」

「死ね死ね死ね死ね！」

　アル・アジフが鎌を振り回して追撃をしてくるが、フランはその攻撃を回避していく。不可視とはいえ、俺やフランの感知力なら魔力を感じ取れるのだ。アル・アジフが見えざる刃を変形させてフェイントを仕掛けてきても、全て見切っていた。

「クソネコどもぉ！　やるじゃねぇかっ！　いいぞ！　もっともっと逃げ回って見せろよ！」

「ふん！」

「きゃははははは！　無駄無駄！」

　フランが雷鳴魔術を放ったが、素手の一振りで掻き消されてしまう。魔力を身に纏うことで、鎧のようにしているんだろう。

「隙ありだニャ！」

「隙なんざねーよ！」

「ニャニャ！」

月光魔術は気配を消す術もあるらしい。それを使ってクーネが真後ろから襲い掛かったが、アル・アジフは振り返りもせずに鎌で受け止めていた。鎌を肩越しに背後へと回す不自然な体勢だが、クーネの方が弾かれている。腕力も凄まじいようだ。

そこからアル・アジフが一回転しつつ、鎌を大きく振り回した。

見えない斬撃が全周囲に飛び、フランとクーネに襲い掛かる。フランはその場にしゃがみ込んで回避したが、クーネは受け止めようとして失敗してしまっていた。時空属性の攻撃は、防御をすり抜けてくるのだ。

「ニャグ！」

「きひゃひゃひゃ！　そんな魔剣ごときで、あたしの斬撃は防げねぇよ！」

「ぐぬぬぬ……厄介な攻撃だニャ」

「ひゃふひゃふひゃふ！　次はどこをぶった切ってやろうかぁぁぁ！」

クーネは腕の傷にポーションを振り掛けながら、悔し気に唸っている。ただダメージを食らっただけではなく、フランが同じ攻撃を完璧に回避しているのが悔しいのだろう。

アル・アジフが、クーネに向かって下品な哄笑(こうしょう)を上げる。

その瞬間、フランが動いた。

やつの興味がクーネに向く一瞬を狙っていたのだろう。死角へと飛び込み、鋭い突きを放つ。

「ぎしししし！　やりやがる！　だが無駄ぁ！」

「む。傷、消えた」

『瞬間再生だ』

その再生力の高さを生かして、殺傷力の高い鎌を相打ち狙いでぶん回してくるのがやつの戦法だ。その戦い方は人よりも、魔獣に近いだろう。

「かははははは！　その命を、捧げろぉぉ！」

「お前なんかにはあげないニャ！」

「ん！」

フランとクーネが、同時に魔術を放つ。打ち合わせていたわけではないんだが、綺麗にタイミングが合っていた。やはり同族同士、相性がいいんだろう。

しかし、どちらの魔術もあっさりと打ち消されていた。今度は防御行動すらしていない。強い魔力の障壁を纏うことで、こちらの魔術を相殺しているのだ。

「しゃしゃしゃ！　その程度、牽制にもならんぞ！」

「そんなこと、百も承知ニャ！」

「な――」

勝ち誇っているアル・アジフの頭部が真一文字に切り裂かれる。そのまま無数の斬撃がその体を裂き、手足を完全に切り離す。

「名付けて、月光五月雨斬り(げっこうさみだれぎ)ニャ」

アル・アジフの周りに反射盾をいくつも展開し、その反動を利用して超高速移動しながら連続斬りを見舞ったのだ。一瞬で一〇近い斬線が走る。月光三段の応用だろう。戦いながらも、月光魔術を準備し続けていたクーネの集中力は驚きの一言だ。

しかし、アル・アジフの再生力もまた異常だった。斬ったのではなく、すり抜けたのかと思うほど、傷が一瞬で治ったのだ。

「ニャニャ！　ずるニャ！」

「戦闘中にズルいもクソもあるか！　おら！」

「ニャう！」

振り下ろされた鎌をクーネが回避するが、再び腕を切り裂かれる。クーネが鈍いわけではない。俺たちと同じように、魔力を感じていたのだ。しかし、アル・アジフは斬撃の瞬間に合わせて不可視の刃を伸ばし、回避しづらくしていた。

「くけけけけ。うめぇ。芳醇(ほうじゅん)な香りだなぁ！」

鎌に付いたクーネの血をベロリと舐め、陶然(とうぜん)とした表情を浮かべるアル・アジフ。クーネは尻尾をユラユラと揺らしながら、嫌悪の表情だ。

「き、きもいニャ！」

「うひひひひ！　もっとだぁ！　もっと血を寄こせぇ！」

精神が昂っているのか、今まで以上の大声で叫んだアル・アジフが、クーネ目がけて突っ込む。だが、クーネに向かって振り下ろされた鎌は、横合いから放たれたフランの攻撃によって、大きく撥(は)ね上げられていた。

「クーネ！」

「ニャ！」

クーネの蹴りが、アル・アジフを弾き飛ばす。ダメージは大してないが、上手く距離をとることに成功したのだ。

「即席にしちゃ、いい連携するなぁ！　速度上げるぜ！　どこまでついてこれるかなぁぁ！」

再びアル・アジフが鎌を構えて前に出てくる。さっきまでの動きと似ているが、今度はフランにもクーネにも気を配っているのが分かった。

そこからは、乱戦だ。

三者が入り乱れ、斬撃と魔術の応酬が続く。

ダメージで言えばアル・アジフがもっとも被弾率が高いが、傷は一切残らない。まあ、元からある縫合痕はそのままなので非常に分かりづらいが。

それよりも、クーネがかなり追い詰められている。少しずつ肌に傷が穿たれ、回復が間に合わなくなってきているのだ。それでも戦うのは、フランやアル・アジフへの対抗心ゆえだろう。

全員が、ジリジリと鈍い焦りを感じ始めている。

ダメージが蓄積し始めたクーネと、必殺の攻撃がカス当たりにしかならないアル・アジフ。そして、どれだけ攻撃しても再生されてしまううえ、クーネが心配なフラン。

三者三様の焦りが、少しずつ積もり溜まっていく。

全員が、奥の手を切るべきかどうか、迷っているのが分かった。使えば勝てる。そんなレベルの切り札を、それぞれが持ち合わせているのだ。

高まる緊張。誰が先に動くのか、牽制し合うチキンレースの様相を呈してきたな。

そんな緊張感に耐えきれなくなったのか、先に動いたのは異形のアンデッドであった。まあ、一対二の不利な状況であるわけだし、先に打開すべく動きを見せたのだろう。

「その命、貪り食ってやろう！　『食い散らかす鎌』！」

一見すると、やけになって鎌を投げる大技をぶっ放しただけに見える。しかし、あの技はヤバかった。

『フラン！　あの鎌はずっと追ってくる！　ひたすら逃げろ！』

「ん！」

とりあえず俺が念動で抑えつけようとするが、やはり無駄だった。時空属性による透過能力を発揮し、こちらの攻撃を完全に無視して向かってくるのだ。あれで、こちらへの攻撃だけは通るのだから、理不尽だ。

しかも、フランがどこに逃げようが、意志を持っているかのように軌道を変えて追ってくる。

『掠ってもダメだ！　呪詛で、体を蝕まれる！』

（……わかった）

アル・アジフが魔力弾を放ってフランの回避も妨害してくるが、転移と魔力放出の反動を使った緊急回避で躱す。そして、フランは飛び回る大鎌をなんとか避け続けた。かなり長く感じたが、実際は一分も経っていないだろう。

最後には大鎌自身が諦めたかのように、アル・アジフの手元に戻っていった。

「ちっ！　かすりもしねぇとはな！　ざけんなっ！」

舌打ちをしながら、フランを睨みつけるアル・アジフ。ただ、フランはアンデッドの殺気よりも、違うことが気になっているらしい。

『危なかったな……』

（……ねぇ）

『どうしたフラン？』

仰ぎ見たフランは、何やら納得がいっていないような表情をしていた。不審というか、違和感のようなものがあるらしい。

（師匠は、どうしてアル・アジフの攻撃のことを、知ってた？）

『うん？』

（アル・アジフと、初めて戦う。なのに、師匠は鎌のこととか、全部知ってた。なんで？）

『え？』

なんでって、そりゃ、戦ったことが——。

『あれ？』

戦ったこと、ない、か……？　ないよな？　だって、アル・アジフとは初めて出会うのだ。じゃあ、なんで俺は知っていた？　そう。俺は知っていたのだ。アル・アジフがどんな攻撃をしてくるのか。見なくても、分かっていた。なんでだ？

困惑する俺に向かって、フランがさらに言葉を重ねる。

（クーネの時もそう。師匠は、知ってるみたいだった）

『そ、それは……』

そうだ。クーネの攻撃も、全部ではないが一部は知っていた。見えない冷気を纏うことで、不可視の攻撃を放つことが可能な氷刃。月光魔術を利用した超高速の月光三段。どちらも、俺は使用される前に分かっていたのである。

何故だ？

今気づいた俺とは違い、フランは以前から違和感を覚えていたようだ。

なんと、ベリオス王国での激闘の中でも、俺が似たようなことをしたらしいのだ。

『ど、どこでだ？』

（ゼライセと戦ってた時。師匠、魔石兵器がどうとか、前にも使われたとか、言ってた）

『魔石兵器って、だってあれは……』

（私は、初めて聞いた）

戦っている最中だったせいで、聞き返す余裕もなかったらしい。それに、俺だったら知っていてもおかしくないという、フランからの全幅の信頼が仇となって、疑問を口に出すことがなかったようだ。

俺の中にはアナウンスさんもいるし、自分が知らない情報を知っていてもおかしくはないと考えたのだろう。

だが、さすがに何度も同じことが起きて、フランも聞き逃せなくなったらしい。

（師匠、なんで知ってた？）

『俺は……俺は……』

（師匠？）

ベリオス王国でのことを思い返す。俺は、魔石兵器のことを知っていた。戦った記憶があるし、魔石兵器によって盗神の寵愛を使用されて、大事なものを盗まれた記憶だって——。

（師匠！　どうしたの？）

フランとしては、そこまで深刻な問いかけだとは思っていなかったのだろう。何となく疑問に思ったことを、気軽に問いかけているだけだ。

だが、フランの言葉は、想定以上の衝撃を俺にもたらしていた。

フランの顔に、驚くほど不安げな表情が貼り付いている。まるで迷子の子供みたいな、縋るものがなくて泣き出しそうになっているような表情だ。俺が剣になりかけていると涙ながらに語った時と、似ているだろう。

〈個体名・師匠の精神に異常発生。落ち着いてください〉

『ア、アナウンスさん……。おれは……どうして……』

〈表面記憶を精査――〉

アナウンスさんの言葉は続いているが、俺たちにそれを聞く余裕はなかった。

「おらおら！　どうしたぁ！」

「！」

クーネに連撃を回避されたアル・アジフが、再びフランに襲い掛かってきたのだ。

「ふはははは！　なんだなんだ！　急に動きが悪くなったなぁ！」

「くぅ！」

大鎌とは思えない高速の連撃を、フランは回避しきれない。

腕や腹に浅い傷がいくつも刻まれ、血が噴き出していた。

「今度こそ死んでおけや！」

集中しなくてはマズイと思うものの、思考がまとまらない。

アル・アジフの放つ攻撃が分かってしまうと、逆に混乱するのだ。これは、魔力感知で予測しているだけか？　それとも、初めから知っているのか？　なんで知っている？　誰の記憶だ？　いや、俺の記憶だ。俺の記憶なんだが――。

（師匠！）

フランの悲鳴のような声が聞こえる。

ああ、戦わなくては。

だが、千々に乱れた俺の思考は元に戻らず、それどころか焦りがさらなる焦りを誘発し、混乱が加速していく。

戦え！　戦うんだ！

そう思うが、パニックになり過ぎて、どうすればいいか分からない。

とりあえず魔術と障壁を発動したが、碌な効果は上がらなかった。魔術はあっさりと躱され、集中せずに張った障壁は大鎌の前には紙装甲でしかなかったのだ。大慌てでさらに火炎魔術をぶっ放すが、これも鎌で薙ぎ払われてしまう。

客観的に戦場を見ることはできる。

しかし、それが行動に直結しない。

まるで、自分の体ではなくなってしまったかのような、気持ち悪さと恐怖があった。怖がっているのは俺だけではない。

フランが泣きそうだ。いや、目の端には大粒の涙が溜まっている。

明らかな俺の異常に、フランもまたパニックを起こしかけているんだろう。

『くぅ……ウルシ！　ウルシ聞こえてるか！　すまん！　フランを、頼む！』

「オン！」

俺の言葉に応え、ウルシが飛び出した。

急に出現した魔狼に、アル・アジフが驚きの声を上げる。

「ガルルル！」

「ちっ！　召喚獣か？　面倒な！」

ウルシとアル・アジフの激しい戦いが始まった。本来のウルシの戦い方は、闇魔術を使ったヒット&アウェイだ。影に潜りつつ、遠距離攻撃で動きを止め、時おり接近して牙を振るう。

だが、今のウルシは正面からアル・アジフと戦っていた。常にアル・アジフの前に陣取り、爪と牙で攻撃を加えている。

赤いオーラを纏い始めた鎌によって何度も切り裂かれ、血が舞い散るが、ウルシは逃げようとはしなかった。

俺たちの盾になってくれているのだ。調子が悪い俺とフランを守るため、あえて巨体を晒(さら)して、戦い続けている。

無論、暗黒魔術を放ってもいるんだが、アル・アジフは高い耐性を持っているらしい。防御するまでもなく、大したダメージになっていなかった。

巨大な鎌を振り回すアンデッド相手に、傷を負いながらも戦い続けるウルシ。

その姿を見ても、感情と思考の揺れが収まらない自分がもどかしい。ウルシの毛皮が、流れ出る血の色で染まってきた。ウルシは高い再生力を持っているが、やつの鎌の赤いオーラには再生阻害効果があるのだ。

『……これも、知ってる』

また、俺ではない誰かの記憶が……！　いや、違う、これは俺の記憶。俺の記憶なんだが、俺には覚えがない。なのに、自分の記憶だと感じてしまう。

また混乱してきた。本当に、俺はどうなってしまったんだ……？

「ニャニャ！　急にどうしたのニャ！」

フランの異変を察してクーネも参戦してきたが、アル・アジフは止まらなかった。明らかに動きが良くなっている。何かの特殊能力か？　これに関しては、分からない。知っていることと知らないことがある。それがまた、俺を混乱させるのだ。

「ギニャー！」

クーネが大きな傷を負った！　フランを庇ったせいだ！

その腹に、鎌の先端が深々と突き刺さり、背中から切っ先が飛び出している。クーネは口から血を吐き出し、激痛に喘ぐ。それ以上進まないように刃を掴むが、すでに致命傷に近いだろう。

「クーネを、放す！」

「うるせぇ！　邪魔だっ！」

フランが助けに入るが、振り向き様のアル・アジフの蹴りで、大きく弾き飛ばされてしまう。ついさっきまで互角以上に戦えていた相手とは思えない。

心が乱れた状態のフランは動きが悪く、アル・アジフの動きが明らかに速くなっているせいだった。

「クーネ！」

「う……ニャ」

フランが悲痛な声を上げる。

クーネとも戦っていたはずなんだが、共闘している間に妙な仲間意識が芽生えたらしい。

「ガルルル！」

ウルシも再度飛びかかるが、アル・アジフの姿が揺らいだかと思うと、その場から消える。直後、その姿は一〇メートルほど離れた場所にあった。転移で逃げたのだ。

「くはははは！　このまま力を吸い尽くしてやる！」

「くぅ……」

語尾に「ニャ」を付ける余裕もなくなったクーネは、グッタリとした様子で動きが鈍くなってきた。魔力と生命力を、鎌に吸い上げられているのだ。

このままでは、本当にクーネが――。

だが、戦場に流れる圧倒的な緊張と絶望をあっさりとぶち壊す、新たな登場人物が戦場へと舞い降りていた。

「ふははは！　何やら凄まじい魔力のぶつかり合いが起こっているかと思えば、どういう状況かね？　フラン君！」

「ジャン！」

現れたのは、大量の髑髏（どくろ）風のアクセサリーと紫色のローブに身を包んだ、どこからどう見ても不審者な魔族の男であった。

俺たちのもう一人の探し人。悪役にしか見えないけど実は善人系死霊術士、ジャン・ドゥービーである。

伝えたい情報があったので探していたが、向こうから来てくれたか！

探す手間が省けたし、なによりこの状況では心強い援軍だ。

「クーネ、助けて！」

「クーネ？　ほう、あの少女か。よかろう！」

安請け合いかよって思ってしまうほど簡単に頷くと、即座に行動に移る。態度は軽くとも、その行動は頼りになるのだ。

「亡者の腕よ、捕らえよ！　サモン・ホロウハンド！」

「あぁ？　くそが！」

ジャンが呪文を唱えると、一〇〇近い半透明の腕が地面から生え、アル・アジフに襲い掛かった。

今度も最初は転移で逃げられたんだが、転移先にも幽体の腕がひしめいており、すぐにその体に巻き付いていた。

力は大したことないようで、アル・アジフが振り回す腕で簡単に消滅してしまう。ただ、数が多いせいで、倒されても倒されても、アル・アジフに纏わり付き続けていた。

そして、アル・アジフが再度の転移を行う前に、無数の腕が鎌からクーネを引きはがすと、そのまま胴上げのようにしてジャンの下へと運んでくる。

「クーネ！　ヒール！　ヒールヒール！」

「ニャ……助かったニャァ」

大分消耗しているが、なんとか間に合ったらしい。フランが回復魔術を連続で使い続け、なんとか傷を塞いでいた。血の気を失って真っ青だったクーネの顔にも、微かに朱が差す。危険な状態は脱しただろう。

クーネを取り戻されたアル・アジフは、キレた様子で喚き声をあげた。

「くそくそくそ！　なんだてめぇはぁぁ！」

「ふははははは！　聞かれたからには名乗らねばなるまい！　我が名はジャン・ドゥービー！　宵闇に生まれし死霊たちの支配者！」

「お、おう。そうか」

怒り心頭であったアル・アジフでさえ、ジャンのハイテンションには引き気味だ。意外と押しに弱いタイプなのかもしれない。

「うん？　ジャン・ドゥービー？　イカレた格好のイカレた死霊術士……！　お前が、あのジャン・ドゥービーか！」

「ほう？　知っているのかね？」

「はっ！　レイドス王国の関係者で、テメーを知らねぇやつなんぞいるか！　むしろ、お前は最優先殺害対象になってるぜ？」

ジャンはレイドス王国との戦争で、凄まじい戦果を挙げて有名になった人物だ。レイドス王国が最も恨み、恐れている対象でもある。怨敵として、付け狙われているし、様々な対処方法も考えられていた。

俺たちも、そのことでジャンを探していたのである。

「ジャン！　そいつらのボスが、ジャンを狙ってる！」

「ほう？　その胸のエンブレム。黒骸兵団とかいう、レイドス王国の特務部隊なのだろう？　クランゼル王国内で暗躍していると聞いているぞ？　一国の秘密部隊が、我一人を狙っているとは、光栄であるな！」

怯えることはないと思っていたが、まさか嬉しそうにするとは思わなかった。

「ネームレスは、ジャンと戦うために生み出された秘密兵器」

フランがネームレスの情報を伝えるが、ジャンは逆にテンション上げ上げだ。

「ふははは！　相手がアンデッドとあっては、負けるわけにはいかんな！　とりあえず、その部下であるあのアンデッド・ウェポンを倒すとしようか！」

「アンデッド・ウェポン？」

「うむ。あのアンデッドの本体は、鎌の方である！　魂があちらにだけ宿っているのでな！　リビングメイルの亜種と思えばいい。あの人型は、本体に見せかけるための人形であるよ！」

「ちっ。もう見破りやがったのかよ！」

なんと、アル・アジフの本体は鎌だったらしい。だから、ダメージを与えても効いていないように見えたのか！

ある意味インテリジェンス・ウェポンなのだが、その本質はアンデッドであるようだ。

「アンデッド……。廃棄神剣とかじゃない？」

「あああん？　だれが廃棄神剣だ！　俺は、失敗作じゃねぇ！　ふざけやがってぇ！　俺が失敗作じゃねーってことを、思い知らせてやるよぉぉ！」

「フラン君、ウルシ君は、その少女を守っていたまえ。あれは、我がやろう」

「……ん。ありがと」

「なに。色々と不調であるようだしな」

ジャンの視線が俺に向いている。そう言えば、ジャンには魂魄眼（こんぱくがん）という魔眼があるんだったな。魂の形を見る能力があるはずだ。その眼が、フランを見ているように見せかけて、しっかりと俺を見ていた。

〈師匠君の魂が、揺らいでいる。非常に分かりにくいが、魂――いや、そこまで深くはない。記憶や精神かね？　何か混じっているようだな〉

す、すげー。見ただけで分かるのかよ！

すると、俺だけではなく、アナウンスさんもジャンの言葉に何か得るものがあったらしい。

〈個体名・ジャン・ドゥービーの助言により、精査すべき場所の絞り込みに成功〉

『アナウンスさん……。何か、分かるのか？』

〈個体名・師匠のものとは異なる記憶を発見〉

アナウンスさんが、俺の異常の原因を特定したようだ。

『ど、どういうことだ？』

〈仮称・あっちの師匠との情報共有時、記憶の一部が流入した可能性、９６％。９９・９％同一の存在であるため、定着した記憶の異常に気付きませんでした〉

あっちの師匠！　そうか！　これは、あっちの師匠の記憶か！

いや、だが少し変じゃないか？

俺がゼライセと接触して、魔石兵器について知っていると感じたのは、あっちの俺たちと交流する前だったはず。

〈直接言葉を交わしたのはあの時だけですが、湖に辿り着いた時点で双方の縁が結び付き、回線が繋

がっていました〉

『湖の周辺にいるだけで、アナウンスさんでも気づかないくらいの繋がりができてたってことか？』

〈是。ロミオ、ゼロスリード、ゼライセ、レーン。縁を繋ぐ者たちが湖周辺に揃ったことで、あちらとこちらで僅かな繋がりが生まれていたと推測。結果、一部の情報が個体名・師匠の記憶として流れ込み、混ざっていたと思われます〉

あっちの俺も俺であるため、アナウンスさんも違和感を覚えなかったようだ。

〈記憶の選別と隔離を行います。残り348秒〉

理解した今なら、どうにかできるものらしい。さすがアナウンスさんだ！　かかる時間は五分と少々。今の状況だと長く感じてしまうが、普通に考えたらかなり短いだろう。

『すまん。ジャン。助かった』

（なに、構わんよ）

俺たちに向かってニヤリと笑いかけると、ジャンはアル・アジフに向かってゆっくりと近づいていく。

変人の癖に、カッコいいじゃないか。ちょっとだけキュンとしてしまったぞ。

「どうするかね？　すでに不死身のタネは割れた。大人しく倒されるというのであれば、苦痛なく送ってやるが？」

「馬鹿言ってんじゃねぇよ！　本体がこっちだってバレたくらい、大したハンデでもねぇ！　むしろ、お前こそ大人しくぶっ殺されておけよ！　俺は、クソッタレな魔族どもが大嫌いなんでなぁ！　精々苦しませてやるからよぉぉぉぉ！」

ジャンとアル・アジフが煽り合い――いや、ジャンは煽っているつもりはないかもしれないが。ともかく、舌戦の後は、直接攻撃の応酬だ。

「ひゃはははは！　死ねぇ！　『穿ち喰らう刃』！」

アル・アジフが上段から叩き付けるように振り下ろした鎌の刃が、倍近くに伸びる。単純だが、相手の間合いを惑わす良い攻撃だろう。

だが、ジャンはまるで戦士のような身のこなしで、突如伸びた斬撃を回避していた。それこそ、回避を得意とする軽戦士のように、最小限の動きで鎌を躱したのだ。

そのまま、一気に前に出て間合いを詰める。手に持つのは、アイテム袋から取り出した槍だ。骨を組み合わせて作られた、異形の槍である。見た目のインパクトは、アル・アジフの本体といい勝負だろう。

槍を突き出す動きも、力強い戦士そのものだ。ただ、回避ほど、洗練された動きとは言い難いかな？

「ふはははは！　いいぞ！　体が動く！」

「そのなりで後衛じゃないのかよ！　うぜぇ！」

ジャンの動きの良さに、アル・アジフも驚いている。ローブを着込んだ純魔術師にしか見えないジャンが、鋭い槍捌きを見せたのだから当然だが。

ただ、驚きはしたが、それだけとも言えた。

ジャンの骨槍がアル・アジフの人型に突き刺さるが、やつの本体は鎌だとジャン自身が暴露したばかりなのだ。ダメージを与えたように見えて、無駄な攻撃をしただけである。

そう思ったんだが――。

「がっ？　なんだ？」

「操っているということは繋がっているということだろう？　死霊術士にとって、その繋がりを利用して呪を流し込む程度のことは朝飯前なのだよ！」

「ふざけんなっ！　そこらの死霊術士に同じことができてたまるか！」

「ふはははは！　どうした！　動きが急に悪くなったではないか！」

「うるせぇ！」

アル・アジフの恐ろしいところは、どれだけダメージを食らっても瞬時に再生し、被弾を気にせずにガンガン前に出てくるところだった。まあ、アンデッドの体が囮で、ダメージなんか食らっていなかったからこその戦法だったわけだが。

しかし、ジャンの槍での攻撃は、アンデッドの体を通して本体にもダメージが通る。そのため、今までのような被弾しながらカウンターを取る戦い方ができなくなったのだろう。

俺も、剣の体だからわかる。アル・アジフは、今まで痛みを感じたことがないんじゃなかろうか？なんせ、痛覚なんてものがない。それが、ジャンの魔術によって痛みを与えられるようになってしまった。

過去にない状況に、戸惑っているんだろう。

怯えているというほどじゃないが、確実に腰は引けている。

そうなれば、そこからの戦いは一方的だ。ジャンが攻撃を仕掛けて、アル・アジフが必死に回避し続ける展開だった。戦いの流れがジャンに傾けば傾くほど、槍の直撃が増え、アル・アジフの動きはさらに鈍っていく。

それにしても、ジャンがここまで槍の扱いに精通しているとは思わなかった。以前は、槍なんか使えていなかったと思うんだがな……。

「ふははは！　体が軽いぞ！」

「くっ！　この！　くっそがぁぁ！」

繰り出された閃光のような突き技が、防御するように突き出された大鎌をすり抜け、アル・アジフの人型に穴を開けていた。技自体は下位の槍技だが、扱うジャンのステータスが高いせいでかなりの速度であった。

アル・アジフの声色に焦りが混じっている。

一瞬で再生したが、本体にダメージが通っているのは確実だろう。

「ジャン、すごい……」

フランの呟きは、どこか悔し気だ。自分が追い込まれた相手に、ジャンが優位に戦っている姿を見て、悔しさが込み上げてきたのだろう。

『フラン。アナウンスさんが、俺の不調の原因を何とかしてくれる。もう少し待ってくれ』

(師匠、だいじょぶ？)

『ああ。大丈夫だ』

(ん！)

涙をグシグシと擦って拭ったフランは、クーネの世話に戻る。回復魔術をかけつつ、流れ弾が飛んでこないか警戒するのだ。戦えない悔しさを誤魔化すように、その顔は厳しい表情である。

そんなフランを見て、クーネは勘違いしたらしい。

「ニャ、ニャーの状態は、そんな悪いのかニャ！」

「ん？」

「うん？　違うのかニャ？」

自分の傷が、想像以上に重いと思ったようだった。首を傾げるフランを見て、クーネも首を傾げている。

「クーネは、平気」

「そうなのかニャ？　よかったニャー！　でも、それじゃあなんで泣いてるニャ？」

「色々ある」

「戦いの最中に、それはいかんニャ。どんな時でも心は揺らすな、ニャ。怒りでも臆病さでも、なんでもいいニャ。自分に一番合った心持ちを、ずっと維持できなきゃダメなんニャ」

「……ん」

いつでも冷静でいろというアドバイスではない。そうではなく、戦闘中の精神模様はそれぞれ違うが、自分にとって最適な状態を崩すのは危険だと言いたいのだろう。

俺の不調を不安に思い、調子を大きく崩したフランには耳が痛い助言だ。だが、フランは素直に頷いている。自分でも、同じことを考えていたんだろう。

『すまんフラン。俺も、自分がこんな風になっちまうとは思わなかった』

（私が、頑張らなきゃいけなかった。師匠が調子悪くても、私は戦えた）

フランが拳を強く握りしめた。

（次、同じことがあっても、もう情けない姿は見せない）

フランの静かな決意が伝わってくるようだ。

フランは真剣な表情で、ジャンとアル・アジフの戦いを見守る。

やはり、ジャンの動きが以前とは比べ物にならないほどに良いな。こんな短期間で、槍士としての修練を積んだってことなんだろうか？　アレッサで知り合った槍使いのクラッドと比べても、ジャンの方が上に思えた。

今も、アル・アジフの鎌を槍でいなし、石突(いしづき)で腕を叩き折っている。

このままいけば俺が復活するよりも早く、決着がついてしまいそうだな。そう思っていたんだが、アル・アジフはそこまで簡単な相手ではなかった。

「……あぁぁぁぁぁぁぁ！　くそくそ！　くそがぁ！　邪魔しくさりやがってよおおぉぉ！　もういいわ！　温存だ何だ考えるのは止めだ！　ここで、全員ぶっ殺してやる！」

「させぬよ！　アンデッド・ドミネイション！」

「無駄だ！」

「ぬ」

ジャンは、ずっとアンデッドを支配する術でアル・アジフを支配する機会を狙っていたんだろう。ダメージを与えて弱らせ、支配する。従魔を扱う職業なら、当たり前の行動だ。

しかもジャンの場合、誰かの支配下にあっても無理やり支配権を奪えるだけの実力があった。

奥の手を使おうと、一瞬だけ集中が乱れたこのタイミングは悪くなかったはずだが、ジャンの手から放たれた紫色の魔力があっさりと弾かれるのが見えた。

「くかかかか！　我を支配するならば、極大魔術でも使え！　貴様如きでは、力不足だわ！」

ジャンは、相当高位の死霊術士だぞ？　それで力不足って……。アル・アジフの主であると思われるネームレスの術が、それだけ強固ということなんだろう。

「うがあぁぁぁ！　もういい！　任務なんざ知ったことか！　俺の全部使って、貴様らを殺す！　殺す殺す殺す殺してやるぁぁぁぁぁぁぁ！　我が血肉を奪って出でよっ！『継ぎ接ぎの骸ども』おおぉぉぉぉ！」

アル・アジフの叫びと共に、その本体である大鎌が軋むような金属音を響かせ、魔力を放出した。

宙に描き出される、巨大な三つの魔法陣。

その中から、さらに巨大なアンデッドが飛び出してくる。

骨を組み合わせた棍棒を持つ、二足歩行の鬼。赤茶色の鬣を持つ、巨獅子。ラミアの百足版とも言えるような異形の女性。

三体ともが、凄まじい魔力を放っている。

アンデッドであると分かったのは、その姿故だ。勿論、死霊属性の魔力を全身から放っているので、それでもアンデッドであると分かるが、それ以上に分かりやすい特徴があるのだ。

アンデッドたちは、アル・アジフと同じように継ぎ接ぎだらけの姿をしていたのである。

様々な魔獣や人間のパーツを繋ぎ合わせ、一体のアンデッドにしているらしい。アル・アジフの人型もこうやって生み出されたのかもしれない。

ただ、アル・アジフの操る人型と違って、独立した思考を持っているように見えた。単独でも戦えるということなんだろう。

アル・アジフの異変はまだ終わらない。なんと、本体の大鎌が甲高い金属音を響かせながら、三つに引き裂かれたではないか！

三つに分かたれた刃が意志を持った蛇のように鎌首をもたげると、急激に伸びてアンデッドたちの首の後ろに突き刺さっていた。

アンデッドたちは一切動じた様子がなく、自身の体の中へと潜り込んでいく金属の刃を受け入れている。最後にはバキリと音を立てて刃が途中でへし折れ、刃は各々のアンデッドの内へと完全に埋没するのであった。

その結果、アンデッドたちの放つ圧力がさらに増す。

「これでもうスッカラカンだ！　今まで溜め込んできた力も、魔石も、骸も、全部吐き出したぞ！　くそが！　てめぇらは絶対に殺す！」

この三体を生み出し、強化するのに、かなりの力を使ったということなんだろう。折れた刃は自己修復されて元に戻っても、放つ魔力が急激に減少していた。ただ、本体は弱くなったかもしれないが、三体のアンデッドはそれに見合うだけの存在感を放っている。

「ふむ。これは少々遊んでいられないかな？」

「ニャー！　あの男！　自信満々に出てきて、なんかヤバそうなんニャ！」

これは、ジャンだけじゃマズいんじゃ……。

〈記憶の隔離終了まで5、4、3――〉

よっしゃー！　ジャストタイミング！

〈調整完了。一部記憶を隔離。仮称・アナウンスさんによって閲覧、運用する形に変更しました〉

『つまり、アナウンスさんが助言の形で色々教えてくれるってこと？』

〈是。もしくは、個体名・師匠に影響が出ない形で、提供可能〉

助言だけではなく、情報として俺に付与可能ってことか？　まあ、アナウンスさんが影響が出ない形って言ってるんだし、大丈夫なんだろうが。

『あの三体のアンデッドに関してはどうだ？　情報はあったか？』

〈是。各個体の情報を極少量、入手済み〉

あっちの俺も、やつらと戦闘したことがあるらしい。ただ、細部の形状などが違っており、完全に同じかどうかは分からないそうだ。それでも、全く情報がないよりはマシだろう。

俺はアナウンスさんの情報をもとに、フランたちへと行動を指示する。

『フラン。俺たちは、あの棍棒持ちだ。やつは、物理能力でゴリ押ししてくるタイプっぽい』

（わかった）

『ジャン！　あの獅子を頼む。やつはああ見えて、配下を召喚してくるタイプらしいからな』

（おお！　師匠君復活かね？　分かった。集団戦は、望むところである。あれほど自信満々に任せろと言っておきながら、この惨状！　今度こそ、任せておきたまえ！）

フラグっぽく聞こえなくもないが、ジャンなら大丈夫だろう。

『ウルシ！　アル・アジフ本体を任せる！　弱体化してるが、気を付けろよ？』

「オン！」

で、最後にフランに言って、クーネに指示を出させる。

「クーネ！　あの百足女、任せていい？　氷雪魔術が弱点らしいから」

「おうニャ！　それならニャーの出番だニャ！　うん？　ニャーの魔剣の能力、フランに教えたかニャ？」

やべ！　そう言えば、クーネの魔剣が氷雪系の能力を持つことは、あっちの俺の記憶の情報だった！　ど、どうする？

俺がどう誤魔化そうか悩んでいると、フランが口を開いていた。

「見れば分かる。氷の色だから」

「なるほどニャ！」

なるほどじゃねーし。でも、上手く誤魔化せたっぽいな。クーネのお馬鹿さに救われたぜ。

「何を相談してんのか知らねぇが、精々足掻いて見せろ！　こいつらが出た時点で、テメェらの死は確定してるんだからよ！　やれ！　継ぎ接ぎども！」

「「「オオオオォォォォォォ！」」」

アル・アジフの命令によって、継ぎ接ぎと呼ばれたアンデッドたちが一斉に向かってくる。フランたちはそれぞれ動き出すと、俺が指定した相手へと挑みかかっていった。

「お前の相手は、私」

「グオオオオオォォォォ！」

俺を構え、アンデッドを睨みつけるフラン。

対抗するように、棍棒持ちの鬼が叫び声を上げた。

第四章　継ぎ接ぎたち

（師匠。いく！）

『おう！』

フランが、アンデッドに向かって駆け出す。魔術ではなく、剣で挑むようだ。

まずは接近戦で小手調べってことなんだろう。復活した俺の状態も確かめたいしな。

先ほどまで俺を縛り付けていたどうしようもないパニックはもう治まり、しっかりと戦いの準備はできている。しかし、完全に復活しているかどうかは、自分でもよく解らない。

『やつに鑑定は――通るな！』

赤黒い肌を持つ継ぎ接ぎだらけの鬼を鑑定すると、名称は『継ぎ接ぎ一号』と表示された。鑑定阻害能力を持っているようだが、この程度なら俺の天眼で突破可能なのだ。

やはりパワーファイターだ。腕力が１０００近くあり、鎚聖術（ついせいじゅつ）を持っている。しかも、瞬間再生、瞬発、回避など、有用そうなスキルを高レベルで習得していた。そのうえ、ユニークスキルまで持っているのだ。

「オオアアアァァァァァ！」

一号が棍棒を振り上げながら、こちらに向かって突っ込んでくる。異形のアンデッドが使用するのは、巨大な生物の脊髄（せきずい）に鬼の頭骨を取り付けたような形状の、異形の棍棒だ。

凄まじい迫力だが、フランは慌てることなく自分も前に出た。

「もう、負けない！」

骨棍棒を掻い潜ると、すれ違い様に一号を斬りつける。

強力な障壁と分厚い筋肉に阻まれてしまうが、それでも腕を半ばまで切り裂けたのだ。だが、一号は痛がる様子もなく、即座に傷が再生していた。

アンデッドであるので痛覚がないのはともかく、再生力は召喚主であるアル・アジフに匹敵するだろう。被弾しつつカウンターを狙う戦法も、アル・アジフにそっくりだった。

むしろ、一号の方が堅く速い分、その戦闘力は高いように思える。アル・アジフが自身の力を減じてまで召喚した、奥の手だけはあった。

今度はフランが先手を取る。

倒れそうなほどの前傾姿勢で地面を滑るように駆けると、弧を描くように一号の横に回り込んだ。

小回りではこちらが有利であると判断したんだろう。実際、オーガのような巨体では、フランの素早い動きに付いていけてはいない。

そして、背中側へと回り込んだフランが、一号の足を狙って斬撃を繰り出した。

すぐ再生されてしまうだろうが、少しでも体勢を崩せれば構わないんだろう。

しかし、一号は思わぬ方法でフランの攻撃に対応していた。

「む！」

『その巨体で軽業かよ！』

骨棍棒を支えにして、棒高跳びの選手のように自分の体を宙へと撥ね上げたのだ。

斬撃を回避した一号は猿のように音もなく地面に着地すると、何事もなかったかのように棍棒を構え直す。

「……グル！」

「……む」

足を止め、睨み合う一号とフラン。

フランを強敵と認めたのか？　継ぎ接ぎだらけの鬼面が、ニヤリと笑った。

どうやら言葉は喋れないものの、理性と思考力ははっきりしているらしい。それどころか、強敵と向かい合って喜ぶような、感情も持ち合わせているようだ。

模擬戦の最中のフランとも似た、獰猛な笑みを浮かべている。元々の顔も相まって、凄まじい迫力だった。

対するフランも、より深く集中する。混乱も後悔も恐怖も忘れ、強敵との戦いに集中し始めたのだろう。

「せやぁぁぁぁ！」

「グル！」

『こいつでどうだ！』

フランが接近戦を挑む中、俺が雷鳴魔術と火炎魔術を叩き込む。

肩慣らしの意味もあったので下位の術だったが、全く効果がないとは思わなかった。一号の纏う障壁が、俺たちの想定以上に厚く、堅いのだ。

だが、それでも、調子を取り戻した俺たちの有利さに変わりはない。

『フラン！　デカいのを準備する！　引き付けていてくれ！』

（ん！）

フランが一号に張り付くように高速で動き回りながら、その気を引き始めた。そして、その死角から、俺が魔術を放つと、全く見えていない角度から一号の背中へと火炎魔術が突き刺さる。

「ガアァァァ！」

俺が、通常よりも多く魔力を込めた攻撃だ。高い防御力を誇る一号の障壁であっても、防ぎきることはできなかったのだろう。その背中に、大きな穴が空く。

すぐに再生するとはいえ、これを繰り返して魔力を削っていけばいずれ倒せるだろう。高位のアンデッドの、正しい倒し方の一つなのだ。

あとは、核のような場所を破壊する方法もあるが――。

〈核の位置は、隠蔽されています〉

『だよな』

最も重要な部分なので、その隠蔽も最大限に気を使われている。目まぐるしく攻防が入れ替わる激戦の中では、正確な弱点を探すのは難しかった。

『仕方ない。少しずつ、削っていくぞ』

（わかった）

ジャンたちも、それぞれ頑張って戦っているようだしな。負けてられん！

「ふはははは！　大した召喚速度だが、その程度の軍勢では盾にもならんぞ！」

「グルルアアアァァァッ！」

ジャンと継ぎ接ぎ二号の戦いは、距離を取っての召喚戦となっていた。

巨大な獅子に似た二号だが、その戦闘方法は死霊を召喚しての物量戦だ。一番脳筋っぽいなりをしていながら、後衛であるらしい。胴体には、無数の魔法陣が刻み込まれているのが見える。その魔法陣を利用することで、素早い配下の召喚を可能としているようだ。

ただ召喚速度はジャンも負けていない。ジャンが装備している骨槍は杖としての役割もあるようで、問題なくスケルトン軍団を呼び出していた。しかも、自分も前に出て二号の呼び出すゾンビを倒してもいる。

召喚主が戦闘に加わっているお陰もあり、ジワジワとジャンのスケルトンたちが二号のゾンビ軍団を押し始めていた。

「アンデッド・ブースト！　スケルトンたちよ！　そのまま押し込め！」

「「「カタカタカタカタ！」」」

ジャンの死霊強化魔術により、スケルトンたちが青紫の光に包まれる。すると、さらに攻撃力を増したスケルトンが、ゾンビをガンガン駆逐し始めるのであった。


クーネと継ぎ接ぎ三号は、ジャンたち以上の激戦だ。

「ウニャニャニャニャニャ！」

「オオオオオオ！」

互いに叫び声を上げながら、戦場を広く走り回って攻撃を叩きつけ合っている。クーネは守りを重視しながらも、冷気を纏った魔剣で着実にダメージを重ねている。

百足女——継ぎ接ぎ三号の攻撃は、無数の毒だ。毒の弾丸を放ちながら、毒を固めて生み出した槍を振り回している。また、巨大な百足の胴体を持つがゆえに、巻き付きや突進も必殺の威力を持っているだろう。

しかし、クーネはヒット&アウェイに徹し、巨体を生かした攻撃をさせないようにしていた。それに、一応の味方であるフランたちの方へと攻撃が向かないよう、離れた場所へと三号を少しずつ誘導している。良い判断だと言えるだろう。

三号が移動した跡は、周囲がもうメチャクチャである。中層に生える太い木々が、次々となぎ倒されていた。

そんな攻撃をギリギリで回避しながら、巨体を剣で攻撃し続けているのだから、クーネも根性がある。

「ニャー！　月光三段ニャ！」

「オオオオオォォォォ！」

こちらも、時間が経過すればするほど、クーネに有利な戦況へと変わっていく。クーネの持つ、氷雪の魔剣の効果により、三号の肉体が少しずつ凍り付き始めているからだ。

あっちの俺が持っていた、三号に似たアンデッドの記憶はこちらでも有効だったらしい。三号は氷雪系の攻撃への耐性がなく、凍り付いた場所はいつまでも霜に覆われたままであった。

アンデッドなせいで、いくら動いても体温が上昇しないのも致命的だろう。溶かす手段がなければ、どうにもならない。肉や関節が凍り付けば動きに影響が出て、その個所が増えれば全体の動きも段々と悪くなっていく。

その動きは目に見えて遅くなっていた。

アル・アジフと戦っているウルシも、頑張っている。動きが鈍ったとはいえ、その大鎌の一撃はまだまだ凶悪だ。直撃すれば、ただでは済まないだろう。

しかし、ウルシはアル・アジフが俺たちの戦いに介入しないよう、近距離で戦い続けている。アル・アジフが集中できない状況にして、魔術による援護等をできないようにしているのだ。

また、逃がさないという意味もあるだろう。最悪、アル・アジフは配下を見捨てて逃走するかもしれない。転移があるからな。

だが、ウルシがああやって近距離で攻撃を続けていれば、集中するのは不可能だ。転移というのは、集中もなしに瞬時に使うのは難しい魔術だからな。ウルシ自身が影転移の使い手であることから、潰し方もしっかり分かっているのだろう。

「このクソイヌ公が！　邪魔すんな！　おらぁ！」

「オン！」

「オンじゃねーよ！　あああああ！　俺様が、欠けてやがる！　なんだその牙は！」

「オンオン！」

アル・アジフは大分イラついている。

ただ邪魔をされているというだけではなく、ウルシの攻撃で本体が傷つくのも嫌なんだろう。

ウルシは『次元牙』というスキルを持っている。これは、相手の防御力を一部無視して、本体にダメージを通すことができる貫通技だ。しかもウルシの顎は、スキルなどなくてもオリハルコンを噛み砕けるほどの力を持つ。

スキルと合わされれば、アル・アジフの本体がどれだけ硬くともノーダメージではいられなかった。もしかしたら、本体を直接傷つけられるのは初めてなのかもしれない。アル・アジフのイラつき方は、そう思うほどに凄まじかった。

「ぶっ殺してやる！　食い散らかす鎌ぁぁぁ！」

「オン！」

「消え――」

「オン！」

「ぐあぁ！」

相手の転移は邪魔しつつ、ウルシ自身はいつでも転移を行えるように準備している。どこまでも追ってくる鎌の攻撃を転移で回避し、相手の影から飛び出してカウンターをお見舞いしていた。

尻尾で地面へとはたき落とされたアル・アジフが、屈辱の籠った悲鳴を上げる。

この戦いも、ウルシが有利であった。


俺が仲間たちの戦いを見守っている中、一号に異常が現れていた。

「オオオオォォ！」

『む？　フラン、やつの体内で魔力が高まってるぞ！』

「目、光ってる」

一見互角の戦いであっても、自身が少しずつ削られて弱っていく展開だ。このままではまずいと考え、奥の手を使ったのだろう。

『邪眼系の、搦手の能力の可能性もある。油断するなよ』

(ん!)

赤黒い魔力が一号の筋肉質な肉体を包み込むと、発せられる存在感が一段増した。明らかに、強化されている。それも、凄まじいレベルで。

「オオオォ!」

「くぁっ!」

『速い!』

パワーアップした一号は、驚くほどに速かった。

突進の速度が、倍近くになっている。同時に、腕力もえげつなく上昇しているだろう。速度と腕力が上昇すれば、当然そこから繰り出される衝撃はさらに凄まじいものとなる。

骨棍棒の先がほんの少し掠っただけで、フランの腕がへし折れていた。

そして、そのまま背後の岩を粉々に砕いている。直撃すれば、マジで竜すら殺せるかもしれない一撃だった。

魔術ですぐに癒(いや)すが、この戦いが始まって初めて大ダメージを食らったんじゃないか?

しかも、やつの強化はそれだけではない。

「むぅ。躱された」

『あいつ、俺たちが完璧に見えてるぞ』

背後に回ったフランが放った突きが、後ろも見えているかのような動きで回避されたのだ。ワルツのようにくるりとターンしながら、最小限の動きで回避している。しかも、攻撃に移ることが可能な位置取りだ。

今のフランは、当然ながら覚醒し、閃華迅雷も使用している。そこに、スキルや魔術での強化も加わり、最高速度は神速の域に達しているだろう。一般人が相手なら、速度が違い過ぎて相手の動きがスローモーションに見えるあの現象が、実際に起こってしまうレベルだ。

先程までの一号は、フランの動きが見えているとは言い難かった。しかし、今の一号には、完全に見えている。

あの光る眼の効果か？　どうも、魔眼や邪眼というわけではなく、身体強化の延長で視力も強化されているだけっぽかった。それ故、対処が難しい。いや、閃光などで目潰しができないか試したんだが、全く効いていなかった。

搦手だなんてとんでもない。それとは対極であった。

目が超強化されると同時に、身体能力も上昇している。「小細工など必要ない。正面から打ち砕いてやる！」的な考えが透けて見えるかのような、単純ではあるが堅実で、対処が難しいパワーアップであった。

攻守交代だとばかりに、咆哮を上げながら一号が攻めかかってくる。フランはその巨体を前に、真正面から迎え撃っていた。

「オオォォォ！」

「てやぁぁ！」

フランの援護もしつつ、分割思考で仲間たちの戦いも見守る。ヤバそうだったら、すぐに援護に入らないといけないからな。

ジャンと二号の潰し合いは、新たな局面へと移ろうとしていた。

「ガオオオオ！」

「む！　そうか、絡繰(からく)りを見破られたか！」

二号の咆哮が響き渡ったかと思うと、ジャンの動きが極度に鈍る。槍を振るう腕前も、急激に素人のようなレベルに落ちていた。数十秒前までは閃光のようだった必殺の突きが、見る影もない。

速度もそうだが、技の質が違うのだ。今のジャンの突きは、腕力任せに穂先をただ前に突き出しているだけであった。これでは、ゾンビもまともに倒せない。

当然、その隙を見逃してくれる相手ではなく、周囲のゾンビがスケルトンを無視して一斉にジャンに集(たか)っていた。同時に、二号からゾンビに向かって魔力が流れ込む。二号の魔力量が目に見えて減るほどの、膨大な魔力だ。

「これは、マズそうであるな！」

ゾンビたちが、周囲のスケルトンが、一斉に爆発を起こす。魔力を暴走させ、自爆したのだ。周囲のスケルトンが全滅するほどの、大爆発だった。

少し離れていたはずなのに、俺たちのところまで爆風が届いたくらいだ。

爆炎が収まった時そこには、ローブを失い、全身に傷を負ったジャンの姿があった。戦闘不能というほどではないが、かなりのダメージだろう。

骨でできた鎧のようなものを着込んでいたことで、致命傷には及ばなかったらしい。その鎧も所々が焼けこげ、廃棄寸前に見えるが。

ただ、ジャンは驚くほどに冷静だ。

「ふむふむ。死霊同調か。面白いスキルだ。我が配下であっても、影響から逃れられぬとは。よく頑張った。今は休むがよい」

二号の能力を分析しながら、半壊状態の骨の鎧を撫でる。すると、鎧が光の粒となって、消え去ったではないか。骨の鎧も、ジャンの配下のアンデッドであったらしい。

能力は、槍術と槍技。そう、ジャンが使っていた槍術は、ジャン自身が覚えたものではなかったのだ。槍を使いこなすアンデッドの鎧を着込むことで、アシストを受けていたのである。パワードスーツ的な考え方なんだろう。

二号はそのことに気付き、対処していた。

死霊同調というスキルは、自分以外のアンデッドと魔力を繋げ、同化して操るというスキルらしい。受けた衝撃や傷も共有するようなので、中々使いづらいスキルではあるだろう。しかし、アンデッドがアンデッドと同調するだけなら、痛みなどは意味ないし、同じ身の上なのだからより深く同調もできる。それこそ、ジャンの支配下にあるアンデッドに影響を及ぼし、動きを止めることすら可能にしたのだ。

槍術と防具、攻防の要(かなめ)を失ったジャンを見て、二号が獅子のような口元を歪ませる。どうやら、笑ったらしい。

自身の優位を確信したからだろう。

一号の狂戦士じみた笑みとは違う、その内面のゲスさが伝わって来るかのような、厭(いや)らしい笑みである。

「グルルル！」

「ほうほう。獣でありながら愉悦を覚えるか。面白いな！」

「グ、グル？」

だが、ジャンはジャンだった。こんな時でも、興味深いことを見つけて、目を輝かせて笑っている。研究狂の目だ。

気圧（けお）されたように一歩下がる二号だったが、すぐに怒りの表情でジャンを睨み返す。自分が有利なはずなのに、全く怯えを見せないジャンに苛立ちを覚えたのだろう。

そんな二号を見て、さらにジャンのテンションは上がる。

「おお！　苛立っているな！　まさに人間的思考！」

「グオオォォ！」

二号はこれ以上ジャンと会話しても、調子が崩されるだけだと悟ったらしい。ジャンのことを無視して、新たにゾンビを生み出す。このまま、攻撃手段を失ったジャンを、物量で圧し潰す作戦なのだろう。

その巨体をのそりと揺らして、前に出る。槍を失ったジャンなら、近接戦闘を挑んでも問題ないと考えたか？

包囲が一気に狭まる。二号はまるで人間のように、「グッフッフ」と笑い声を漏らした。

ジャンはスケルトンの召喚も間に合わず、一人きり。しかも大怪我をしている。対する二号は、魔力の消耗だけで目立ったダメージはなく、配下のゾンビ一〇体に守られている。そりゃあ、勝ちを確信するだけの戦力差に思えるだろう。

だが、ジャンはそれでも笑ったままである。

「ふははは！　勘違いさせてしまったようであるな！」

「ガ、ガウ？」

「我は見ての通り死霊術士でなぁ？　槍を使って戦うのは、新たな配下の能力を試していただけにすぎん！」

ジャンがそう叫んで、バッと手を大きく広げた。

「我を追い込んだなどと勘違いさせてしまった詫びに、本気を見せてやろう」

「ガ、ガアァァァ！」

「無駄である」

「ガ？　ガァァ！」

高らかに笑うジャンを始末するために、二号がゾンビをけしかけようと吼えた。だが、ゾンビたちはノロノロとしか動かない。こいつが操っていたゾンビは、先程までは人と遜色ない動きを見せていたのである。それが、下位の雑魚ゾンビと同じような動きしかしなくなっていた。

「相手の配下に影響を及ぼすのは、貴様だけの専売特許ではないのだよ」

死霊支配系の術によって、ゾンビたちの動きを鈍らせたらしい。

「グ、グルルル！」

「ほら、どうしたのかね？　こうなっては、自分の爪牙で攻撃するしかないではないか？　その立派な体と爪と牙は、飾り物かね？　武器も持たぬ丸腰の死霊術士相手に、何を尻込みしているのかな？」

ジャンが自分の胸に飛び込んで来いと言わんばかりに両手を広げ、何も持っていないとアピールした。

「グル……」

挑発された二号は、なんとも言えない顔で唸り声を上げる。怒りと焦りと疑心で、混乱しているんだろう。

ジャンが言う通りチャンスなのは間違いないが、どう考えても罠だもんな。だが、そう思わせて、時間稼ぎをしているようにも思える。

「グルゥゥ……ガアアアァァァ！」

「ふははは っ！　その意気だ！」

遂に、二号がジャンに跳びかかった。

しなやかな動きで、まさに獅子という感じだ。

だが、やはりこれはジャンの罠であった。

「すまんな！　丸腰というのは、嘘である！」

「グガ……」

ジャンが腰に巻いていた革製のベルトが、突如動き出したのである。革というのは元々動物の一部なわけだし、アンデッドの素材にもなるんだろう。

ベルト型のアンデッドは、獲物に襲い掛かる蛇のような素早さで二号の前足を弾いていた。

「うむ。同類のアンデッドにも気づかれなかったというのは、僥倖であるな。しっかりと隠蔽スキルが働いているようだ」

俺にも、あれがアンデッドだとは分からなかった。多分、隠蔽と防御に能力を極振りしているんだろう。一見するとただのベルト。だが、その実は強力なアンデッド。メチャクチャ優秀なガードマンである。

「よくやったぞ、レイ！　そして、出でよレミー！」

召喚術式をいつでも起動できるように維持したまま戦っていたんだろう。ジャンと二号の間に魔法陣が出現したかと思うと、そこから何かが飛び出した。

ヴヴヴヴヴヴ！

凄まじい羽音を上げてホバリングしているのは、大型犬ほどもある巨大な蜂だった。しかも、その体は骨で覆われていた。蜂のゾンビを骨の鎧で覆ったって感じか？

見た目はただの蜂型魔獣だが、ジャンの配下で名前を持つアンデッドが普通であるわけがない。

案の定、その次の行動は、誰もが仰天するものだった。

なんと、二号に襲いかかるのではなく、その巨体を飛び越えて背後にいたゾンビへと襲い掛かったのだ。六本の足でしっかりとその体を抱え込むと、尻の太い針をブスリと突き立てる。ゾンビの頭部へと注入されるのは毒ではなく、魔力であった。

赤紫の魔力が、ゾンビの内部へと注ぎ込まれる。その間、僅か数秒の早業だ。

すると、レミーに襲われたゾンビの目が、赤紫に輝き出したではないか。

そして次の瞬間、ゾンビがその場で大爆発を起こした。

「ガァァァ！」

「死霊の弱点でもある、魔力の不安定さを利用する対死霊戦術である！　成功だな！」

すぐ間近で起きた大爆発に二号は吹き飛ばされ、ジャンも姿勢を低くして耐えている。それほどの大爆発だった。

二号がやったゾンビ特攻によく似ている。多分、レミーが注ぎ込んだ魔力がゾンビの持つ魔力を暴走させ、爆発を引き起こさせたのだろう。相手の持つ魔力を利用するので、レミー自身が使う魔力は意外と少なくて済む。要は、爆薬は相手が既に持っているので、それを起爆するのに少量の火薬を使うだけで済むって感じかな。

「ガアアアアアアアア！」

ヴヴヴヴヴヴ！

ジャンが上げる哄笑を遮るように、二号の悲鳴のような咆哮が響き渡る。その背中にレミーがしがみ付き、魔力を送り込もうとしていたのだ。配下の末路を見て、恐怖しているんだろう。

自身の魔力をレミーに刺された個所に集中させ、必死に魔力を送り込まれないようにしている。レミーの能力は強力だが、個体としての能力はさほど高くはない。高位アンデッドの二号に防御に徹されると、魔力を送り込むことは中々難しいらしい。

ただ、レミーの役目は、十分に果たされていると言えるだろう。

「思考力は戦術の幅を広めるが、恐怖を覚えるほどの個性は怯懦（きょうだ）にも繋がるということか。勉強になった」

「ガ？」

二号がすっかりレミーに気を取られている間に、ジャンが最後の準備を終えていたのだ。完璧な囮であった。

「レミーよ、よくやった。お陰で、勝ったぞ」

ジャンの言葉に一瞬だけキョトンとした二号だったが、すぐにその言葉の意味に気付いたのだろう。大慌てで距離を取ろうとして、その場に倒れ込んでいた。

「浮遊島で敗れ、我も思うところがあったのでな。対上位死霊を想定した戦力を、幾つも考案していたのだよ！　レミー然り！　この魔道具然り！」

「ガ、ガ……」

「『冥王の揺り籠』、起動である！」

ジャンが首から下げていた髑髏の首飾りが、強い光を放つ。同時に、その髑髏から何とも言えない音が流れ出していた。

オオオォォオオオォォォオオォォオォ――。

歌のようにも、苦悶の呻きにも聞こえる、不気味な音。

聞き覚えがある。ジャンの奥の手である、冥王の祝福を使った時に発せられるものと全く同じ音であった。

アンデッドを強制昇天させる代わりに、術者の生命力を削る杖だったはずだが……。

「うむ！　上手くいっているな！」

ジャンが苦しむ様子はない。多分、あの髑髏のペンダントを経由することで、冥王の祝福の反動を回避しているんだろう。

冥王の揺り籠によって力を奪われた二号は、その場から動くことができないでいる。

「想定通りの効果は出ていないが、今はこれで十分であろう！　大丈夫だ。痛くはない」

「ガ……」

二号は逃げようと体を捩るが、無駄であった。

「逝くがよい！　アセンション！」

放たれる、死霊を天へと送る鎮魂の術。

「ガアアアアアアアアアアア！」

悲鳴？　いや、これは歓喜の咆哮だ。

二号は魔境中に響くような慶びの叫びを残し、砂のように崩れ落ちるのであった。

「安らかに眠れ。哀れな死霊たちよ」


クーネは焦りの表情を浮かべながら、継ぎ接ぎ三号と戦い続けている。

必死に氷の魔剣を振るい続けているが、無限の体力を誇る巨大な百足女にジワジワと追いつめられて――。

「ニャー！　寒いニャー！　さむさむなんニャー！」

まあ、戦闘はまだまだクーネ有利だな。

百足の下半身の半分近くは氷に包まれ、動きは驚くほどに鈍っている。あれなら、クーネが後れを取ることはほぼないだろう。

注意しなくてはならないのは、時折飛ばされる毒の弾丸くらいかな？　それもクーネの障壁を貫くには至らず、三号は現状では手詰まりだ。

それなのにクーネが焦っているのは、自身も寒さに晒されているからだった。

普通の魔剣は、自身の能力で使用者に害を与えるようなことはない。炎の魔剣で火傷する者はいないし、風の魔剣も使用者だけは切り刻まない。

だが、あの魔剣はそうではないらしい。クーネが正式に認められていないのか、魔剣の能力が強すぎてクーネが制御できていないのか。

ともかく、吐く息が白くなるほどに周囲もクーネも冷やされ、唇からは血の気が引き始めていた。

フランもそうだから解るが、黒猫族は寒さに強くない。どちらかというと苦手だ。

「はーはー。吐く息も冷たいから、全然暖かくなんないニャー！」

かじかんだ手を暖めようと、口に当てて息を吹きかけているが上手くいかないらしい。

シリアスさゼロだから切羽詰まっているように見えないが、意外と危険な状況だった。

なんせ、三号はまだ動けている。クーネの動きが寒さのせいで鈍り始めると、万が一があるかもしれない。実際、それを危惧する程度には、クーネが寒さに参り始めている。

さらに、俺にすらも予想外の事態が起こってしまったのだ。

「アアアアアアアアアアア！」

「うげぇ！　自分で下半身ぶった切ったニャー！」

なんと、三号は毒の剣を自分の下腹部に突き立てると、百足の下半身を無理矢理切り離していた。

自切のような元々ある機能ではなく、自分で自分を切り裂く力業だ。

地面に倒れ込む継ぎ接ぎだらけの女の上半身が、千切れた腰から血を流しつつビクビクと痙攣している。

隙だらけだが、クーネは攻撃を仕掛けることはできなかった。

百足の部分が液状化して溶けだしたかと思うと、突如爆発して周囲に体液をぶちまけたのだ。それは、酸と毒の雨であった。

「ギニャー！　ばっちいニャ！」

クーネが月光魔術で身を守っている間に、三号は腕だけで地面を這って移動する。まるでゴキブリみたいな動きだったな。

「アアアアアア！」

「は、生えてきたニャー！」

クーネが叫ぶ通り、三号の切断面が大きく盛り上がったかと思うと、そこから新たな下半身が生えていた。凄まじい勢いで百足の胴体が生み出されていく姿は、虫嫌いが見たら発狂するレベルで気色悪い。

そして、三号が起き上がった。僅か数秒での出来事である。

さすがに先程までのような全長一〇メートルを超える巨体ではないが、四メートルくらいはあるだろう。素早く動くだけなら、これでも十分に違いない。振り出しに戻ってしまった。

これは、手助けをしないとマズいか？

だが、クーネは俺たちの想像以上に、やる子であったようだ。

「仕方ねーニャ。これやると後で全身痛すぎて泣くことになるけど、死ぬよりはマシニャ！」

「アアアアアアアア！」

「うるせーニャ！　百足女！　お前のせーで体バッキバキ確定ニャ！　死んで詫びるニャ！」

いやいや！　もうそいつ死んでるから！

クーネはキリッとした顔で魔剣を構えると、意表をついて三号から距離を取った。

もしや、奥の手は溜めに時間がかかるのか？

三号もそう思ったのか、クーネの奥の手を阻止するために前に出た。凍結して鈍っていた部分を新たにしたおかげで、その速度は初期の超高速に近い。

だが、クーネは突進をひらりと躱しながら、詠唱を続けている。そう、彼女の奥の手は剣技などではなく、魔術であるようなのだ。

高速で移動しながらの詠唱は、クーネやフランみたいな魔法戦士にとっては必須技術である。三号の毒攻撃も余裕で躱し、クーネは術を完成させた。

「ニャウ！　月光魔術、ムーンダイバーニャ！」

そう叫んだ瞬間、クーネの体が月光のような青白い神秘的な光に包まれる。

いや、異変があるのはクーネだけではない。三号もまた、不吉さを感じさせる赤い光に包まれていたのだ。自分と相手、双方に影響が出る術なのか？

「ウニャニャニャニャァァ！」

「アア？」

クーネの姿が消えた。

いや、消えたと思えるほど、素早く動いていた。

元々素早かったが、今の動きは本気のフランに迫るだろう。それだけでも回避が難しそうなのに、三号の動きが明らかに鈍い。遅いというよりは、鈍いのだ。まるで、時間の進みが遅くなったかのようだ。

多分、実際にそうなのだろう。月光魔術で何ができるか正確には分からないが、ムーンダイバーという術は使用者の時間を速くし、敵の速度を遅くするようだった。

時空魔術のクイックとスロウを同時に使うような術なのだと思う。月光魔術に時空属性が関係あるのかと思うが、満ち欠けや月経を司ると思えば、時の満ち引きに影響を与える術があったとしてもおかしくはない。

「ウニャニャニャニャニャニャニャ――――！」

残像が見えるほどの超高速で飛び跳ねながら、三号の体に斬撃を叩き込み続けるクーネ。

発動してから五秒ほどで、彼女と三号を包んでいた光が消え去ってしまうが――。

「ア、ガァ……――」

「ニャーの勝ちニャー！」

青と赤の光が失われた戦場には、両拳を突き上げて勝鬨(かちどき)を上げるクーネと、霜と斬傷に全身を覆い尽くされた三号の残骸が残されていた。

「ふふん！　やっぱりニャーはさいきょ――ギニャー！　もう筋肉痛がきたニャー！　イタタタニャー！」

まあ、筋肉痛で死にはせんだろう。

「オオオオオオォォ！」

フランが一号の攻撃を回避する度に、巨大なクレーターが生み出され、木々が薙ぎ払われる。棍棒が掠らずとも余波だけで体勢を崩されそうになり、踏ん張っている間に相手は新たな攻撃に移っていた。だが、受けることも難しい。

受け流すだけで俺の耐久値が大きく削れ、フランの腕に痺れが走るのだ。

対するこちらの攻撃は、即座に再生されてしまっている。しかも、時間が経つにつれ、さらにマズイ事態が起きていた。

『フラン。やつの魔力が段々増しているのが分かるか？』

（ん。周りから、魔力吸ってる）

『ああ。魔境に流れている魔力を、吸収してやがる』

つまり、時間が経てば経つほど、一号は強くなっていくということだ。

これは『森羅鬼（しんらき）』というユニークスキルの効果であった。

あっちの俺の記憶曰く、特殊な変異をした鬼族が覚えるスキルで、かなり厄介で強いスキルであるようだ。

先程から一号が実践しているように、周囲から魔力を吸収する効果がある。ただ、魔力強奪とは違って俺やフランには影響がないのだ。

森羅鬼は、大地や周辺の自然からしか魔力を吸収できない代わりに、土地に魔力が豊富であれば魔力強奪の何倍もの膨大な魔力を得ることができるらしい。

ここのような魔力が濃密な魔境で使われた場合、理不尽と思えるほどの効果を発揮した。

勿論、デメリットがないわけではなかった。

（あいつ、さっきから様子が変）

『理性が飛び始めてる感じだな』

強化が進めば進むほど、先程まで見せていた狂戦士のような表情が消えていっている。その目に宿っていた知性の光も、濁り始めているのは明らかだった。

森羅鬼は自然と一体化してしまうために、使えば使うほど理性や意識が希薄になっていってしまうのである。

(アースラースに似てる)

『そうだな』

ランクS冒険者、同士討ちのアースラース。狂鬼化という、自身でも抑えられない暴走スキルに苦悩し、人付き合いを避けている男だった。

意識を失うのと引き換えに戦闘力を上昇させるという能力は、アースラースの狂鬼化によく似ている。アースラースは暴走で、森羅鬼は自我の喪失という点が違うだけだ。

能力の上昇率まで似ていたら、俺たちでも手に負えないかもしれなかったが……。

『幸い、まだ使い始めで、ぜったいに勝てないって程じゃない』

(でも、もっと強くなるかも)

周囲の魔力を吸い続けている一号が、本当にアースラース並みに強化される可能性はゼロではないだろう。むしろ、魔力を吸収し続けたら、狂鬼化以上の強さを得る可能性すらある。

まだ武術スキルのレベルでは上回っているものの、腕力はおろか速度でもすでに負け始めていた。

さらに強くなるとしたら、本当に手に負えなくなるぞ。

それに、強化された目と身体能力の他にも、気を付けねばならない能力があった。

「くぁ！」

『やばっ！　グレーターヒール！』

　フランの体が見えない何かに殴り飛ばされたかのように、くの字に折れ曲がる。実際、不可視の拳でぶん殴られたのである。

　一号は魔力を鎧のように纏うだけではなく、腕のように変形させて操っていた。しかも、探知しづらいように気配が隠蔽されている。普段だったら、気づけないほどではないだろう。

　だが、今は一号本体の放つ強烈な魔力が、周囲に撒き散らされている。余りにも強い魔力が間近にあるせいで、他の魔力を感じ取ることが非常に困難となっていた。

　そのせいで、不可視なうえに気配も希薄な魔力の拳は、異常なほどのステルス性を得てしまっていたのだ。

　明らかに、狙ってやっているだろう。

　思考は鈍り始めていても、戦闘勘はそのままであるらしい。そんなところも、暴走状態のアースラースに似ていた。また、魔力の拳の方も、似た技に遭遇したことがある。

（コルベルトが、似た技使ってた）

『阿修羅（あしゅら）って技だな』

　フランが言う通り、武闘大会でコルベルトが使った阿修羅という技にそっくりである。魔力を圧縮して、四本の腕を作り出す武技だった。

『あの魔力の――いや、気の腕は厄介だな』

　確か、外に放出して使うのが魔力で、体内や身に纏う形で使う際には気って呼ぶんだったか？　今の一号が使うのは、気だろう。

『ただでさえ速くなった上に、手数まで増えるとは……』

（ん。見えないとこから攻撃くる）

強かった。ベリオス王国で成長したはずの俺たちが、追いつめられている。この世界、強くなったと思っても、強敵がポコポコ出てきやがるな。

だが、対処できないわけじゃないぜ？

追い込まれたことで、俺もフランもむしろ覚悟が決まったのだ。

（師匠。やるしかない）

『……そうだな。やるしかないな』

（ん！）

俺たちが相談する間にも、気の拳が繰り出される。これは誘いだ。あえて隠蔽を解くことで、こちらの注意を引こうというのだ。

この拳の気配に紛れて、隠蔽された一撃を打ち込むつもりなのだろう。

そうして体勢を崩したところに、棍棒の一撃がズドンというわけだ。

迫ってくる、拳。受けるか避けるか、今までなら悩んでいる場面だ。

だが、フランは避けなかった。

全く回避する素振りがないフランに、一号が驚きの表情を浮かべる。なんせ、フランに囮の拳が見えていないわけがないのだ。それなのに、まるで見えていないかのように、突っ込んでくる。

だが、明らかに直撃コースの攻撃を、今更引っ込めるわけにもいかない。一号は戸惑ったまま攻撃を続行し、フランの顔面に気の拳が叩き込まれる。

一号が息を呑むのが分かった。未だ失い切ってはいないその意識が、人のような反応を取らせる。まさか当たるとは思っていなかったのだろう。しかし、一号を襲う驚愕は、これで終わらなかった。

確かに顔面に攻撃を食らったはずのフランは、何事もなかったかのように一号の棍棒を自身の剣で弾き返していた。

「ガッ?」

骨棍棒を俺によって弾かれたせいで、体勢が崩れてしまう一号。

フランはその隙を逃さず、連続で斬撃を放っていた。

それで倒せはしないものの、魔力を大分削れただろう。

一号は距離を取って仕切り直そうとしたのか、二発の気の拳をフランに飛ばしてきた。フランを押しやって後退させようというのだ。

感知系スキルを全開にしている俺には、それが見えている。しかし、フランはそれにも反応を見せなかった。気にした様子もなく、前に出る。

一号も、今度こそ当たったと思っただろう。

だが、気の拳が胴体に連続で着弾したはずのフランは、涼しい顔をしたままだった。それどころか、かなりのパワーが込められているはずの拳を軽々と押し返したのだ。

驚いた一号は、気の拳によるパンチを咄嗟にもう一発繰り出す。

見えているのかいないのか、フランはその拳も完全に無視だ。

脇腹に直撃する気の拳。そして三度(みたび)、フランは一号の攻撃を無かったことにしていた。

まるで、無効化しているかのように。

『コルベルトの阿修羅にそっくりってことは、同じやり方で防げるってことだからな！』

（ん！）

まあ、実際に無効化しているんだが。

俺たちが使っているのは、物理攻撃無効スキルである。その名前の通り、ありとあらゆる物理攻撃を無効化し、ダメージも衝撃も無かったことにしてしまうチート技だ。いや、チートっていうのは言い過ぎか。

能力は恐ろしいが、非常に使いづらいスキルなのだ。

その最大にして唯一のデメリットが、魔力消費の大きさであった。

物理攻撃無効のスキルは元々、高位のスライムや、霧状の魔物などが持つ能力である。その肉体ありきのスキルなのだ。

肉体的にこのスキルを使うことに向かない俺たちは、魔力を多く消耗することで無理やり使用している形だった。そのため、異常に魔力の消耗が激しい。そこらの敵の攻撃を数発防ぐだけで、魔力が半減しかねないレベルだ。

実際、一号との攻防で、俺の魔力残量は三割を切っている。

魔力をガンガン消費して速度と手数で勝負するフランにとって、数発の攻撃を防ぐだけで魔力を大きく失うこのスキルは、中々使い所が難しいものがあった。このスキルを使うくらいだったら、転移などで回避を狙う方がマシなのである。

それでも今回使ったのは、一号を間近で観察するためだ。防御をスキルに任せることで、俺たちは観察に集中できる。

目的は、一号の核を探し出すこと。

最初は、長時間かけて削り倒すつもりだったが、想定以上に一号が強化されたことで、それも難しくなってしまった。体力でもステータスでも再生力でも上回る一号相手に、持久戦はあり得ないのだ。ならば、魔力を多少犠牲にしてでも、勝負をかけるしかない。

『……見つけた！』

一号の体内に、僅かながらに魔力が集中する場所があった。隠蔽しているが、この距離ならギリギリ感じ取れる。これが核に違いない。アナウンスさんに確認するけどね！

『アナウンスさん！　あれで、間違いないか？』

〈是。ダミーである可能性、４％〉

アナウンスさんのお墨付きだ！

『なんとか見つけたぞ！』

（ん！　師匠。守りはお願い）

『おう！　フランは、一発ぶちかませ！』

理性が薄れていても、フランが奥の手を使おうとしていることは伝わったんだろう。一号が警戒心も露わに、距離を取る。

「グウウゥゥ……」

「……」

暴風が吹き荒れるような激しい攻防から一転し、フランと一号は足を止めて睨み合う。

「……」

フランと一号が同時に魔力を練り上げ、同時に駆けた。

一号が逃げずに攻撃を選択したのは、その本能でフランがこれから放つ技の危険性を理解したからだろう。自身が倒されるかもしれないと予測し、ならば先に攻撃を放って潰そうというのだ。

「ウオオォォオォォッ！」

「剣神化ぁぁっ！」

一号は、魔力のほぼ全てを肉体に纏っていた。筋肉の断裂やら内臓の破裂やらを無視できるアンデッドだからこそ可能な、生物の限界など軽く超えた超強化である。

単純なステータスで言えば、ランクS冒険者ですら凌駕（りょうが）しているだろう。当然、そこから放たれる一撃は、度を越えた力を秘めていた。

音を置き去りにする速度に、骨棍棒が耐えきれずにヒビが入り始めるほどの魔力。さらには、衝撃を加算するための武技がダメ押しに使用されている。

掠っただけでも致命傷だ。幾重もの結界に守られたクランゼル王都の城門ですら、紙切れのように吹き飛ばせるだろう威力である。

多分、この攻撃の後、一号は消滅するだろう。

ユニークスキルで得た魔力の全てを――それどころか、今現在、森羅鬼によって吸い上げている魔力も片っ端から全て攻撃につぎ込んでいるのだ。主命の達成が存在理由であるアンデッドだからこそ放てる、捨て身の攻撃だった。

一号の顔に、笑みが浮かぶ。

一号の中に僅かに残る感情が、その顔をさせたのだろうか？

どうだ？　凄いだろう？　俺の勝ちだ。

そんな、ガキ大将のような笑みである。

もしかしたら、主命なんか関係ないのかもしれない。倒される前に、最強の攻撃をぶっ放してみたかっただけなのかもしれなかった。

あまりにも場違いな、純粋ささえ感じる笑いだった。

死と破壊を体現するかのような圧倒的な攻撃を前にして、フランも笑う。

いや、笑っているのは、降ろした剣の神だろうか？

よくぞこれ程の攻撃を成した。アッパレ。素晴らしい。

称賛の微笑みを返しながら、俺が静かに繰り出された。

その刹那、一号の棍棒が僅かに軌道を逸れる。まるで、フランを避けるかのように。

やったことは単純だ。

振り下ろされた相手の武器の腹に自分の武器を当てて、軌道をずらす。それだけのことである。

だが、自分も相手も神速で動きながら、それができるだろうか？　まさに剣の神の所業である。

しかも、相手の武器に当てた反動で戻ってきた自身の武器――俺をその勢いのままに振り抜き、一号の首を刎ね飛ばしていた。さらに、引いた俺が一号の胸に突き入れられる。

アンデッドには致命的な、神属性の攻撃というだけではない。剣の神によって、弱点へと致命的なダメージが加えられたことが確信できる一撃だ。

ゴゴォォウゥゥン！

そして、何もいない大地へと、逸らされた骨棍棒が着弾した。

凄まじい衝撃で地面が粉々に砕け、押し出されるように屹立した岩々によって俺たちの体も飛び上がる。

同時に、首を失った一号の体がその場に崩れ落ち、あっけなく砂と化していた。首は天高く跳ね上がり、空に溶け込むように崩れ消える。

砕けた地面へと着地しながら、フランはそれを見ていた。

「……ふぅぅぅ。勝った」

『ああ。そうだな』

一号は、最後に自分がどうやって負けたか理解したのだろうか？

首を刎ねられる瞬間。本当の最期には、好敵手に会えたかのような楽しげな顔で終わりを迎えたのだった。

アンデッドであっても――いや、アンデッドだからこそ、戦士の矜持のようなものは譲れなかったのかもしれない。そして、剣の神に斬られたことで、満足して逝ったのだ。

対するフランは少し悔し気だ。

（また、剣神化使わなきゃ勝てなかった）

『相手が強かったんだ。仕方ない』

（ん……）

一号が戦士として強かったからこそ、自分たちの力だけで勝ちたかったのだろう。

剣神化だってフランのスキルだと思うんだが、やはり自分の力だとは思えないらしい。まあ、半分自動で動いているようなもんだしな。

相手が強かったからこそ、神の力を借りなきゃ勝てなかったという思いが強いようだった。

『ともかく。まだ戦闘中だ。反省は、後にしよう』

「ん」


フランたちが、ほぼ同時に勝利を手にした頃。

ウルシの戦いも佳境を迎えていた。

「ガルッ!」

「やめっ!」

「ボリボリボリボリ――」

「僕を食べてるっていうのか……? 化け物め!」

「オン!」

噛み千切ったアル・アジフの欠片を、ウルシが咀嚼（そしゃく）している。捕食同化スキルで、その力を取り込もうというのだ。それに、結構美味しそうに食べている。

硬めの犬ガムみたいな感覚なんだろうか?

弱ったアル・アジフは、ウルシと相性があまりよくはなかった。

金属の体もウルシの牙には抗えず、アンデッドの人型もウルシにダメージを通せない。毒も死霊魔術も効果が薄いうえ、斬ってもすぐに再生してしまう。

俺たちが一号に感じていた理不尽さが、そのままアル・アジフに返っているのだ。

「オンオン!」

「そ、そんな目で私を見るな！」

そんな目というか、おやつを見る目だが。

「こんなところで……！　我らを失敗作扱いした無能どもに思い知らせてやるまで、わたしは負けられないんだよぉ！」

アル・アジフはそう叫ぶと、自棄になったかのようにウルシへと突っ込んだ。

ただ、それは人型だけである。本体である大鎌は、身を翻して逃走を図ろうとしていた。

ウルシが本体を追おうと身構えたが、その進路を人型が塞ぐ。

「アアアアアアアアア！」

「オ、オン？」

人型の体が風船のように膨れ上がった。肉体だけではない。その内の魔力が一気に高まり、外へと溢れ出す。

継ぎ接ぎ部分からメリメリとその肉体が千切れ、漏れ出した真っ赤な魔力が閃光となって迸った。

遅れて、轟音と爆風が周囲を襲う。二〇メートル近い爆炎と黒煙が立ち昇り、爆風が周囲を薙ぎ払った。強力な火炎魔術を多重起動させたレベルの攻撃力である。

直撃すれば俺たちもタダでは済まなかっただろう。こいつらお得意の、アンデッド自爆攻撃である。

ただ、アル・アジフの人型が特別製なのか、二号の見せたゾンビ自爆よりも遥かに威力が高かった。三号の毒を撒き散らす自爆とも違う。毒や酸などの特殊な効果がない分、エネルギーが全て爆発に注ぎ込まれているんだろう。

当然、爆心地のすぐそばにいたウルシは、無事では済まない。ウルシのことを心配して声を上げるジャンやクーネも、一目散に逃げ続けるアル・アジフも、そう思っているんだろう。

「フラン君！　ウルシ君は……！」

「あのデカ狼ヤバいニャ！」

「しししししし！　やったぞ！　クソイヌが！」

しかし、俺もフランも焦らない。むしろ、してやったりって感じだ。

「だいじょぶ」

フランがドヤ顔でそう呟いた直後、アル・アジフが絶叫を上げていた。

「うがあああああぁぁぁぁぁ！」

「ガルル！」

黒煙を掻き分けて飛び出してきたウルシが、大鎌を噛み砕いたのだ。

「デカ狼ニャ！　無事だったニャ！」

「ウルシが、あのくらいの攻撃でどうにかなるはずがない」

フランは当然のようにそう言うが、意外と危なかったからな？　いくらウルシだって、何の準備もなくあの爆発を食らってたら即死していてもおかしくはないだろう。

当たれば、だがな。

ウルシはその全身に、黒いオーラのようなものを纏っていた。

高位の暗黒魔術、ダーク・エンブレイスだ。全身を暗黒のオーラで覆って防御力と身体能力を高める強化系の術だが、今はこれを鎧として使っていた。本来は胴体や顔、手足の一部を覆うだけだが、つま先や尻尾の先まで、完璧にカバーすることができている。

修行を経て、暗黒魔術を完璧に制御できるようになったウルシだからこそ可能な、強力な防御方法だった。

しかも、暗黒のオーラが瞬時に形を変え、ウルシの頭に集まっていく。

「グルルルル！」

「くそ！　任務も果たせず、またこんなやつらに……！」

「ガアアアアアアアアアアア！」

「や、やめ——」

ガギィィィン！

アル・アジフが何か叫ぶよりも早く、最大化したウルシの巨大な顎がその異形の刃を噛み砕いていた。

ダーク・エンブレイスを頭部に集中させることで攻撃力を高めた、ウルシの必殺技『断界ノ牙(だんがいのきば)』である。

かなりの硬度を誇るはずの魔法武器が、飴細工のごとくだった。

アル・アジフの気配が、完全に消失する。転移した様子もない。

(勝った)

『ああ。俺たちの勝利だ』

「オムオム」

ウルシは、口の中のアル・アジフの残骸を、バリボリと噛み砕いている。

普通だったら口中血だらけになってもおかしくないと思うんだが、樹海の木々よりも背が高くなっ

たウルシは、嬉しそうに大鎌の残骸を咀嚼していた。やはりおやつ感覚だ。

「デ、デカ狼がもっとデカくなったニャ！　超デカ狼ニャー！」

「おお！　ウルシ君はこれ程大きくなれるようになったのだね！　より強くなっているし、素晴らしい！　どうだね？　我が配下のアンデッドになったら、さらに強くなれるかもしれんぞ？」

「おい！　デカ狼！　ニャーと一緒にきたらマタタビをたらふく食わせてやるニャ！」

「我の配下になれば、名工特注の棺桶を用意してやるぞ！」

「……クゥン」

ウルシを勧誘するな！　ジャンのは勧誘にもなっとらんが。

にしても、クーネもジャンも、激戦の後なのに元気だな！　かなり疲れていると思うんだが、まだ動けるらしい。

一番疲れているのは、フランかな？　一号が一番強かったしな。まあ、それを言ったらクーネもジャンも反論してくるだろうから、言わないけど！　でも、フランが一番頑張ったもんね！

「あ！　そういえば、そこの魔族！　助かったニャ！　ありがとうございましたニャ」

「ふははは！　感謝など不要だ！　困った時は助け合わねばならないからな！」

「超変なやつニャのに！　超いいやつだったニャー！　人は見かけによらないニャ！　絶対に非人道的な実験やってる外見ニャのにー！」

「ふはははは！　褒められると照れるのであるな！」

「褒めてないニャー！　いいやつだけど、やっぱ変だニャー！」

相性がいいのか悪いのか分からん。とりあえず、この二人が揃うと超うるせーな。高笑いとニャーニャーが、交互に響いてくるのだ。

「そう言えばお前誰ニャ！　急に現れたニャ！」

「ふははは っ！　よかろう！　どうしても知りたいと言うのであれば教えてやる！」

「いや、別にどうしても知りたいってわけじゃないニャ」

「遠慮しなくてもよい！」

「してねーニャ！」

「我が名はジャン・ドゥービー！　死の淵と奈落を覗き込みし、冥府の探究者！」

「人の話聞かねーやつニャー！」

やはりうるさい。色々な意味で混ぜたら危険的な二人だった。

「さて、先程から良いツッコミをしているお嬢さんは、どこの誰なのかね？」

「ニャーはクーネニャ！　旅の修行者ニャ！」

「クーネ君か！　良い名前だ」

「おお！　この名前はご主人様が付けてくれた名前なんニャ！　このセンスが分かるとは、変だけど解るやつだニャ！」

名前を褒められたクーネは、それまでジャンに向けていた不審者を見る表情をコロリと変え、ご機嫌にその肩を叩く。変わり身はやっ！

クーネはチョロインだったらしい。

それだけ今の主人に感謝しているってことなんだろう。本当に嬉しそうだ。

まあ、ジャンはだいたいどんな名前でも褒めるけどね。俺の名前も普通に褒めてたし。いや、師匠って名前が変だと思ってるわけじゃないぞ？　フランが付けてくれた素晴らしい名前だ！　ただ、そのセンスを分からんやつらに微妙な顔をされたことがあるからさっ！　それだけのことなんだ！

（師匠、震えてどうしたの？）

『な、なんでもない。ジャンとクーネがうるせーなって思っただけだ』

（どっちも声大きい）

フランも俺と同じ気持ちだったらしい。

とりあえず、せっかくジャンと出会えたのだし、目的を済ませておくか。

「ジャン。伝えたい話がある」

「例の、刺客についての伝言のことかね？」

「ん」

俺たちが冒険者ギルドを通じてジャンに送ったネームレスの情報は、しっかりと届いていたらしい。ただ、一から十まで全部の情報を伝えられたわけじゃないのだ。今回、俺たちがジャンを探していたのは、直接ネームレスの情報をジャンに教えるためだった。

とは言え、クーネもいる場所で長々と話すようなことでもない。

「後で、もっと詳しく教える」

「それは助かる！　今回の探索では狙っていた素体が手に入らなかったのでな！」

「なに狙ってた？」

「コカトリスである！　この魔境でも目撃談があるのだ。まあ、発見できなかったが」

ここ数日は魔境の生態系が乱れているし、情報通りには発見できないかもしれないな。

「狙っていた相手とは違うが、最後に良い素材を得る機会が巡ってきたかとも思ったのだが……。消滅してしまうとは非常に残念だ」

「本当に、消滅した？」

ジャンの言葉に、フランが反応する。

アンデッド・ウェポンだし、欠片でも残っていたら復活する可能性はなくはないだろう。今は気配を感じないが、用心に越したことはない。

だが、俺の想像とは違う意味で、アル・アジフは生き残っているようだ。

〈この戦場にいた個体は、消滅しています。ですが、仮称・あっちの師匠の記憶によると、アル・アジフは複数存在しています〉

『え？　マジ？』

〈是。少なくとも、三体を確認したようです〉

死霊魔術で作り上げられた存在なわけだし、複数体いてもおかしくはないか……。

『あっちの俺って、アル・アジフとどこで戦ったんだ？』

〈仮称・あっちの師匠から流れ込んでいた記憶の８２％は、ベリオス王国内でのものでした。特に、ヴィヴィアン湖周辺に集中〉

俺自身は混乱してほとんど分かっていなかったが、湖に関連した記憶が多かったらしい。まあ、湖に近づいたことが切っ掛けになっていたわけだし、それも当然か。

残りはクランゼル王国国内でのものになっており、ゼライセ関連はそちらの記憶も混じっているようだった。

『あっちの世界では、クーネやアル・アジフがヴィヴィアン湖にいたってことか？』

〈是。ただし、戦闘の記憶が多く、個体名・クーネたちがヴィヴィアン湖周辺で活動していた理由に関しては不明〉

　クーネに関しては、武者修行なのだろう。世界によって俺やフランの行動が違っていれば、多くのことに影響が出ているかもしれない。バタフライエフェクトってやつだ。その結果、クーネがヴィヴィアン湖の事件に首を突っ込むようなことになっても、おかしくはなかった。

『クーネと戦ったってことだよな？』

〈是。ただし、本気での戦いではなかった模様〉

『模擬戦みたいな感じか』

　それはあり得る。今回みたいに、戦闘狂同士で通じ合ってしまったら、どこででも戦闘に発展するだろう。むしろ、フランとクーネが初対面で、戦闘をしない未来が想像できないのだ。

　アル・アジフに関しては、クーネよりも単純だ。なんせ、レイドス王国の黒骸兵団の所属だからな。あの場で、ネームレスと共にいたとしてもおかしくはなかった。

『残りのアル・アジフが、この辺にいる可能性があるってことか……』

〈是〉

　アル・アジフはフランをおびき寄せるために、ここで黒猫族の振りをして騒ぎを起こしていたらしい。ベリオス王国で渡された手紙を狙っているようだった。レイドスのスパイはクランゼル王国にも大量に潜り込んでいるようだし、ベリオス王国にも耳目（じもく）があるのだろう。

　手紙の優先度にもよるが、何が何でも奪うつもりであれば、他の戦力が潜んでいる可能性は高かった。

　これは、悠長に休憩している暇はなさそうだ。

　今の状態でアル・アジフと連戦するのは危険だし、早々に脱出しなくては。

『ジャン。あの大鎌のアンデッド・ウェポン！　まだ同じようなのが近くにいる可能性がある！　ここからすぐ移動した方がいい！』

（ほう？　それはそれは……。少々待ちたまえ）

　俺の言葉を聞いたジャンは嬉しそうにニヤリと笑うと、首にかけていた髑髏のペンダントを握り締めた。少しの間目を瞑って念じていたかと思うと、ジャンを中心に弱い魔力が放たれる。

　気配も希薄で、攻撃的な力も感じない。多分、ほとんどの魔獣は、魔力の存在にも気づかないだろう。それでいて、非常に広範囲に行き渡っていくのが分かった。

「ふむ。少なくとも、この魔境内にあのアンデッド・ウェポンは存在していないであろう」

「今ので、分かるの？」

「うむ。我が魔力の波長を覚えているアンデッド限定だがな。直前まで戦っていたのだ、忘れるわけがない」

〈仮称・アナウンスさんも、個体名・ジャンに同意します。探知した結果、同種の存在は確認できず〉

『アナウンスさんもやつを探知できるのか？』

　アナウンスさんが俺の能力を一部使えるのは知っているが、俺が使う場合とそこまで差が出るか？　前は、魔力操作も制御も圧倒的に負けていたので、アナウンスさんの方が圧倒的に使いこなせていたのは解る。

　しかし、修行を経て俺も強くなった今、探知能力に大きな差は出ないと思うんだが……。

〈個体名・アル・アジフの一部には、廃棄神剣ファナティクスの残骸が使用されている模様。共食いスキルによって魔力を取り込んでいるため、波長を記憶しています。仮称・アナウンスさんが、探知することが可能〉

『え？　ファナティクス？』

〈是。個体名・アル・アジフは、複数の廃棄神剣の残骸を継ぎ接ぎして生み出された存在です〉

　まじかよ！　いや、そういえばアル・アジフの喋り方や笑い方は、ファナティクスそっくりだった！　一人称がブレるところも、ファナティクスと同じだ。

『それって、大丈夫なのか？　クランゼルの王都の時みたいなことが、起きないのか？』

〈回答不能。しかし、ファナティクスとしての力は、失われている模様。配下に、一部のスキルを付与する程度に収まっているようです〉

『継ぎ接ぎたちを強化したアレか』

　だとすると、無敵のアンデッド軍団が大量のアル・アジフを装備して現れるみたいな、最悪の事態は避けられそうだな。

　ジャンとアナウンスさんが、アル・アジフが潜んでいることはないと言っているんだ。とりあえずは安心ってことかな？

　では、第二の目的というか、見過ごせない最後の問題を片づけるとしようか。

「クーネはこの後、どうする？」

「む？　当然、修行ニャ！　世界を旅して強いやつと戦うニャ！」

「おおー。楽しそう」

「そうニャ！　すごく楽しいニャ！」

いやいや、そういうこと聞いてるんじゃないから！　フランも目を輝かせない！

フランも、すぐに質問の意味を思い出したのだろう。

「このままここで修行をするの？」

「しないニャ。疲れたから、今日はもう帰るニャ」

「明日は？」

「当然、ここで修行ニャ！」

この猫娘、やはり自分が不法侵入者だってことをよく解っていないらしい。いや、あえて無視しているのか？

「ここは冒険者ギルドが管理してる。奥まで入っちゃダメ」

「知らんニャ。ニャーは冒険者じゃないから、知ったこっちゃないニャ！」

やはり冒険者ではなかったか。

フランは眉根を寄せて、唸っている。不愉快というよりは、どう説明すれば納得してもらえるか分からず困っているんだろう。

すると、話を聞いていたジャンが唐突に口を開いた。

「察するに、クーネ君は立ち入り禁止の場所に不法に侵入していたのかな？」

「そう」

「してないニャ！　ギルドのルールなんて知らんのニャ！」

クーネは冒険者ギルドに対して、思うところがあるようだ。敵意とまではいかないが、意地になってギルドを無視したがっている感じがする。ギルドの名前を使って説得するのは、得策ではなさそうだな。

ジャンも、違うアプローチから説得することにしたらしい。

「魔境も、大本は国の所有物扱いである。その管理を冒険者ギルドが任されているだけだな。故に、そのルールは冒険者だけではなく、国内全ての人間に適用される。国の法であるからな。違反すれば、当然国に捕まるのだよ」

「く、国ニャ？　え？　冒険者ギルドっていうのは、国と繋がってるニャ？　それに、捕まるニャ？」

「当然であろう」

「ギルドにちょっと怒られるくらいだと思ってたニャ！」

「今回の場合は、その程度では済まないだろう。国際指名手配というやつだな！　もし逃げたりすれば、世界中の冒険者ギルドに情報が回り、お尋ね者となるはずだ。

ゼライセとかが、そうやって手配されているはずだ。

「ニャニャ！　犯罪者になるのはダメニャ！　ご主人様に怒られるニャ！　それに、世界中ニャ？　冒険者ギルドって、そんな凄い組織なんニャ？」

クーネは、冒険者ギルドに関しても全く理解ができていなかったらしい。どうも、ゴロツキをまとめる互助組織くらいの認識だったようだ。

「冒険者ギルドって、世界中にあったのかニャ！」

「……」

「……」

常識を知らないクーネに対し、フランとジャンが呆れ顔だ。あのフランとジャンに呆れられるとか、どんだけだよ！

実際、冒険者ギルドというのは世界でも特に有名な組織である。好悪は別にして、知らない人間なんかいない。

特殊な育ち方をしたせいで世間一般の常識に疎いフランでさえ、ギルドに関しては知っていた。まあ、冒険者が所属する、世界中にある大きな組織ってくらいの認識ではあったが。それ以下の知識しかないクーネは、どんな育ち方をしたというのだろうか？

元々奴隷だった点はフランと一緒だとはいえ、今はまともな主人の下で働いているんだろ？

フランもジャンも不審顔だ。

そこで、フランはあることが気になったらしい。

「クーネは、進化の方法しってる？」

「ニャ！　知らないニャ！」

実は、クーネは進化に到達していなかった。レベルがカンストしても、進化の条件を満たせていないんだろう。それでこの強さなのだから、本当に逸材である。

「実はちょっと気にはなってたニャ！　フランは、もしかして進化してるニャ？」

そう言えば進化隠蔽を使ったままだったな。

俺は、進化隠蔽スキルを外して見せた。

すると、クーネが劇的な変化を見せる。

「ニャニャー！　進化してるニャ！　マジかニャー！　えー！　ど、どど、どうやってるニャー！　お、教えてくれたり……。対価ニャらはらうニャ！　足をニャめろというならニャめるニャ！　いくらでもペロペロするニャ！　だから教えてほしいニャー！」

おい！　跪くな！　足を舐める準備せんでいいから！

ともかく、これでクーネが冒険者ギルドについて本当に何も知らないどころか、関係がないことが分かった。

黒猫族の冒険者だったら、ギルドで普通に情報を教えてもらえるはずだからな。

「冒険者ギルドに行けば、教えてもらえる」

「そ、そうだったのかニャー！　ぼ、冒険者ギルドスゲーニャ！」

「その情報を世界で初めて得たのは、このフラン君だよ。彼女が自分で進化できることを証明してみせて、情報を冒険者や国に広めたのさ」

「ニャー！　フランスゲーニャー！」

「ふふん」

クーネに褒められてフランは超絶ドヤ顔だが、ジャンは完全に怪しい者を見る目だ。

クーネも、自分の出自が怪しまれていることに気付いたのだろう。

焦った様子で、言い訳を始める。

「ニャ、ニャーはちょっと疲れちゃったニャー。それに、この魔境はニャーには合わないみたいだからもうこないニャ！　だからさらばだニャ！」

クーネは戦闘中にも見せなかったような素早い動きで身を翻すと、そのまま木々の間へと走り去っていった。

「あ……」

フランもジャンも追わない。こちらの方が人数が多いとはいえ、激戦で消耗している。もし戦闘になった場合、クーネに絶対勝てるとは言い切れなかった。

それに、一緒に戦ったことで、クーネに悪意や敵意がないことは解ったのだ。世間知らずで好戦的な黒猫族。それ以上でもそれ以下でもなかった。

「フラン君は、彼女の素性は知らないのだね？」

「ん。さっき会ったばかり」

「ふむ……。まあ、彼女のことも、冒険者ギルドに報告しておけばよかろう。放置すると、君と間違える輩も出そうであるからな」

「ん……」

フランとしては、クーネに直接進化の情報を教えられなかったのが心残りなんだろう。まあ、進化の条件はかなり情報が広まっているし、その気になれば、そこらの酒場なんかでも教えてもらえるはずだ。自力でどうにかしてもらおう。

『実際、アル・アジフを黒猫族に見間違えてるやつらがいるんだよ』

「ほう？　クーネ君ではなくかね？」

『クーネは、今日この魔境にやってきたばかりみたいだしな』

数日前から報告されている謎の黒猫族の目撃情報と、それがフランではないかと疑われていること。

さらに、アル・アジフがその噂の大本であるということを話して聞かせる。

『あいつ、黒猫族の振りしてわざと暴れ回っていやがったんだ』

「ふははは！　なるほどな！　確かに、遠目からでは黒猫族に見えるかもしれん！　幻術でも使えば確実だろう！」

『笑い事じゃないんだよ』

「すまんすまん。では、我が一緒に戻って、証言しようではないか。フラン君以外に、怪しい者がいたと」

『お！　マジか？　それは助かるよ！』

ジャンはこんなんでも高位のランクB冒険者だ。その証言には強い信用がある。

彼がフランは無関係だと証言してくれれば、もう疑われることはないだろう。

「ジャン、ありがと」

「なに、ネームレスとやらの話も聞かねばならないからな」

「何でも聞いて」

「うむ！　では、あることないこと、色々と聞かせてもらおうではないか！」

『いや、あることだけしか話さんけど』

「ふははははは！」

いいやつなんだけど、やっぱり調子を崩されるなっ！

第五章　再びのウルムット

『間に合って良かった』

「ウルシのお陰」

「オン！」

バルボラで料理コンテストに出場してから二週間後。

俺たちは無事にウルムットに到着していた。

『いやー、この二週間は色々なことがあったなぁ』

「ん」

特に水晶の檻での戦いは、マジで激戦だったのだ。

サンダーバードとやり合い、クーネとも戦い、最後には黒骸兵団のアル・アジフたちと死闘を繰り広げた。

クーネやジャンがいてくれたおかげで勝利できたが、俺たちだけで遭遇していたら、負けていたかもしれない。死なずとも、尻尾を巻いて逃げていた可能性はあるだろう。

あの戦いを経験したからか、フランはよりやる気に満ちているように思える。

クーネを追うためとはいえサンダーバードからは逃走し、継ぎ接ぎ一号との戦いは剣神化に頼ってしまった。それに、同族であるクーネの強さを間近で見て、気合が入らないわけがないのだ。

（……悔しい）

あの時の悔しさが蘇ってきたのか、フランが何とも言えない表情で俯く。

(サンダーバード……)

意外にも、サンダーバードとの戦いを思い出しているようだ。同じ雷鳴魔術を使う者同士、ライバル意識があったのだろうか？　本格的な戦いに突入する前に、離脱したことも心残りなのかもしれない。

『フラン……』

(サンダーバード、食べたかった)

『うん？』

(サンダーバード、カラアゲにしたら絶対に美味しかった……)

『そ、そうか』

心残りは心残りでも、味わえなかったことへの後悔でした！

『に、肉はないけど、羽毛はあるぞ？』

なんの収穫もなかったわけじゃない。サンダーバードの雷毛という素材を、念動で大量に毟ってきてやったのだ。食えないからフランは全然興味がないみたいだったけど、ガムドに高値で売れたのである。

防具に使ってもいいが、寝具に使うと超高級品になるそうだ。なんでも静電気が一切起きないように加工できるらしい。いや、確かに凄いかもしれんけど、それに一〇〇万ゴルドとか出す王侯貴族、理解できんぜ……。

少し収納に残してあるので、その内寝具に加工してもいいだろう。

まあ、フランは心底どうでも良さそうだけどね！　どんな場所でも寝れる子だから仕方ないが。

その後、すぐにでもウルムットへと旅立つつもりだったんだが、そこでちょっとした問題が起こって足止めされることとなってしまった。

昨年、バルボラで起きた事件の時、フランたちの活躍によって悪事が暴かれ、潰された商会がある。

領主の次男で、クーデターを企てていたブルックの傘下にあったトルマイオ商会と、その暗部であるイースラ商会だ。

共に消滅したはずなのだが、その構成員の生き残りがバルボラに潜み、フランへの恨みを募らせていたのである。彼らは複数の暗殺者を雇い、フランを付け狙ってきた。

まあ、暗殺者たちを瞬殺し、構成員も捕まえてやったけどね。襲われてから半日くらいだろうか？

逃走しようとしたやつらもいたが、ウルシの鼻からは逃れられないのだ。

というかこいつらはレイドス王国と裏で繋がり、クランゼル王国の情報を流していたらしい。その中に、フランの情報も含まれていたそうだ。継ぎ接ぎだらけの不気味な女に、黒猫族を大事にしていることや、料理コンテストに合わせてバルボラに現れる可能性が高いという情報を売ったと証言したそうだ。

ただ、その後の事情聴取に時間を取られ、数日滞在を延ばす羽目になってしまった。暗殺者たちを倒すときに、ちょっとだけ派手目に戦ってしまったのが悪かったのだろう。

結局、俺たちがバルボラを出発したのは、当初の予定から一〇日も経ってからであった。

道中でも色々とあったけど、それは置いておこう。

今の俺たちにはもっと大きな問題があるのだ。

「やあ、よく来てくれたね。フラン君、師匠君」

「ん」

『久しぶりだな』

当然ながら、ウルムットに到着した俺たちは、ギルドマスターであるディアスに挨拶にやってきていた。知らない仲ではないし、フランはもうランクB冒険者だ。ギルドマスターに顔を見せるのはおかしいことではないどころか、当然のことだろう。デミトリスがどこにいるか、ギルドなら知ることができるかもしれないし。

だが、できれば今回は顔を合わせたくはなかった。留守だったらよかったのに。まあ、武闘大会の時期に、ディアスがいないわけないいんだけどさ。「どうしたんだい？　神妙な顔をしちゃって。君らしくない」

「ん……」

ディアスが言う通り、フランは珍しく口籠っていた。とりあえず、俺が間を繋ぐしかなさそうである。

『なあ、デミトリスっていう冒険者に会いたいんだが、今どこにいるか知ってるか？』

「デミトリス殿かい？　彼なら、まだウルムットには到着していないね。だいたい、大会が始まる直前にくるから」

「そう……」

「フラン君、本当にどうしたんだい？　体調が悪いなら、無理しない方がいいと思うけど」

ディアスが心配そうにフランを見ている。自分を心配してくれているディアスを見て、しっかり報告せねば不義理であると考えたのだろう。意を決した表情で、口を開いた。

「ゼロスリードのことで、話がある」

「……ほほう？」

そうなのだ。ディアスを前にして、ゼロスリードのことを隠しておくわけにはいかなかった。

獣人国で命を落とした、黒猫族のキアラ婆さん。そのキアラを探していたディアスは、彼女の死因の一端となったゼロスリードを、仇と考えて恨んでいたのだ。

だが、フランはゼロスリードを殺さなかった。殺すチャンスがあったのに、だ。

黙っていれば、ばれないかもしれない。

だが、ゼロスリードと出会っておきながら許すという選択肢を取ったフランにとって、これはけじめであるらしい。頑として譲らなかった。

ディアスは未だにゼロスリードへの恨みを忘れていないようだ。名前を聞いただけで、雰囲気が変わってしまった。

「ゼロスリードを見付けた」

「本当かい？」

漏れ出す殺意に、フランの尻尾が膨れるのが分かる。

「ん。それで、見逃した」

「へぇ……？」

ディアスの笑顔が今は怖い！　フランはよく普段通りでいられるな！

表面上は笑っている。だが、その内面では暗い感情が渦巻いているのだろう。

「理由を聞いてもいいかな？」

「ん」

そして、フランは語った。ある場所でゼロスリードを発見し、殺しかけ、その後やつを見逃すまでの話を。

全部は語らない。ゼロスリードの居場所を教えたら、今から殺しにいきそうだからな。それに、ウィーナレーンの事情も、軽々と口にしていいことじゃないだろう。

「つまり、大きな依頼の中で彼の力を借り、その借りを返すために見逃したってことかい？　それとも、そのロミオっていう子供に絆（ほだ）されたのかな？」

「……正解じゃないけど、そんな感じ」

そもそも、フランも完全に自分の気持ちが分かっているわけじゃないからな。

「ふむ……。それで？　僕にもゼロスリードを見逃せということかい？」

ディアスが感情を感じさせない目で、フランをジッと見つめた。睨んでいるわけでもないんだが、凄まじい圧迫感がある。

嘘も誤魔化しも許されない雰囲気だ。

だが、次のフランの言葉は、俺にもディアスにも予想外であった。

「なんで？」

「え？　僕にゼロスリードを見逃せって言いにきたんじゃないのかい？」

「違う」

フランがディアスの言葉を否定する。俺もてっきりゼロスリードを許すように説得するんだとばかり思っていたが、どうやら勘違いだったらしい。

「ゼロスリードを見逃したのは私の決断。ディアスには関係ない」

「……ふむ」

「もちろん、ディアスにもゼロスリードを殺すのを諦めてほしい。でも、ディアスの気持ちはディアスのものだから」

たどたどしくも自分の気持ちをしっかりと語るフランに、ディアスは少し戸惑っている様子だ。ディアスにとってフランは、放っておけない孫娘みたいなものだろうからな。成長を感じて、驚いているのだろう。

『だが、それだと、二人が戦うことになるかもしれないんだぞ？　いいのか？』

「よくはないけど、仕方ない。ゼロスリードのやったことがなくなったわけじゃない」

そこまで語り、今度はフランがディアスを見つめた。

「だから、ディアスがゼロスリードを追うのを、私は止められない。でも――」

「でも？」

「私がゼロスリードたちを守ろうとするのも、ディアスは止められない」

「フラン君……」

「ごめんなさい」

呆然と呟くディアスに、フランが深々と頭を下げた。ディアスに裏切り者と罵（ののし）られる覚悟をしているんだろう。

しかし、今度はフランが驚く番であった。

「……謝ることはない」

「？」

不思議と穏やかな表情で口を開いたディアスに、フランが首を傾げる。

激怒したディアスに、責め立てられると思っていたのだろう。フランが目をクリッとさせて、キョトンとした顔をした。

「もともとキアラの遺言で、敵討ちなんて下らないことはするなって言われていたんだ。むしろ、それに背こうとしていた僕こそ怒られなきゃいけなかったんだ」

「ディアス……」

「でも、少し気持ちの整理がしたい。済まないが、今日は帰ってくれるかい？」

「ん……」

俯きながら言葉を絞り出すディアスに、これ以上の言葉を掛けることはできない。俺もフランも、黙って執務室を後にすることしかできなかった。

「……ごめんよ」

部屋を出るフランの背に、弱々しいディアスの呟きがぶつかって消えた。

ディアスがどんな決断を下すか……。

しかし、俺たちには不安がって足を止めることは許されていなかった。

ディアスと別れたその足で、俺たちはダンジョンへと向かう。

ルミナにも、ゼロスリードのことを報告するためだ。

キアラの死を報告した時に、彼女はディアスほどの怒りは見せていなかった。だが、気にならない訳がないだろう。

ただ、一つ誤算というか、計算していなかったことがあった。

ダンジョンの最奥部にある部屋に、ダンジョンマスターのルミナ以外に人がいたのだ。

「オーレル、なんでいるの？」

「おいおい。なんでとはご挨拶だな！」

ルミナと仲良くお茶を飲んでいたのは、ウルムットの顔役の一人であるオーレル翁であった。進化した狼獣人であり、フランを気に入って色々と便宜を図ってくれている人物だ。

「一人でここまで来た？」

「おう。これでも進化しているうえに元冒険者だぞ？　難易度が下がった今の迷宮なら、一人でも問題ねぇってことさ」

確かに、オーレルは未だに引き締まった体をしている。フランを進化させるために無理をしたせいでルミナ共々弱体化したこのダンジョンならば、一人で踏破可能だろう。

一番怒りそうなディアスにはすでに説明を終えたわけだし、オーレルとルミナに同時に説明できるのは手間が省けていいことかもしれない。

フランが、ディアスにした説明と同じものをルミナたちに語って聞かせる。

どんな反応をするか心配だったが、聞き終わったルミナもオーレルも柔らかい表情をフランに向けていた。

「そうか……。だが、それでいいと思うぞ。フランにはまだまだ明るい未来がある。過去の経験を忘れてはいかんが、過去に縛られる必要はない」

「俺も同感だ」

「ありがと」

「お主が健やかに育つ方が、キアラも喜ぶだろうよ」

そう言って微笑んだルミナだったが、何やら難しい顔で溜息をついた。

「それにしても、ディアスは相変わらずガキだな」

「？　ディアスはお爺ちゃん」

「フランよ。男なんてものは、何歳になろうとガキのままなのだ」

ルミナがそう言って遠い目をする。昔に苦い思いをしたことがありそうだ。

「男どもは、どれだけ年を取ろうがガキの頃から中身は成長せん。いつまでたってもな！　お主も覚えておくといい」

「ん」

やめて！　フランに変なことを吹き込まないで！　でも、自分が決していい大人だとは言えないと自覚してるせいで、「そんなことないよ！」とも言いづらい。

その間にも、ルミナの男性講座は続く。

「一見すると大人っぽく見えるやつもいるだろう。だが、それは外見を取り繕うことを覚えただけで、結局は同じなのだよ。むしろ、大人っぽい自分というのに浸っている分、余計にたちが悪い」

「そうなの？」

「お、俺に聞かれてもなぁ……」

フランに視線を向けられたオーレルが、情けない顔で言葉を濁した。もしかしたらルミナの言葉に心当たりがあるのかもしれない。

やばい、この場にルミナの言葉を否定できる男がいない！　できる男と言えばフェルムス！　フェルムスはどこだー！

「こやつなんぞ、ガキ大将がそのまま育ったようなものよ！」

「ルミナ様にそう言われちまうと、何も言えねーっすわ」

「まあ、とはいえ、こやつはマシな方だ。自分がガキだと理解できている」

「いやぁ……」

「褒めとらん！　ただ、自分はガキじゃないとか、自分は大人だからあんなに幼くないとか言うやつには気を付けるのだぞ？　そういった手合いが実は一番最悪なのだ。自分のことを全く理解できていないということだからな。他者に比べて自分の方が大人だなどとほざく輩、クソガキ以外の何者でもないだろう？」

ど、どうなんだろう。超暴論過ぎない？　いやでも、他人を見て「あいつ幼稚だな」とか「俺はそんな幼稚なやつとは違う」って、わざわざ口にするやつも確かに精神年齢が高いとは言えないかもしれない。前世の会社にも、そういうやつは確かにいたのだ。

自己分析が全くできていないって言った方がいい気もするが。

「まあいい。ディアスとは後で話すとしよう。それよりもフランよ。今回も武闘大会のためにウルムットにきたのだろう？」

「半分は。もう半分は、デミトリスに会いにきた」

「ほう？　不動のデミトリスにか？」

「ん。依頼で。知ってる？」

「うむ。以前、ここまでやってきたことがあるよ。手を出されんとは分かっていても、あの時は生きた心地がせんかった」

ルミナはかなり強い。今は弱体化しているが、その前は十分に強者と呼べる力があったはずだ。それこそ、今のフランよりも強かったんじゃないか？

黒天虎（こくてんこ）ではなかったが進化を成し遂げ、数百年間研鑽を積み、ダンジョンマスターとしての力を持っていたのだ。

そのルミナが恐怖を感じるレベルの相手というのは、そう多くはないだろう。当たり前だが、やはりランクSというのは別格であるらしい。

「デミトリス殿なら、大会中は領主の館に滞在されるはずだ。お前さんなら、多分取り次いでもらえるぜ？」

「領主？」

「覚えてないのか？　表彰式で会ってるはずなんだが」

「？」

ウルムットの領主は、メチャクチャ地味なおっさんだったし、一回しか会ったことがないからな。フランが忘れているのは当たり前のことだろう。

「憐（あわ）れなやつ……」

フランの脳内から完全に忘却されていることに気付いたオーレルが、苦笑いで肩をすくめた。その仕草で分かった。どうやらウルムットの領主とオーレルは、それなりに親しい関係であるらしい。

「仲いいの？」

「悪くはねーわな。まあ、冒険者が多いこの町の領主を上手くこなしてると思うし、王宮で同輩だったこともある。相談役に近い形だな」

「なるほど」

冒険者に対して横柄に振る舞ったり、ギルドに対して横やりを入れたがる貴族が多い中で、ウルムットの領主は穏健派であるそうだ。大人しいどころか、下手したら冒険者相手に下手（したて）に出ることがあるらしい。

冒険者の力なくしてウルムットの発展は維持できないと、しっかりと理解しているからだろう。きっちりと自分の立場を理解し、周囲のことも見えているということかね？　地味な男という印象しかなかったが、実は有能なのかもしれない。

「そんな冒険者相手にも腰の低い領主だからよ。高位の冒険者で大会入賞者のお前さんの頼みだったら、否とは言わんだろう」

「デミトリスはいつくる？」

「例年通りなら、武闘大会の始まる数日前ってとこだろう。まだ来てはいねーな」

どうせ武闘大会には出場するつもりで宿も取ったし、気長に待つとしよう。デミトリスみたいな大物だったら、町に入ればすぐに分かるだろうし。

『それまでは、何か依頼でも受けてみるか』

「ん」

俺の声が聞こえたわけじゃないだろうが、オーレルが思い出したようにフランへの頼みごとを口にした。

「そうだ、嬢ちゃんにまた依頼があるんだがよ。受けちゃもらえないか？」

「どんな依頼？」

「俺の孫の引率だぁな」

「引率？」

Side　とある三人組

「案外簡単に入れちまったねぇ」

「この時期は旅の人間も多いようですから。素性を細かく確認していられないのでしょう」

「まあ、そのお陰で俺たちは助かったわけだし、いいじゃねえっすか」

「ま、そうだな。それでクリッカ、宿なんかはしっかり手配できてるんだね？」

「はい。そこは抜かりなく」

「それで、俺たちはどうすりゃいいんだ？　武闘大会には出ちゃダメなんだろ？」

「当たり前でしょう！　目立ってしまったら、それだけで計画がおじゃんになってしまうかもしれないのですわ！　シビュラ様も、くれぐれも気を付けてくださいまし！」

「お、おう。分かってるよ。ビスコットとは違うんだから、信用してくれ」

「あ！　ずるいっすよ姉御！　自分だけ！　大会に出場したいって言ってたの知ってるんすよ！」

「はぁ。お二人とも、くれぐれも目立たぬように！」

「お、おう、勿論っすよ」

「わ、私も気を付けるよ」

「ならいいのですが。冒険者から情報収集したところ、バルボラ付近でレイドス王国のスパイが出現したと騒ぎになっているそうですわ」

「え？　俺たちのことがバレたってことか？」

「マジかい？」

「いいえ。私たちのことではありません。なんでも、大鎌を持ったアンデッドが倒されたと」

「あの死にぞこないどもか！」

「黒骸のやつらだろうねぇ」

「間違いないかと。まったく、あの無法者どもが好き勝手動くせいで、こちらにも影響が出かねませんわ」

「南の命令で、動いてるんすかね？」

「多分ね。それに、クランゼルやベリオスにちょっかいをかけているのは、南征公だけじゃないはずだ。そうだね？」

「はい。東はベリオスへと謀略を仕掛けておりますし、西はシードランを相手取って工作を進めている可能性がありますわ。それに、北征公の配下も……」

「え？　北の爺さんまで、なんか悪事を働いてんのかよ？　そんなことする人にゃ思えんが……」

「違うだろ。あの爺さんの配下の中には、武者修行だとか言って国を出てるのも多い。そいつらが、クランゼルでやらかす場合もあるってことだ」

「ええ。彼らの場合は悪事というよりも、常識を知らないせいで騒ぎを起こすという感じですね。ただ、こちらでも何をするか分からない分、たちの悪さでは一緒かと」

「あー、なるほど。やつら、非常識ですもんね」

「下手に実力がある分、目立つだろうしなぁ。まったく、困ったやつらだぜ」

「……」

「どうしたクリッカ？」

「眉間なんて触って、頭が痛いのかい？」

「いえ。何でもありませんわ。ちょっと頭痛がしただけですから」

「おいおい！　大丈夫なのかよ！」

「働き過ぎなんじゃないかい？　少し肩の力を抜くことを覚えな！」

「……はぁぁぁぁ」

＊

「もうすぐ私たちの番」

「はい！」

「気を抜かないように」

「はい！」

ディアスやルミナに事情を説明した翌日。

俺たちはウルムットのダンジョン前にいた。ルミナの居住スペースがある東のダンジョンではなく、初心者向けの西のダンジョンだ。

元々駆け出し冒険者でも探索可能なレベルだったのに、今では弱体化したことでさらに脅威度が下がってしまっている。

それこそ、一般人や初心者、子供でも武器さえ持っていれば入る許可が下りるほどに。

ウルムットの冒険者ギルドは、昨年から一年かけてこのダンジョンを初心者育成の場として整えてきたそうだ。

今では周知も進み、ダンジョン前にはとても冒険者とは思えない人々が、列を作っていた。

その中に、フランと一人の少女が一緒に並んでいる。フランよりも幼い、銀髪ツインテールの美少女だ。

「フランお姉様、本当に装備は剣だけでいいのでしょうか？」

「ん。ケイトリーはまだ小さいから、重い鎧はむしろ邪魔。それに、避ける戦い方をするのが得意なはず」

「な、なるほど」

「腕が千切れたくらいなら私が魔術で治してあげる。だからだいじょぶ」

「なるほ――えっ？」

「いく」

「え？　え？」

彼女と出会ったのは、ほんの数十分前である。

オーレル邸の中庭でのことだ。

「フラン嬢ちゃん。これが俺の孫だ。ほれ、挨拶しろ」

「はい！　私はケイトリー・オーレルといいます！」

オーレルの屋敷を訪れた俺たちは、すぐに一人の白犬族の少女と引き合わされていた。なんと、オーレルの孫であるという。

オーレルとは似ても似つかない美少女だ。少し垂れ気味の目が、いかにも気弱そうな印象を与える。本当にオーレルの孫か？　疑いたくなるくらい似ていない。

銀髪ツインを揺らしながら、深々と頭を下げる少女。非常に礼儀正しい子だ。

「ん。私は冒険者のフラン」

「お会いできて光栄です！　フランお姉様！」

背筋を伸ばして直立したまま、フランをキラキラとした目で見つめている。

「おねえさま？」

「は、はい。ダメでしょうか？」

「……別にいい」

「ありがとうございます！」

彼女の年齢は一〇歳。フランよりも年下だ。お姉様呼びでも、おかしくはないだろう。でも、違う感じに聞こえてしまうのは、俺だけか？　名門女子校の後輩感があるとでも言おうか。

「この子をダンジョンに連れていけばいいの？」

「おう。そうなんだ」

昨日、オーレルから孫娘をダンジョンに連れていって、魔獣と戦わせてやってほしいという依頼を受けていた。

なんでも、孫娘が冒険者に憧れており、最近は剣術なども本格的に習い始めてしまったそうだ。昔から引っ込み思案な性格だったこともあり、オーレルの息子夫婦は自分たちの娘が冒険者に不向きであると思い込んでいるらしい。

だが、オーレルの持論としては、冒険者に重要なのはやる気と慎重さだ。それを考えると引っ込み思案で臆病な性格は、必ずしも冒険者に不向きとは言えない。無謀な真似をして死ぬよりも、すぐ引き返す臆病者の方が生き残る確率も高いからだ。

後はやる気だけであるが、オーレルから見ても孫娘のやる気は十分に思えた。

そこで、オーレルはとりあえず孫娘に現実を見せることにしたらしい。

簡単なダンジョンに放り込んで、魔獣と戦わせる。

それで嫌気がさして冒険者を諦めるのであれば、元々の予定通りにお嬢様学校に通わせればいい。

ダンジョンで怖い目に遭ってもまだ志すというのであれば、オーレルが直々に鍛え上げる。

そう考えたのだ。

「諦めさせるんじゃないよね？」

フラン的に、その依頼はＮＧであるのだろう。最初から夢を否定するような依頼、受けるつもりはないようだった。

問いかけるフランに、オーレルも頷く。

「勿論だ。あくまでも、冒険者の現実を見せてやるだけでいい。まあ、一〇歳で夢を諦めるかどうか決めるのは早いが、俺の孫娘だからなぁ」

「オーレルの孫だと何かある？」

「これでも俺は、そこそこ金を持ってるわけだ。それを狙う輩もいる」

オーレルは自らが興した商会が大成功を収め、いわゆる成り上がりを果たしている。現在は息子夫婦が後を継いでおり、フランに引率をお願いする孫娘はその商会長の子の一人であるという。

大繁盛している商会の一人娘が、のこのこと駆け出し冒険者なんかしていたら？　誘拐犯にとっては垂涎の獲物であろう。

それでも冒険者をするというのであれば、若いうちから厳しい修行を乗り越えてある程度の力を付けたうえで、家名を捨てるくらいの覚悟が必要だった。

「一〇歳でその覚悟を固めろっていうのも難しい話だが」

「今までは冒険者に興味がなかった？」

「ああ。護身用に多少鍛えさせてはいたが、本職には遠く及ばん。冒険者になりたいだなんて話、全く聞いたこともなかった」

「どうして急に冒険者？」

フラン的に冒険者は最高の職業だが、それが万人共通の認識ではないと知っている。だからこそ疑問に思ったようだ。

すると、オーレルが苦笑いしながら肩をすくめた。

「お前さんにそれを言われるとなぁ……。まあ、年頃の娘には色々とあるのさ。凄い冒険者の活躍を聞いて、憧れたりな」

「？」

フランは分かっていないが、どうやらオーレルの孫はフランに憧れて冒険者を目指すようになってしまったらしい。

自分とそう変わらない年齢の獣人の少女が、冒険者として様々な活躍をしていると聞けば、憧れる者が出るのは仕方ないかもしれない。

「ま、とにもかくにも、ぜひ嬢ちゃんにこの依頼を受けてもらいてーんだが、どうだ？　俺が連れて行ってもいいんだが、やっぱり家族だと色々と甘えも出ちまうだろ？」

そんなことを言っているが、本心としては孫娘を憧れのフランに会わせてやりたいと思ったのだろう。これで冒険者を諦めるとしても、最後の思い出にはなる。

「どうだ？」

（師匠？　いい？）

『ああ、フランの好きにするといい。長期間拘束される類の依頼じゃないし』

「ん。わかった。引き受ける」

「おお！　そうか！　そりゃありがてー！」

昨日そんなやり取りがあり、フランは依頼対象である少女を迎えに来たのであった。

オーレルがケイトリーの背中をパンと叩きながら、フランの前に押し出す。

「嬢ちゃん、ケイトリーをよろしく頼むぜ。ここからは俺は一切の口を出さんから、煮るなり焼くなり好きにしてくれ」

「わかった」

「よ、よろしくおねがいします」

オーレルとフランのやり取りを聞いて、ちょっとビビったのだろう。ケイトリーが青い顔で、ゴクリと喉を鳴らす。

なるほど、臆病というのは確かっぽい。それに、ステータスも低かった。レベルも10だし、各種の能力もレベル相応だ。

元々勉学に励んでいたというだけあり、スキルは学術系に偏(かたよ)っている。算術やら経営学やら、商会の後を継ぐには相応しい構成なんだろう。

それに対し、戦闘系、探索系のスキルは三つしかない。剣術1、瞬発1、鋭敏嗅覚1だけだ。

フランも彼女を見て、一瞬でその弱さを感じ取ったのだろう。さらに俺にスキル構成を聞いて、眉根を寄せている。

とは言え、フランが諦めろと言うわけがない。なんせ、フランがずっと諦めずに戦い続けて、夢を叶えているからな。

「まず、その鎧はいらない。脱いで」

「え？　え？」

命を守るための鎧をいきなり脱げと言われたケイトリーは、助けを求めるようにオーレルの方を向く。だが、助け船はやってこなかった。

「俺は仕事があるからもう行く。じゃあな」

「ん。ケイトリー、早く脱ぐ」

「は、はいぃ！」

そうしてフランは、ケイトリーをブラウスとカボチャパンツ風キュロットだけの姿にさせた。白黒チェックのブラウスに、白いキュロットは、まるでピクニックにでも行くのかというくらい、軽装で可愛い装備であった。

だが、当然ながら、これから向かう先はピクニックではない。

フランたちは無駄足を踏むことなく、西のダンジョンへとやってきていた。未だに理解が追い付いていないケイトリーを引き連れ、入場者の列に並ぶ。

そうして待つこと十数分。ケイトリーが覚悟を決めてようやく落ち着いたころ、フランたちはダンジョンの入り口を潜り抜けていた。

中に入ると、さっそく指導を開始する。

「じゃあ、前に出る」

「え？」

「後ろに居ても、ダンジョンのことは分からない。前を歩く」

「で、でも、罠とか魔獣は……」

「ここの迷宮なら大したことがない。だいじょぶ」

ケイトリーが目を白黒させて、アワアワと手をパタパタさせた。

多分、ケイトリー的にはフランが先に進んで、その後を見学者のように付いていくつもりだったのだろう。

だが、フランには楽をさせる気はなかった。というか、冒険者の現実を見せてやってほしいという依頼なのだ。実際に色々と体験させるつもりなのだろう。

フランがダンジョンに入る前にケイトリーに告げた、「腕が千切れたくらいなら私が魔術で治してあげる。だからだいじょぶ」という言葉。あれは冗談でもなんでもなく、フラン的には大真面目な言葉であった。

むしろ、少しくらい怪我をした方が、冒険者気分を味わえるとさえ思っているかもしれない。

フランはスパルタなのだ。

いや、周囲からはスパルタに見えるが、フラン的には冒険者をやる覚悟があるならこの程度は平気だろうと思っているはずだ。

人というのは、自分を基準に考える生き物だからな。

強者を見るとワクワクしちゃう戦闘狂で、強くなるためなら多少の怪我や苦労はドンとこいのフランと、冒険者に憧れてはいるものの、最近までは勉学メインでお嬢様をやっていたケイトリー。その差は想像以上に大きいと思われた。

とりあえず、死なないように気を付けてやらんとな。

「じゃあ、進む」

「は、はい！」

ケイトリーはフランの言葉に促されて、ダンジョンの中を進み始めた。

その足取りは意外にもしっかりとしている。ダンジョンに対する怯えよりも、好奇心や興奮が勝っているらしかった。

何もない石造りの通路を、しきりに見回しながら歩を進める。ダンジョンに興味があることに加え、罠などを探しているつもりなんだろう。

まあ、全く意味がないけど。

ガゴン。

「え――痛っ！」

足下にあった罠をしっかりと起動させていた。とはいえ、大した罠ではない。

足下付近に、強い風で小石などが叩きつけられるという内容である。革靴を履いていれば痛いとすら思わず、初心者に罠を注意させるためだけに存在している子供騙しであった。さすが、教導用に整えられたダンジョンである。

ただ、作動させれば悔しいし、納得もいかないのだろう。

「う～」

「止まってないで、先に進む」

「は、はい」

立ち止まって足を擦（さす）っていたケイトリーは、少し怯えの戻ってきた表情で再び歩き出した。どうやらここがダンジョンの中であると、改めて思い出したようだ。

元々垂れ耳タイプだった犬耳が、さらに萎（しお）れたように見える。ブンブンと振られていた尻尾も、完全に勢いをなくしてしまった。分かりやすい娘だ。

その歩みは、先程までの軽快な足取りが嘘であったかのように、非常に遅かった。

見破れもしない罠を警戒して、非常にノロノロと進む。それこそ、後ろからやってきた他の冒険者たちが、ドンドンと追い抜いていくほどだ。

「……遅い。もっと速く」

「うぅ……。はい」

フランが急かすと、ケイトリーは目を潤ませながらもその速度を上げた。これだけ怯えているのに、フランに言い返したりはしない。これも憧れ効果なのだろうか？

その後、ケイトリーは罠に引っかかったり、見つけて大げさに回避したりしながらも、ダンジョンを攻略していった。

まあ、まだ一階の半分くらいしか進んでないけど。ぶっちゃけ、ゲームで言ったらチュートリアルの序盤ってところだ。

ただ、ケイトリーはかなり疲労している。小さいお嬢様とはいえ、獣人だし、多少の訓練は積んでいる。普段ならこの距離で疲れるようなことはないだろう。

だが、慣れない環境に、罠への警戒心と魔獣への恐怖。それらの要因が精神を追いつめ、普段の何倍もの疲労感をケイトリーに植え付けているようだった。

「はぁふぅ……」

それでも泣き言を漏らさずに歩くケイトリーは、冒険者を諦めるつもりはないらしい。さすがに、この程度で音を上げる人間に冒険者は務まらないということは理解できているようだ。

「ここでちょっと休憩」

「はい……」

冒険者同士がすれ違うために、道幅が少し広くなった場所で少し休むことにした。

二人で並んで腰を下ろす。すると、フランのことが知りたいらしく、ケイトリーが色々と質問をし始めた。

話せないことはダメと言いつつ、冒険の経験などを語って聞かせる。それなりに血みどろで凄惨な話をしているんだが、ケイトリーの瞳から放たれる憧れ光線は威力を増すばかりだ。

戦闘未経験の彼女では、冒険や戦いの厳しさは想像できず、ただ「かっこいい」「凄い」という想いだけが湧くのだろう。

そして、最近戦った魔獣の話になると、フランは水晶の檻で戦ったサンダーバードとの戦いを語って聞かせた。

それまでは凄まじい魔獣になんとか勝った話が多かったので、探している相手を追うためとはいえ逃げ出したという話に驚いている。

「お、お姉様でもそのサンダーバードという魔獣には勝てないのですか？」

「勝とうと思えば勝てた。はず。奥の手を使えばなんとかなった」

「では、何故お逃げになったんですか？」

「奥の手を使ったら、自分もただじゃ済まない。普段なら本気で戦うけど、依頼中は依頼を達成することが最優先。それを忘れちゃいけない」

「でも、倒してしまえば、色々な素材も手に入るんじゃ……」

「ん。レベルアップもできたと思う。でも、そのあとに強い敵に出会ったら？　逃がしちゃいけない相手を追うための体力がなくなったら？　絶対ないとは言えない。だから、無駄な消耗はダメ」

そうなのだ。脅威度Bのサンダーバードの群れ相手でも、剣神化や潜在能力解放を使えば勝てた公算は高い。

だが、それをやってはフランが語った通りに凄まじく消耗するはずだ。俺たちの奥の手は、命を削る物が多いからな。多分、しばらくはまともに戦闘できなかっただろうし、下手したら武闘大会に影響が出たかもしれない。

フラン的には、依頼中に無駄な戦闘で消耗するのは、一人前の冒険者とは言えないらしかった。まあ、テンション上がったら、そんなこと忘れて戦い始めちゃうだろうけどね。フランの理想はそういう仕事人的な感じなんだろう。

「依頼中は、いつもより慎重に、安全に行動する。失敗したら、人が困る依頼ならなおさら」

「な、なるほど」

レベルアップしたいという自身の欲よりも、依頼を確実に達成することを優先したというわけだ。しかし、あのフランが年下の少女相手に慎重に行動することの重要性を説くとはなぁ。なんか、感動してしまったぜ。

ケイトリーも別の意味で感動しているようだしな。

「これが、真の冒険者の考え方なんですね！」

「ん」

「この教え絶対に、忘れません」

フランに慎重さの重要性を教えられ、気合を入れ直したらしい。落ち込み気味だった気分も回復し、ケイトリーは再びダンジョンを進み始める。

より一層周囲に気を配っているな。

しかしダンジョンの脅威は、素人が少し頑張った程度で回避できるほど甘くはなかった。バシバシと罠に引っかかる。

それでも泣き言も口にせず、額の汗を拭いながら黙々と進むケイトリーの前に、新たな脅威が姿を現していた。

「あ、あれは！」

「ん。魔獣。隠れウサギ」

「あれが魔獣……」

隠れウサギは、脅威度Gの雑魚魔獣だ。どれくらい雑魚かと言えば、俺たちが知る限り最弱の魔獣と言えるレベルである。

穴を掘って隠れるのが得意なんだが、こうやって石造りのダンジョンに出現した場合は、ただの動きが鈍いブサイクウサギでしかなかった。

多分、魔獣じゃないただの野犬にさえ負けると思う。だからこそ初心者ダンジョンの一階に相応しいとも言えた。

こいつに負ける冒険者は絶対にいないからな。魔獣を倒すことに慣れてもらうための存在なのだ。

「そいつを剣で倒す」

「はい！」

罠で嫌がらせをされるだけの苦行の時間が終わり、冒険者らしい展開になったことが嬉しいのだろう。ケイトリーが元気な声と共に鉄剣を抜き放った。

そして、真剣な表情で隠れウサギに斬りかかる。

「たぁぁ！」

「ピギィー！」

「や、やった！」

お嬢様であっても、そこはこちらの世界の住人で冒険者志望。ウサギさんを攻撃できないとか、血が怖いなどの世迷言を口走ることもなく、無事に魔獣を倒していた。

「ん。よくやった」

「はい！」

フランも満足そうに頷く。この段階で才能のあるなしは分からないが、基本に忠実な斬撃ではあった。習ったことを素直に実行しているんだろう。

その後、フランの指示でウサギを解体し、肉や魔石を背嚢に仕舞うケイトリー。次元収納などで甘やかすつもりはないらしい。

重みを増した背嚢を背負い直しながら、ケイトリーがいい顔で笑っている。自分で仕留めた魔獣を解体し、一仕事を終えた気持ちなんだろう。

しかし、さっきも言った通りここはまだまだチュートリアル。本編はここほど生ぬるくはないのだ。

「一階はこのくらいでいい、次に進む」

「わ、わかりました」

「少し急ぐ。おぶさって」

「え？」

フランが屈んで、ケイトリーに背を向ける。だが、ケイトリーは遠慮と困惑のせいで固まってしまい、動けなかった。

「ケイトリー？」

「え、でも……」

「ふむ」

いつまでも動かないケイトリーに業を煮やしたのか、フランは背負うことを断念したらしい。ではどうするのか？

「きゃっ！」

「舌を噛まないように気をつけて」

フランがケイトリーを小脇に抱え、彼女の返事を待たずに走り出す。

襲い来る激しい振動に、ケイトリーが悲鳴を上げた。

「きゃぁぁ！」

「ここはまだいいけど、下の階に行ったら魔獣を引き付ける。悲鳴は上げないほうがいい」

「ひぅ……」

おお、ちゃんと口を噤んだ。この状況で、きっちりフランの言うことを聞くとは……。冒険者になりたいというのが、生半可な覚悟で言っているのではないということが伝わってくるな。

そんなケイトリーに罠の存在を教えたりしながら、フランは駆け続ける。

時には罠を回避するために壁や天井を蹴って立体的に動き、魔獣を蹴りで仕留めながらも、一切足を止めない。

「……あ、え！　うわぁっと！」

ケイトリーは目まぐるしく変わる周囲の景色と、全方向からかかる負荷によって平衡感覚を失ってしまったらしい。

グルグルと回る目で周囲を見回しながら、悲鳴を上げている。

「……ふわぁ」

最終的には口を半開きにしたまま、呆けた表情になってしまった。気絶はしていないが、思考停止状態に陥ったのだろう。

そして、三〇分後。

フランはあっという間に二階、三階も踏破し、四階の入り口へとたどり着いていた。

このダンジョンは、ここからが中盤だ。これ以上先へ進むには、全員が冒険者ランクF以上か、ランクEが付き添うことが推奨されている。

一～三階が初心者向けのアトラクション的階層だとすれば、ここからは真の修練場。素人が油断していれば、命を落とす可能性があった。

その原因としてもっとも多いのが、フランたちの目の前にいる魔獣だ。

「あ、あれって……」

「ん。レッサーオーガ」

腰蓑一枚に細い木の棒だけを持った、赤茶色の皮膚の魔獣。身長は一五〇センチもない。その名の通りオーガの下位種で、オーガを痩せさせて、小さくしたような姿をしていた。

ルミナは本来であれば、弱く調整したゴブリンを配置したかったらしい。だが、混沌の女神に何かされたのか、邪人をダンジョンで生み出す際に大きな力が必要になってしまったという。

雑魚ゴブリンを大量に生み出して、黒猫族を高速育成するという計画はやる前から失敗してしまったようだ。

そんなゴブリンの代わりにルミナがダンジョンに配置したのが、最弱設定にしたレッサーオーガというわけだった。その戦闘力はゴブリン並みだ。

そいつが通路の真ん中に陣取り、こっちを見つめている。

「グギャ！」

「ひっ！」

レッサーオーガの声を聞いたケイトリーが、短く悲鳴を上げた。

確かに、子供からしたらかなり怖いだろう。体の大きさもそこまで変わらないうえに、凶悪な面構えをしているのだ。しかも、こっちに対する強い敵意を剥き出しにしている。

ニホンザルなんかでさえ、人間に大怪我を負わせられるのだ。もっと大きなレッサーオーガであれば、その危険性はサルなどを遥かに超えるだろう。

フランは最初から殺る気満々の、魔獣殺すマンだった。そのせいで俺も勘違いしていたが、いくら殺伐としたこっちの世界と言えど、普通の子供ならケイトリーのような反応が当たり前なのかもしれない。

「あれは弱い」

「そ、そうなんですか？」

「ん。初心者でも勝てるようになってる。だからがんばって」

「え？」

「だいじょぶ。死ななければ治す」

「え？　え？」

「グギャギャ！」

そんな話をしている間にも、レッサーオーガはフランたちを獲物と定めていた。雑魚過ぎるが故に、フランの強さを感じ取れていないのだ。

向こうからは、肉の柔らかそうな獲物が二匹に見えているんだろう。

「くる」

「ギャギャオォ！」

「きゃぁぁっ！」

フランが後ろに下がった瞬間、レッサーオーガがケイトリーに飛び掛かってくる。

初心者の相手として生み出された雑魚なだけあり、その動きはドタドタとして、軽快とは言い難かった。

武器スキルもなく、振り上げられた木の棒に迫力はない。

しかし、食らえば痛いと感じる程度の威力はあるし、当たり所が悪ければ骨折くらいはするだろう。頭などに受ければ、脳震盪(のうしんとう)を起こすこともあるはずだ。

小学校高学年の男子が、角材を振り回しているようなイメージかね？

鎧を着込んだ大人ならどうにでもできるし、フランなら指先一つで倒せる相手である。

しかし、ケイトリーにはレッサーオーガが恐ろしい魔獣に見えているようだ。顔の迫力だけではなく、明確な敵意が向けられているこの状況に恐怖を覚えているのだろう。怯えたケイトリーは、剣術など使う余裕もなく、手に持っていた剣をガムシャラに振り回した。

「いや！」

「ギィ！」

リーチが僅かに長い分、ケイトリーの剣が先に相手に届く。ほんの少し皮膚を掠っただけだが、レッサーオーガは悲鳴を上げて後退していた。

その皮膚には、薄く赤い線が入っている。まともな防具もないのだ。少しでも剣が当たればそうなるのは当然だろう。

「ギギギャッ！」

自らの傷を手で擦り、指についた血をベロリと舐めとる。それで、改めて自分が怪我をしたと理解できたのだろう。苛立たし気に、手に持った棒で地面をバンバンと叩いている。

「うぅ……」

「ギギィ……」

魔獣の放つ気配に怯えるケイトリーと、剣を警戒するレッサーオーガ。

両者の間に妙な緊張が流れ、数秒の膠着（こうちゃく）が生まれる。

フランは見守るだけだ。手出しをせず、ケイトリーに乗り越えさせようというのだろう。

だがそこに、俺たちも予想もしなかった横やりが入っていた。

通路の奥から飛んできた赤い光が、レッサーオーガの頭部を消し飛ばし、倒してしまったのだ。

明らかに流れ弾ではなく、レッサーオーガを狙っていた。勿論、俺にもフランにも、通路の奥に他の冒険者がいることは分かっていた。

だが、まさかこっちに介入してくるとは思わなかったのだ。もしや、オーレルが心配していた誘拐目的の盗賊冒険者か？

「ケイトリー、後ろに」

「は、はい」

俺もフランも、軽く身構えながらこちらに向かってくる気配に注視する。

（師匠、この気配……）

『ああ、間違いないと思う。あの時の赤毛の女だ』

俺たちの予想通り、通路の向こうから姿を現したのは、バルボラの料理コンテストでフランと牽制し合い、ちょっとした騒ぎを起こしたあの女性だった。

「よお。大丈夫だったかい？」

「えっと……」

「おや？　そっちのガキは……屋台の」

「姉御、黒雷姫っすよ」

「そうそう。ランクB冒険者だってね？」

フランの気配に気付いていなかったはずはないと思うんだが、本気で驚いているように見える。ある程度強い人間がいることは分かっていても、それがフランとは気付かなかったってことか？

この女性レベルの強さがありながら、索敵能力が低い冒険者などいるだろうか？

一緒にいる男の方も、やはりフランだとは分かっていなかったらしい。顔を見て驚いた様子だ。

鑑定してみると、名前はシビュラとビスコットとなっている。だが、どこまで本当かは分からない。

確実に鑑定偽装しているのだ。二人とも能力の所々に文字化けがあるし、明らかにステータスやスキルレベルが低すぎた。二人も偽装能力持ちが揃うとは思えないから、なんらかのマジックアイテムの効果だろう。

それを揃えることができるだけの伝手があるってことだ。

「……なんで邪魔をした？」

「邪魔ぁ？」

フランが女に向かって、多少硬い声で問いかける。相手の意図が読めないからだろう。

「ガキがヤバそうだったから助けただけだよ？　そもそも、なんであんたが助けに入んないんだい？」

「今は訓練中」

「訓練って……。その程度の実力じゃ、まだ基礎訓練でもしてる段階だろ？　実戦に出るには早すぎる」

「それはそっちが決めることじゃない」

「はぁ？　だいたい、なんでそんな睨まれなきゃならん？　助けてやったんだぞ？」

「大きなお世話」

完全なるマナー違反だが、シビュラは自分の行動の何が悪いのか分かっていないらしい。本気で首を捻っている。

「ああ！　シ、シビュラの姉御！」

「どうしたんだいビスコット？」

「そういえば、ダンジョンの中で他の冒険者を助けるには、必ず確認してからにしろって話だったんじゃ……」

「そうだったか？」

「そうっすよ。クリッカが言ってました」

こいつら、本当に冒険者じゃないっぽい。傭兵か、お忍びの騎士とかか？　柄は悪いが、一応ケイトリーを助けようとしたっぽいしな。

「だとしても、やっぱその娘がここに入るのは早いんじゃないか？　弱すぎだ。無理やり連れてきて、完全に怯えてるじゃないかい」

「……む、無理やり連れてこられてません……」

弱いと言われて、ちょっとムッとしたのだろう。ケイトリーがフランの背に隠れつつも、シビュラに向かって言い返した。

「はぁ？　本当かい？」

「ん」

「本当です……」

途中、フランに抱えられて運ばれはしたが、ダンジョンに入ること自体は事前に了解をしている。いくらフランだって、本人が嫌だというのであれば、ダンジョンに連れ込んだりはしないのだ。

まあ、ダンジョンを嫌がる冒険者志望なんぞいないと思うので、ある意味拒否するわけのない確認ではあったが。

ケイトリーはダンジョンに入るという覚悟を決めて、フランに従っているのだ。

「悪いことは言わない。今日は帰んな。そんで、剣術の腕を磨いて、もう少しましな鎧でも着てからくるんだね。まだ若いんだ。時間はあるさ」

優しい声色で諭すように語りかけてくるシビュラ。

その行為はダンジョンの外で、一般人相手であれば褒められる行為だろう。しかし、冒険者や冒険者志望の人間しかいないダンジョン内においては、大きなお世話なのであった。

そもそも、ケイトリーの事情を分かってもいないのに非常に上から目線で、相手の覚悟を無視しているとも言えるだろう。ケイトリーもそれが分かり、悔し気だ。

弱いと言われて当然の実力しかない自分と、自分の覚悟を蔑ろ(ないがし)にしたシビュラ。両方に怒りを覚えているのだと思われた。

「……ケイトリー」

「は、はい。なんでしょうお姉様」

「どうする？」

「え？」

「帰る？」

拳を握りしめて俯くケイトリーに対し、フランは慰めの言葉を掛けなかった。それどころか、帰るかどうかを問いかける。まるで、諦めたらどうだと言いたげにすら思える声で。

心が折れかけているケイトリーにとっては、甘く、それでいて厳しい言葉だろう。完全に心が折れて、フランの言葉に頷いてもおかしくはない。

しかし、ケイトリーは首を振り、顔を上げた。さっきよりも、良い顔をしている。

「……帰りません。私は、自分の意思でここに来ました。帰る時も、自分の意思で帰ります。冒険者になる覚悟が決まっているのか、諦めているのかは分からないですけど……。それを決めるのは、私です！」

「ん」

そんなケイトリーを見て、フランはどこか満足げに頷くのであった。

だが、シビュラは全く納得できていないようだった。

「冒険者になるって……。その程度の実力で、しかも子供なのに、なれるもんなのか？」

「な、なれます！　それに、誰だって最初は初心者なんです！」

ケイトリーはシビュラの呟きを聞いて、言い返す。どうやらお前如きが冒険者になれるわけがないと、馬鹿にされたと感じたらしい。

ただ、シビュラの呟きには馬鹿にした響きはないように思う。単純に、実力や年齢での制限がないのかという、疑問を口にしただけなのだろう。

「ギルドが認めるのか？」

「？　当たり前。冒険者は自由。なるのもやめるのも、当然自由」

中にはアレッサのクリムトみたいに、子供はできるだけ正規登録させず、見習いとして鍛えようとするギルドマスターもいるけどな。

ドナドロンドの試験が懐かしいぜ。だが、あれはかなり特殊な例だろう。

「へぇ？　だが、例えばそこの子供。その娘が冒険者になったとして、役に立つのかい？　せいぜいが薬草を集めるくらいで、人を守ることも、魔獣を殲滅（せんめつ）することもできんだろう？」

「むぅ……」

ケイトリーが呻く。だが、完全なる事実なので、言い返せないらしい。そんなケイトリーを庇ったわけではないが、言い返したのはフランだ。

「それの何が悪い？」

「だって、そんな人の役にも立たん冒険者、必要なかろう？」

全く悪意なく、辛辣な言葉を発するシビュラ。それにフランはさらに言い返す。

「？　意味が分からない。冒険者は必要かどうかじゃない。本人が冒険者をやるかどうか。他人は関係ない」

「あんたはそれでいいのかい？　その実力があって、弱い冒険者を見て何も思わないのか？　邪魔だと思ったりは？」

「別に。人は人。さっき役に立たない冒険者、必要ないって言った？」

「ああ、言ったよ」

「それの意味が分からない。冒険者は別に人の役に立つのが仕事じゃない」

「はぁ？　だったら何が仕事だってんだい？」

「冒険。だから冒険者」

シビュラとの会話でフランが少し苛立っているようだったが、どうやらシビュラの物言いが気にくわないらしい。

シビュラの言い方だと、冒険者は人の役に立て！　役に立たないなら必要ない！　そう言っているように感じるのだ。

シビュラ自身も意識していないだろうが、かなり上から目線で冒険者を語っている。無意識に、冒険者を下に見ているって言えばいいかね？

フランはそれが気にくわないらしい。多くの人にとって冒険者は荒くれ者の底辺職だが、フランにとっては憧れの職業だからな。

「冒険が仕事って……。そんな職業が、必要なのか？」

「だから、さっきも言った。お前の役に立つかどうかなんか関係ない。冒険者は自由。自分のやりたいことをやるだけ」

ついにお前呼ばわりですよ！　やっぱりシビュラに対して微妙に苛立ちを覚えているようだ。少しずつ、その物言いに棘が混じり始めた。

「じゃあ、民を守るために、戦わないっていうのか？」

「それも自由。人のために戦いたい冒険者は、戦う。そうじゃなければ戦わない」

「それだけの力があっても？」

「ん。仕事としてなら引き受けるかもしれない。でも、人の役に立つことが目的じゃない」

まあ、フランの場合はこんなことを言いつつも、目の前で危機に陥っている人がいればなんだかんだと助けに入ってしまうだろうが。

ただ、建前というか、フランの考える理想の冒険者像はそんな感じなのだ。仕事人で、個人主義で、正邪ではなく好悪で判断することが許される。そんな自由で縛られない人種だ。

黒猫族という生まれや、奴隷として過ごした期間のせいで、束縛されることや上から頭ごなしに命令されることを嫌うフラン。自由というのは、フランにとってある意味最も重要で、侵されることが許せない部分である。

そして、フランの語る冒険者像というのは、その自由を体現した存在であるのだ。

一方、無頼（ぶらい）な態度でありながら、弱者の前に立ち、助けることを当たり前——むしろ強者の義務だとさえ考えている様子のシビュラ。こっちの世界では結構珍しい考え方だと思う。良識派とさえ言えるかもしれない。

ただ、だからこそフランの主張は中々理解できないのだろう。そして、フランもシビュラの物言いを容易には理解できない。互いの行動原理が違いすぎるからな。

それにしてもシビュラと会話していて、どこかで同じような話をした気がしていたんだが、ようやく思い出した。

クランゼル王国から、ベリオス王国へ向かう道中。そこで出会ったカーナの従者で護衛だった、ディアーヌという自称騎士の女だ。

まるで冒険者を初めて見たかのような反応と、驚くほど偏った冒険者への印象を口にしていた。その時の会話に似ているのだ。シビュラの方が、マイルドではあるが。

「つまり、お前ら冒険者は己（おの）が欲のためだけに力を振るうということか？」

「そう」

シビュラの言葉に、フランがあっさりと頷く。

まあ、ざっくり言うと、そうなってしまうんだよな。冒険者の中にはろくでもないやつだっているし。

だが、その欲の中には人の役に立つものもある。アマンダのように、困っている子供を助けたいという欲——というか、目標のために頑張っている者だっている。

はっきり言って、冒険者を一括（ひとくく）りにして考える方が難しいと思う。

冒険者なんて、フランやアマンダを筆頭に個性と我が強い人間ばかりだからな。十人十色だ。冒険者の数だけ目標や欲や意見があり、その在り方はとても一言では言い表せない。

フランが口にした「冒険者の仕事は冒険」という言葉でさえ、フラン独自の意見である。フランが理想とする冒険者というだけだ。

「困っている民よりも、自分の欲望を優先するなど……。冒険者なんて、所詮はその程度の存在なのか？」

「むっ」

シビュラの言葉に、フランの気配が変化した。怒りの中に僅かな殺気が混じり始める。

これはマズい。ここでフランとシビュラが戦うようなことになれば、周囲への被害は甚大だろう。すでに両者の間では、殺気に近い気配が渦巻いている。

だが、その状況を打破したのは、真っ赤な顔で震えるケイトリーであった。恐怖を感じていないわけではない。だが、怒りがその恐怖を上回ったらしい。

「勝手に……！　勝手に質問して！　勝手に納得して！　勝手に失望しないでください！　なんなんですかあなたは！　どこの誰です！」

「え？　いや、私は……」

「答えられないんですか？」

「あー、その、だな……。お忍びっていうか」

「自分の素性も語れない不審者のクセして、何様なんですか！」

「ふ、不審者？　わ、私が？」

「そうじゃないですか！　ダンジョンにいるのに、冒険者のマナーも知らない！　そんな怪しい人間、不審者以外の何者でもありません！」

「……お、おぉ」

相手の素性をいきなり聞くのもマナー違反だが、シビュラはそんなことも分かっていない。ケイトリーの剣幕にたじろいでいる。

姉御肌っぽいが、意外と押しに弱いようだ。

「それに、フランお姉様は多くの人を救っています！　獣人国では同胞である黒猫族を逃がすために、たった一人で一〇万を超える魔獣の群れに戦いを挑み、三日三晩戦い抜いたこともあるのですよ！」

あれ？　なんか話がデカくなってない？　どうやら噂話に尾鰭（おひれ）がついて、かなり内容が盛られてしまっているらしい。

「アレッサの近くでダンジョンスタンピードが起きた時には、他の駆け出し冒険者たちを助けるために単騎でダンジョンのボスに挑み、見事大勢の冒険者の命を救いました！」

抜け駆けして挑んだ悪魔との戦いが、メッチャ美談になってる！

その他にも色々とフランの活躍を語るケイトリーだったが、見事に全ての話が盛りに盛られていた。どうやら吟遊詩人などがその話を語る際に、大袈裟に活躍を喧伝してくれているらしい。結果、心優しく健気な孤高の黒猫族という、嘘じゃないんだけど微妙に首を傾げざるを得ない、美化一二〇％のフラン像がケイトリーに刷り込まれたというわけだった。

「フランお姉様の活躍はまだまだあります！」

妙なスイッチの入ってしまったケイトリーが、シビュラに向かってさらに口を開く。

「王都でも大活躍されているんですよ！　なんと、悪逆非道なレイドス王国の陰謀を、仲間とともに暴いているのです！」

「あ、悪逆非道？」

「ええ、そうです！　いつもいつも卑劣な謀(はかりごと)で我が国に被害を与える、最低最悪の侵略国家です！」

「さ、最低最悪……」

　何故か、シビュラの顔が引きつる。

「知っていますか？　レイドス王国は浮遊島に実験施設を造り、非道な人体実験を繰り返していたんですよ？　ただ、そんなレイドス王国に天罰が下ったんでしょうね。なんとその浮遊島がいつしかダンジョンと化してしまったんです！　その浮遊島ダンジョンを、同じく冒険者のジャン様と一緒に攻略し、哀しき怨霊たちを解放したのもフランお姉様なんです！」

「ジャン？　皆殺し(みなごろし)か？」

「それは知っているんですね。そう！　冷酷非情なレイドス王国を何度もやっつけた、凄い人なんです！」

「今度は冷酷非情……」

　ケイトリーはかなりレイドス王国が嫌いなんだろう。メッチャ悪口が出てくる。クランゼル王国の人間であれば、多かれ少なかれ同じ気持ちだろうが、少し行きすぎな気もする。

　オーレルやその息子夫婦がそう教育したのだろうか？

「あの国のせいでどれだけ多くの人間が不幸に陥っているか……」

「そ、そうかい……？」

「はい！　私の叔父さんも、レイドス王国の陰謀によって引き起こされた事件に巻き込まれて命を落としました。小さい頃よく遊んでくれた、大好きな叔父さんでした……。許せません」

「……そう、なんだね」

「本当に酷い国です！　誰も国がやっていることを止めようともしないんだから、きっと上から下まで腐りきった悪人しかいない腐敗堕落した邪知暴虐の国に違いありません！」

身内が死んだ理由に、レイドス王国が関わっていたのか。だとしたら、恨んでいるのも理解できる。しかし、俺が聞いてもちょっと引くくらい、レイドス嫌いだな。あと、難しい言葉知ってるよね？　フランなんか、もうところどころ意味わかってないからね？

レイドス王国の悪口を聞いたシビュラが、微妙に乾いた笑いを上げている。物悲し気なのは、どうしてだろうか？

さらに、シビュラよりも大きく反応を見せたのが、それまでは黙って話を聞いていたビスコットだ。

「レ、レイドスはそんな国じゃない！　わ、悪いやつばかりじゃない！　はずだ！」

顔を真っ赤にして、そう叫ぶ。

「……なぜあんな国を庇うんですか？」

ケイトリーの言葉は、クランゼル王国の人間であれば当然の疑問だろう。それ故に真っすぐで、嫌味がない。

純粋な瞳に見つめられたビスコットが、それ以上は怒鳴ることもできずに口籠る。

「え？　そ、それは……」

「ビスコット、お前は黙ってな。いや、私らは仕事柄レイドス王国の人間と会ったことがあってねぇ。

話した感じ、悪い人間じゃなかったってことさ」

「……あの国の情報はそんなに出回ってないと思うんですけど。レイドスの人間と会う仕事って、なんですか？」

「そ、そこはほら、仕事上の機密ってやつさ。そ、それに嬢ちゃんはレイドス王国って一括りにしたけど、中には良いやつもいるし、悪いやつもいるんだよ？」

「冒険者を一括りに冒険者としか見ていないあなたが、それを言うんですか？」

「う……」

ああ、なるほど。ケイトリーはこれが言いたかったんだろう。シビュラたちがレイドスを庇うようなことを言い出さずとも、どこかでレイドスだから一概に悪ではない、冒険者も一括りに悪だ善だと考えるな。そういう風に話を持っていくつもりだったのだ。

そのため、あえてレイドスを悪く言っていたんだろう。大人しいケイトリーが、これだけレイドスを悪し様に言うのはちょっと違和感があったからな。かなり本気ではあったと思うけど。

「冒険者には、罪を犯すような人もいますけど、お姉様みたいな凄い人だっているんです！」

「……そ、そうか……」

以前、ディアーヌと出会った時にも感じた疑問だが、彼女らはどんな素性の人間なのだろうか？

冒険者ではない。能力的にも、知識的にも、確実である。

傭兵か？　冒険者を軽視しているところなどは、同じだろう。その線は有り得る。だが、冒険者に対して無知過ぎる理由にはならない。

シビュラやディアーヌは、冒険者に詳しくないというよりは、冒険者を見たことさえ稀な様子だった。

隠しているつもりかもしれないが、隠しきれていないほどに冒険者を知らなすぎる。常識さえ欠けているように思えた。

だが、そんな人間いるだろうか？　これが、子供であれば分かる。しかし、ある一定の実力を備えたシビュラが、これまで冒険者に接したことがない？　有り得ない。

それこそ、冒険者が一切いない土地で生まれ育ったのでもなければ、説明がつかないのだ。

では、それはどんな土地か？　冒険者が一切おらず、むしろ冒険者を見下したり敵視したりするような土地。

北の大国、レイドス王国しか考えられなかった。

だとすれば、ビスコットの態度にも説明がつく。

どうしてレイドス王国の人間がこんな場所にいるかということだが……。工作員やスパイが送り込まれているのは、敵国同士なら当然だろう。

つい先日も、レイドス出身者に遭遇したばかりだ。黒骸兵団のアル・アジフ。そして、おそらくクーネも……。

俺たちが思っている以上に、レイドスの人間はクランゼルの国内にいるのかもしれない。当然、クランゼルからレイドスに潜り込んでいる人間だっているだろう。

クーネとアル・アジフが殺し合ったことからも分かるように、レイドス王国人たちは一枚岩ではないようだ。それぞれの立場があるってことなんだろう。明らかに工作員として潜り込んでいたアル・アジフと、政治とは無関係の旅人として偶然立ち寄っただけっぽいクーネ。

正直、シビュラやビスコットも、スパイには思えない。能力的には騎士や兵士の類であり、隠密行動や破壊工作に向いているとは思えないのだ。

これだけ存在感があって目立つうえに、脇の甘いスパイなどいないだろう。レイドス王国出身の跳ねっ返りお嬢様のお忍び旅行とでも言われた方が、よほど納得できる。いや、スパイはスパイなんだろうが、工作員ではなく、見聞して情報を持ち帰る役割なのだと思う。

さて、どうしようか？

今問い詰めたら、正体を知ることができそうな気もする。だが、向こうは敵国に潜入中なのだ。正体がバレたと思えば、確実に口封じにくることだろう。ケイトリーを守りながら、シビュラとビスコット二人を相手にするのは中々難しいと思われた。

それに、ここで上手く切り抜けたとしても、今後ケイトリーが狙われる可能性だってある。ここは、気付かないフリをして、とりあえず見逃すのが吉だろう。

「……あ、姉御。これ以上はヤバいっすよ！」

「そ、そうだね。ここはずらかるとしよう」

上手い具合に、向こうも退散する気満々だ。コソコソと話し合っている。水を向けてやれば、去るだろう。

「……ケイトリー、もういく」

「え？　いいのですか？」

「これ以上は時間の無駄」

「お姉様がそう言われるのでしたら……」

フランがケイトリーを促し、道を譲るように動く。すると、これ幸いにと二人組はフランたちから逃げ出した。

「じゃ、邪魔したね！」

「ほんと」

「さ、さらばだ！」

ここで見逃すとは言ったが、ウルムットから逃がすとは言っていない。

『ウルシ。やつらの後を追え』

（オン！）

『あの二人はともかく、他に索敵能力に優れた仲間がいるかもしれん。慎重にな』

この二人だけでここまで正体がばれずに旅をしてきたとは思えないし、確実に仲間がいるだろう。

『頼んだぞ』

（オフ！）

これで、あとはディアスに報告すればいい。まあ、少し気まずいが、仕事に私情を持ち込むような――いや、持ち込むタイプだったな。

話を聞いてくれなかったら、オーレルとエルザを頼るとしよう。

「なんなんですか！　あの人たち！」

姿が見えなくなった後も、プリプリと怒っているケイトリー。そんな少女に、フランが冷静になるように告げた。

「ケイトリー、切り替える。ダンジョンでは冷静さを失ったやつから死ぬ」

「その怒りは、ダンジョンのモンスターにぶつけて発散すればいい」

「！　は、はい」

「わかりました！」

フランも怒りのままに行動して、失敗したことがあるからな。説得力が違う。

ケイトリーは少しだけ冷静さを取り戻せたようで、すぐにダンジョンへと意識を戻していた。切り替えがしっかりできるのは、冒険者としていい素質だぞ。

そして、再びダンジョンを歩くこと一〇分。

再びレッサーオーガと会敵し、戦闘に入る。

一度戦った相手だし、まだ燻ぶっている怒りが恐怖を上回っているんだろう。シビュラに色々と言われたことで、発奮もしたらしい。それにシビュラの威圧感を体験した後では、レッサーオーガの迫力程度は気にならなくなったようだ。

ケイトリーは怯えることなく、レッサーオーガと戦えていた。

自分からレッサーオーガに向かっていって、斬りかかったほどだ。

「たぁぁ！」

「ギシャァ！」

数度の攻撃の後、ケイトリーの剣がレッサーオーガの頭をカチ割る。確実に、入った。

頭の傷から色々な物を垂れ流して、絶命するレッサーオーガ。中々に凄惨な光景なのだが、ケイトリーはヒマワリが咲いたような満開の笑顔である。

「やりました！」

「ん」

「えへへ！　フランお姉様に訓練していただいてるのに、無様なままじゃ終われませんから！」

本人から直接武勇伝を聞いたことで、フランは凄い冒険者だったと改めて思い出したらしい。そして、フランが大丈夫だというのであれば大丈夫に違いないと、半ば自分に暗示をかけた形になったのだろう。

ああ、メガ盛り武勇伝に関しては、フランも訂正しようとしたんだよ？　だが、これが中々難しいのだ。

「それにしても、あの人たちはなんだったんでしょうね！　怪しいです！　戻ったら、お爺様とかディアスおじ様に報告した方がいいですかね？」

「私がやる」

「そうですよね！　お姉様が伝えた方が、みんな信じてくれますから！　ああ！　でも、もう逃げてしまっていたらどうしましょうか？」

「ウルシが追ってる」

「な、なるほど！　さすがお姉様です！」

二人の会話は終始こんな感じだった。

最初はほとんど会話はなかったのだが、途中からケイトリーの口数が一気に増したのである。これも、シビュラ相手にまくしたてたことで、緊張が解(ほぐ)れたおかげであるらしい。

猫を被っていたのかとも思ったが、どうもそうではないようだ。臆病で引っ込み思案という話だったしな。普段はどちらかといえば物静かで、好きなことになると話が止まらなくなる、いわゆるオタクタイプなのだろう。

そして、今はまさに大好きなフランと一緒である。こうなるのも仕方なかった。

そのせいでフランが全然話をできないけどね。それでもなんとかケイトリーの勘違いを訂正しようと頑張ったんだが――。

「自らの功績を誇らないなんて！　お姉様はなんて謙虚なんでしょう！」

「……」

これ以上は無理でした。

まあ、話が大袈裟に伝わっているということは分かってもらえたとは思う。だが、その代わりに謙虚で正直な人間だという評価が付いてしまったようだ。

尊敬の眼差しが凄い。俺だったら「そんなキラキラした瞳で見つめないでー！　溶けるー！」ってなるんだが、フランは気にならないらしい。

結局その後は一時間ほど魔獣を倒したり、宝箱を開けるドキドキ感を味わってもらい、地上に引き返すことになった。

「じゃあ、ここで終わり。上に戻る」

「そ、そうですか。ありがとうございました！　とても勉強になりました！」

「ん。でも、お礼を言うのは早い。無事に戻れたわけじゃないから」

「な、なるほど！　安全な場所に無事戻るまでが冒険というわけですね！」

「ん」

それに、今すぐ戻るわけでもないのだ。

「じゃあ、最後に少し休憩する。無理をするのもダメ」

「そ、そうですね！　疲れていては、思わぬところで不覚を取るかもしれませんもんね」

「そのとおり」

「はい！」

フランに同意してもらえて、ケイトリーが本当に嬉しそうに笑う。尻尾がバサバサと振られている。

なんか、ウルシを見ているようだ。

「それじゃ、ここでご飯にする」

「ご飯、ですか？」

「ん。背中の肉を取り出す」

「わ、わかりました」

ダンジョンや野宿での食事も、また冒険の醍醐味である。人によってはお楽しみの時間だし、苦痛の時間でもあるだろう。

大抵の駆け出し冒険者にとっては、楽しいだけの時間ではない。獲物が取れなければ干し肉を齧るだけで済ませるし、調理の腕がなければ不味い生焼け肉を無理に飲み込むことも多いはずだ。

今は俺たちがいるから、そこまで酷いことにはならんけどね。でも、フランは調理を自分でやることはせずに、口頭で指示するにとどめていた。

上の階層で入手したウサギ肉をケイトリー本人に焼かせ、それを切り分けもせずにワイルドに食べさせる。塩もなく、捌き方も下手であったために、パサパサで美味しくはないはずだ。

それでもケイトリーは喜んでいた。意外と逞しかったらしい。まあ、自分で狩った獲物を自分で焼いて食べるという行為が新鮮だったのだろう。

そうして初心者ダンジョンをケイトリーに満喫してもらった俺たちは、ダンジョンを後にしてオーレル邸に戻ってきたのであった。

「よお、戻ってきたか！」

「お爺様！　もうお仕事はいいのですか？」

「おう」

出迎えてくれたのは、オーレル自身だ。

なんだかんだ言って、孫娘のことが心配だったのだろう。ヤクザの親分似の顔に微笑を浮かべて、駆け寄ってきたケイトリーの頭を撫でている。

「どうだった？　大怪我はしなかったか？」

「はい」

怪我をしなかったかとは聞かない。オーレルだって初心者ダンジョンの造りは知っているのだ。罠などに引っかかれば掠り傷程度は免れないことも知っている。

それよりも、戦闘で酷い目に遭わなかったかどうかの方が気になるのだろう。

「レッサーオーガを三匹やった。戦闘では怪我してない」

「ほう？　初戦闘でもか？」

「ん……。そのことで少し話がある」

「何か厄介事が起きたっぽいな」

「ケイトリーはよく頑張った。それは保証する。ただ、変なやつらに会った」

「変なやつら？」

さすがにケイトリーの居る前で、シビュラたちの正体がレイドスのスパイかもしれないとは言えない。フランでも、それは分かっているのだ。

フランが軽くケイトリーを見たことで、察してくれたのだろう。オーレルがケイトリーの相手をメイドに任せて、場所を変えてくれた。

「それで、何があった？」

「レイドス王国の人間かもしれないやつらに会った」

「あにぃ？　レイドス？」

「ん。多分」

「明確な証拠はないんだな？」

「ない。でも、凄く変なやつらだった」

Side　とある三人組

「シビュラ様……。あれほど！　あれほど騒ぎを起こさないでくださいと、お願いしましたわよね？」

「すまなかった」

「ビスコットから話を聞きました。ダンジョンの中で、何度か揉め事を起こしたと。最後なんて、あの黒雷姫と言い争いをしたと！」

「あー、悪かったよ。だが、俺も姉御も手を出してないぜ？」

「当たり前です！　実力行使に出ていたら、今頃追われていますわ！」

「お、おう」

「うむ……」

「シビュラ様？　難しい顔をされて、どうされたんですか？　まさか、本当に反省してくださっているのですか？」

「お前、私をなんだと……。まあ、いい。そうじゃなくて、うちの国の評判がなぁ」

「ああ、ビスコットが言っていた、我が国への悪口というやつですか？」

「悪口っていうか、評判が最悪だったね。悪逆非道に冷酷非情に腐敗堕落。あとは邪知暴虐に——」

「最低最悪っすね」

「そう。それだ。クランゼルにちょっかいを出してるのは、南征公と東征公だろ？　そのせいで、うちの国全部がやつらの同類だと思われちまっている」

「我が国は成立の経緯から、東西南北に中央の五地域でそれぞれ独自色が強いですから……。各地方のやっていることはその地の人間たちの責任で、自分たちには関係ないと思ってしまいがちかもしれませんね。私たちも、公爵たちが国外で何をしているかなど、そこまで興味を持っていませんでしたもの。任務の性質上、仕方ありませんが」

「だが、クランゼルの人間にとって、そんなの関係ない。南と東のやっていることは、レイドス王国全体の意思だと思われちまう」

「その結果が、最低最悪の国という認識なわけですね」

「ああ、そういうことだ」

「ですが、あの娘の話、マジなんですかねぇ？　南と東が、クランゼルと敵対してるこたぁ分かってましたが……」

「少なくとも、まるっきりの嘘じゃないだろ。あの娘の叔父が、死んでるって話だしな」

「……そうっすね」

「それに、やつらならやりかねんとは思ったのは確かだ」

「陰謀ですか……。実際、南と東はきな臭いですわね。どちらともクランゼルに対してかなり鬱屈した思いもあるでしょうし、何をしていてもおかしくはありません」

「西はどうだクリッカ？　お前の実家もあっちだし、西征公からは何も聞いていないのか？」

「あの方は……。どうですかね。可能性がないわけではないですね。しかし、利益にならないことはしないでしょう。それに、フィリアース王国、シードラン海国への対処をしつつ、クランゼルに大きな陰謀を企てるのは難しいかと」

「それもそうだね。守銭奴で、金勘定優先という話だしね……」

「北征公はどうなんすか？　正直、俺もよくは知らないんですが」

「あそこはうちの国でも最も独立意識の強い地だからな。北伐騎士団が領内の問題を片付けちまうから、赤騎士もほとんど必要とされん。だが、北は大丈夫だろう」

「そうですわね。北征公は武人気質というか、回りくどいことを好まれない方ですから。敵対する場合は、軍を興して正面から戦を仕掛けるでしょう」

「なるほど」

「中央はどうっすか？　俺たちの耳に入ってないだけってことは、ないんすかね？」

「ふむ……。クリッカ？」

「本気で何かを企てているのであれば、宰相が今回の話を我々に持ってこないのでは？」

「それもそうか。それに今の王宮にそこまでの力はないだろう」

「となると、やっぱり色々とやってるのは南の豚と東の狂人っすか」

「そうなりますわね。まあ、各公爵への対応は国に戻ってから話し合いましょう。ただ、今日は大人しくしていてほしいとお願いしましたわよね？　なぜダンジョンになど行ったのですか？」

「あー、なんつうか、姉御がダンジョン行こうって言い出して……」

「シビュラ様？」

「冒険者の実力が少しでも見られないかと思ったんだよ。冒険者じゃなくても入れる低級ダンジョンがあるって聞いたからな」

「そんなところに行っても、得るモノなどなかったでしょう？　初心者ばかりのダンジョンという話ですし」

「いや、そうでもなかったぞ？　冒険者のことをもっと知らなきゃ、うちの国はどこかで痛い目を見るかもしれないと分かったからな」

「それはようございました。ですが、この町での調査はこれで切り上げましょう。町を出る手筈を早急に整えます。よろしいですわね？」

「いや。ダメだ」

「何故ですか！　すでにシビュラ様とビスコットは、この町の冒険者などに目を付けられている可能性が高いんですよ？」

「もしかして監視がいるか？」

「確定ではありませんが、見られている気配はありますね。どうやら魔獣を使役して、見張らせているようですが……。相手の正体は不明です。分かることは、闇系統の魔術で身を隠している可能性が高いということくらいですわ」

「おいおい。斥候部隊長のクリッカが確実に発見できないって……。そんな魔獣を使役できるやつがいるのか？」

「それが冒険者ってもんだろう。ダンジョンで大した情報は集まらなかったが、やつらの多様性と個性は体感できた。そして、真に理解するには表面を見る程度じゃダメだっていうのも思い知った」

「で、ですがこのままでは……」

「これは、赤剣騎士団団長としての命令だ。この町に留まり、冒険者たちの調査を続ける。まだ正体が完璧にバレたわけじゃないんだ。なんとかなるだろう？」

「なんとかなりませんわ！　危険過ぎます。もし、正体が露見したらどうなさるのです？」

「その時は強行突破だ」

「はぁ。だと思いました……。では、最悪を想定して早急に準備を進めますわ」

「済まんな」

「それで、調査と言ってもどうするつもりですか？　何か思いつかれたのでしょう？」

「なに、他人を理解するには、戦ってみるのが一番だ」

「ですから、それをやっては即座にお尋ね者ですわ」

「いや、そうはならん。合法的に冒険者と戦える舞台がすぐやってくるだろ？」

「も、もしかして武闘大会に出場なされるおつもりですか？　それは危険だと、以前に具申させていただいたと思いますが？」

「高位の冒険者とやりあえるチャンスなんぞ、そうそう来るとは思えん。これは決定事項だ。ビスコットは私と大会に出場、クリッカはその支援に回れ」

「は！」

「はぁ……。了解いたしました」

「いいか？　これは、レイドス王国の未来がかかっている任務だと思え」

「冒険者とはそれほどのモノですか？」

「分からん。だからこそ、それを識らねばならん」

「……赤の封印はどうされますか？」

「大会では使わん。さすがにアレを見せたら完全に正体がばれる。クランゼルの逆侵攻を止めるために、使ったことがあるからな。だが、逃げ出すときに使うかもしれないから、準備だけはしておけ」

「分かりましたわ」

「姉御。俺も出場するって、まじですか？」

「ああ、私もお前も、分かっているようで分かっちゃいなかった。レイドスという国に毒され過ぎだった」

「ど、毒されるって……」

「愛国心と、敵国を盲目的に下に見ることは違う。まあ、私も口に出してただけで、実践しきれてなかったわけだが……」

「姉御……」

「ビスコット、お前もだ。心当たり、あるだろう？」

「うす……。自分でも、レイドス王国を貶(けな)されただけで、あんな風に反応しちまうのは驚きでした」

「お前の場合、まだ研究所で植え付けられた思想から、抜け出しきれてないんだろうよ。私も気づかなかったがな。まあ、気持ちはわかる。おかしいのは極一部だけで、自分たちはまともだって、私もそう思っちまってたからな。だが……」

「南や東は、俺たちが思っている以上に、ヤバイ」

「そういうこった。だからこそ、クランゼルとの関係は私たちが考えている以上に、危険な域に達しているかもしれん。遠くない未来、全面戦争に発展しかねんほどに。私たちは、冒険者を見極めなくちゃならない。勝ち負けじゃない。冒険者ってもんを少しでも理解するためにも、本気で戦うんだ。いいな？」

「うす」

「監視はいかがいたしましょう？」

「排除できるか？」

「追い払うだけであれば……。捕らえることは難しいと思われます」

「なら放置だ。どうせ他の監視が派遣される。それにこっちが監視に気付いていることを知らせることもあるまい？」

「承知いたしました」

「まあ、元々の目的である宰相からの任務は果たせそうなんだ。ちょうどいいさ」

「ランクS冒険者の所在と実力の確認、ですね」

「ああ。しばらく前に、南征公の手の者が確認したという話だったが……。武闘大会を見にくるんだろ？」

「南征公から報告が上がっていた冒険者とは違うようですが、ランクS冒険者がやってくるというのは間違いないようです」

「ならいいさ。そいつの実力を確認して、できることならクランゼルへの忠誠心を測る。やり合えればいいが、近くで観察できるだけでも十分だ」

＊

ケイトリーを屋敷に送り届けた俺たちは、冒険者ギルドにやってきた。当然、シビュラたちのことを報告するためだ。

ギルドに入ると周囲の冒険者たちが騒めく。

この都市でフランは有名人だからな。

冒険者はケイトリーのように吟遊詩人の話を真(ま)に受けているわけではなく、昨年の武闘大会での活躍を覚えている者が多いのだ。

実際、町などを歩いていると、獣人じゃない冒険者にも憧れの目で見られることがあった。

「あらぁ？　フランちゃんじゃない！」

「エルザ」

冒険者ギルドでフランを出迎えてくれたのは、ランクB冒険者のエルザであった。

ただ立っているだけなら、奇抜な格好をした美形の男性に見えるだろう。だが、口を開くと、途端に印象が崩れる。

「久しぶりねぇ！」

「ん。久しぶり」

相変わらずのド迫力だぜ。前の武闘大会でこの漢女にちょっとは慣れたつもりだったが、久しぶりに出会うとやっぱ驚くね。

内股で体をくねらせながら近寄ってくる、赤アフロのムキムキオネェさん。もう逃げ出したくなっている俺とは逆に、フランが笑顔で挨拶をしている。フランもエルザも、互いを気に入っているからな。

「今年も大会に出てくれるのん？」

「勿論」

「それは嬉しいわね！　何せ、今年は昨年の一位と二位が揃って出場できそうもないから」

「そうなの？」

エルザの言葉に、フランが残念そうに聞き返す。頷くエルザも残念そうだ。

「そうなのよぉ！　まあ、冒険者なんだし、依頼が優先なのは仕方ないんだけど……。フランちゃんがきてくれてよかったわ」

昨年準優勝のアマンダはレイドス王国への牽制をしなければならないし、優勝者のフォールンドはまだ王都かな？　それとも、対レイドスの依頼を何か遂行中なのかもしれない。

これってもしかして、優勝のチャンスなんじゃないか？　フランは残念がるだろうが、ライバルが一気に減ったのだ。

今年は獣王たちもいないし、去年激闘を繰り広げたランクA冒険者たちの出場もないかもしれない。そうなれば、フランよりも強い人間はそうそういないと思われた。

ライバルになりそうな相手としては、コルベルトとフェルムスだろうか？　強敵に違いないが、すでにフランは彼らに勝利している。あれから一年経ってさらに成長したフランなら、今回も勝てる公算は高いだろう。

まあ、フェルムスに関しては出場するかどうかは分からんけど。去年、確かディアスに頼まれて仕方なく出場した的なことを言っていたはずなのだ。

あと、この都市にきてから出会った中で強いのは、ディアスとシビュラだろう。しかし、ディアスはギルドマスターだし、シビュラはレイドスのスパイ（仮）だ。

彼らが出場する可能性は限りなく低いと思われた。まだ見ぬ強者が現れる可能性もあるが、去年ほどランクA冒険者がひしめき合うようなことはないだろう。

「今日はギルドに何か用かしら？　それとも私に会いにきてくれたのん？」

「違う」

「そ、そう……」

「ディアスに報告がある。エルザには後で会いに行くつもりだった」

「あらぁ！　そうなの！」

フラン、悪い子！　落として上げる高等テクニックだ。エルザが喜色満面で体をクネクネさせている。

「ギルマスなら上にいるわよ。でも、昨日からなんか変なのよねぇ」

エルザがそう言ってぼやく。これは間違いなく俺たちのせいだろう。

「……怒ってた？」

フランが恐る恐る尋ねるが、エルザは苦笑しながら首を横に振った。

「怒ってるっていう感じじゃないわねぇ。ただなんていうか、上の空？　全く仕事が手に付いてない感じ？　それでいて、檻に入れられた獣みたいに、妙な唸り声を上げながら部屋の中をウロウロ歩き回ったりして」

「なるほど」

確かに怒っているわけではなさそうだが、悩んでいることは確かであるらしい。

「もしかしてギルマスが変なのって、フランちゃんと関係ある？」

「ん」

「そうなの……。とりあえず会うかどうか聞いてみるわね」

「お願い」

「フランちゃんのお願いだったら！　なんでもするわよ！　ギルマスが嫌だって言っても、引っ張ってきちゃうんだから！」

「ディアスが会いたくないって言ったら、無理しないでいい」

「あら？　そう？」

「ん」

なんてやり取りから数分。

俺たちはギルドの階段を上っていた。会いたくないと言われるかと思ったが、普通にディアスに呼ばれたのだ。

部屋に入ったフランを出迎えてくれたのは、苦笑とも自嘲とも思える表情を浮かべたディアスであった。

年齢の割に若々しい伊達男（だておとこ）な爺さんだったはずなんだが、今は年相応に老けて見える。一晩で何やら大分お疲れであるようだ。

「会っていいの？」

「ちょっと迷ったけど、僕に報告があるんだって？」

「ん」

「昨日の話の続きなら、もう少し時間が欲しいって言おうと思ったけど……。報告って言われちゃねぇ？　それとは全然違う用件があるってことでしょ？」

ギルドマスターとしては、高位冒険者からの緊急報告を無視するわけにはいかないってことなのだろう。

仕事に私情を持ち込むタイプだなんて思ってごめんよ。私情は持ち込むけど、仕事はキッチリこなすタイプであったらしい。

「私は出てましょうか？」

「へいき」

報告した後にディアスが動かす手勢は、多分エルザになるだろう。だったらここで報告してしまう方が、二度手間にならずに済むのだ。

「今日、西のダンジョンで変なやつに会った」

「変なやつ？　どう変なんだい？」

「ん――」

フランはシビュラたちについて、知っていることを全て語る。

バルボラにいたこと、そして今はウルムットにいるということ。かなりの実力者であるはずなのに、冒険者について無知過ぎるというアンバランスさ。そして、レイドス王国の話になった時の、大きな動揺。

「……レイドス王国のスパイかもしれない」

『可能性はかなり高いと思う』

「なるほどね……。それは確かに由々しき事態だ。フラン君、そのシビュラという女性たちの居場所は把握してるのかな？」

「町の入り口の方にある宿屋にいる」

俺たちがダンジョンを出た段階で、ウルシが一度報告に戻ってきたのだ。

「なるほど。早速、確認をさせよう」

「今はまだウルシが監視してる。逃げようとしたら、報告にくるはず」

「それは有り難い」

「捕まえるの？」

「うーん……。難しいところだねぇ。相手が雑魚なら拘束に動いてもいいが、君から見ても強いんだろう？」

「ん」

シビュラから感じた圧力は、相当なものだった。最低でも、フランと正面からやり合えるレベルで強いはずだ。

「……下手にちょっかいかけて、町に被害が出るのもね。しかも今は時期が悪過ぎる。ここで変な騒ぎが起きたら、武闘大会に影響が出ちゃうかもしれないだろ？　ギルドの威信にかけても、それは防ぎたいんだよね」

ギルドマスターともなると、ギルドの威信や名誉についても考えなくてはならないのだろう。武闘大会の中止が、相当な不名誉だというのは俺たちでも分かる。

「じゃあ、どうするのん？　監視するだけかしら？」

「まあ、そうなるかな。捕縛するのは、大会終了後。それまでは監視するに留(とど)める。いざとなれば、手伝ってくれるよね？」

「ん。勿論」

フランはディアスの言葉に、力強く頷く。なんせ、シビュラと戦えるチャンスかもしれないからな。フランが断るわけないのだ。

翌日。フランはそれなりに忙しく過ごしていた。

有名人なだけあって、様々な誘いや依頼が舞い込んでくるのだ。

貴族からの接触はギルドに断ってもらうとしても、中には断り切れないお願いや、フランが受けたがるような依頼もあった。

断れないお願いというのは、エルザからのお誘いである。それも、食事やお喋りといったものではなく、美容液の使用感についての聞き取りであった。

美容やお洒落は、フランにとっては全く興味がないモノだ。美容液と言われても、何故か夜に肌に塗らなきゃいけない、面倒なものでしかない。エルザがくれた物で、俺が塗るのに積極的だからなんとか従っているだけだろう。

そんなフランに使用感と言われてもね？　まともな回答ができるはずがない。「分からない」とか「面倒」という感想しか出てこないフランに、エルザも苦笑しっぱなしであった。

それに、魔術学院で女生徒相手に配ったりしてしまったのだ。素直に謝ったらエルザは笑って許してくれたけどね。そんなに人気であると聞いて、むしろ大喜びであった。

しかも、別れ際にまた大量に美容液をくれるのだから、まじで良い人過ぎるだろう。なんだかんだ言いつつも全部なくなるくらい使っているんだから、言うほど嫌いじゃないのだろうと思ったらしい。

エルザを騙しているようで心苦しいんだが……。

エルザになら俺のことをバラシてしまってもいい気がするが、タイミングがないんだよね。

フランは美容液を受け取りながら、苦い表情でお礼を言っていた。

いや、最初は突っぱねたんだけど、エルザがあまりにも悲しい顔をしたので受け取らざるを得なかったのだ。フランに気を使わせるとは、エルザ恐るべしである。

いつか、どこかでお礼ができればいいんだけどな。

そしてフランが喜ぶ依頼というのが、料理人やレストランなどから出されていた新作料理の試食依頼である。

バルボラに遅れること数ヶ月。ウルムットにも本格的にやってきたカレーブームの波に乗り、多くの料理人がカレー料理を試し、その完成度を高めようと試行錯誤をしていた。

前きた時もカレー料理は伝わっていたし、それなりに流行ってはいたが、今回は空前の大ブームである。料理屋全部でカレー料理を出してるんじゃないかっていうレベルなのだ。多分、武闘大会に合わせて多くの料理人がカレーを準備してきたのだろう。

そこに現れたのが、カレーを生み出したカレー師匠の弟子であるフランだ。

カレーの流行とともにフランの情報もウルムットの料理人たちに伝えられたらしく、いくつもの試食依頼がフランを指名して出されていた。

いや、最初は一件だけだったのだ。だが、料理人がフランの辛辣な意見に涙しながらも改良を加えた結果、そのカレー料理が劇的に美味しくなったのである。

その評判はあっという間に広まり、大量の試食依頼がフランに対して出されるという事態になっていた。

カレー料理を食べて、意見を少し言って、少なくないお金をもらう。最高の依頼である。

しかも、ランクB冒険者であるフランに依頼を出そうというのは、それなりにお金を稼いでいる有名店ばかりだ。実力のある料理人しかいないので、ハズレ料理も少なかった。

まあ、チャレンジ精神が行き過ぎて、ちょいとばかりフランの口に合わない料理もあったけどね。

それもまた、フランにとっては未知の味で楽しかったらしい。

依頼中は、どこに行ってもずっと楽しそうだった。フランのスキップなんて、数えるほどしか見たことなかったぞ？

ただ、問題がないわけではなかった。

料理人たちがフランのことを密かに『カレー姫』とか『香辛姫』とか呼んでいたのだ。『カレー師匠の弟子の黒雷姫』を縮めてということらしい。

俺が恐れているのは、フランがその異名を気に入りかねないということだった。せっかく黒雷姫というカッコイイ異名があるのに、自分でカレー姫なんて名乗り出したらどうする？

それだけは阻止せねばならん。

料理人たちもこの呼び方が冒険者に好まれないということは理解しているようで、幸いにも面と向かっては呼んでこない。フランの耳に入らないように気を付けることは難しくはなかった。

時おり、間違えてカレー姫と呼びそうになるやつがいるが、その場合は念動を使って物理的に口を塞がせてもらう。ああ、そんな風に言うと物騒に聞こえるが、念動で口を覆って、一時的に喋れないようにするだけだぞ？

そんな感じでカレーの伝道師として頑張ること数日。

俺たちの泊まる宿に、冒険者ギルドからの使いが訪れていた。なんでもディアスから話があるらしい。

『さて、どんな話なんだろうな？』

「ん」

レイドス王国のスパイ疑惑があるシビュラたちに関してだろうか？

彼女たちを刺激しないように、不用意な接触はしないでほしいとギルドから頼まれていた。それ故、フランはシビュラたちには一切近づいていない。監視は専ら(もっぱら)ウルシ任せである。

彼女らに何か動きがあったのかもしれない。

もしくは、デミトリスがウルムットに到着したか？　デミトリスがやってきたら、紹介してほしいと頼んであったのだ。

かなり気難しい相手であるようだが、ギルドマスターからの紹介があれば、話くらいは聞いてもらえるだろう。多分。

しかし、ディアスの話というのは、そのどちらでもなかった。

「ゼロスリードのことで、話がある」

「……わかった」

真剣な顔をするディアスを前に、フランも表情を引き締める。さて、どんな話だろうか？

真顔のディアスの表情からは、その心の内は読み取れない。いつもニヤニヤと笑っているこの老人にしては、珍しいことだった。それだけ、真剣な話だということなんだろう。

「……フラン君は先日の話の中で、ゼロスリードの命を預かったと。そう言っていたね？」

「ん」

ディアスが言っているのは、ゼロスリードに土下座をされた時のことだろう。

命をフランに預ける代わりに、自分が死んだらロミオをバルボラの孤児院に連れていってほしい。

そんな約束である。

正直、もう有耶無耶になったと言ってもいい約束だろう。ゼロスリードは死なず、ロミオとともに魔術学院で匿われている。

フランも、今さらその約束を盾にしてゼロスリードに何かを求めることはしないはずだ。だが、その約束がフランとゼロスリードの間で交わされたことは確かである。また、フランがゼロスリードを見逃す経緯をディアスに説明した時、その約束を語ったのも確かだ。

フラン自身は自分の気持ちに気付いていないかもしれないが、ゼロスリードの命は自分の預かりだから余計な真似はするな。ディアスに対し、そんな思いが僅かにはあったのだと思う。

そして、ディアスにその想いは確かに伝わっていた。伝わっていたからこそ、ディアスはこんなことを言い出したのだろうからな。

「僕と賭けをしよう。フラン君が勝てば、もう復讐は諦めることにする。恨みは消せないけど、この想いは墓場まで持っていく。僕がゼロスリードに手を出すことは生涯ない。その代わり、僕が勝ったら君はゼロスリードの居場所を僕に教える。どうだい？」

ディアスの顔は笑っているが、俺には苦悶の表情に思えた。何故そう感じたのかは、俺自身にも分からないが……。

「……賭けの内容は？」

「今度の武闘大会で、戦って勝った方が賭けでも勝ちってのはどうかな？」

「ディアスが出るの？」

「別に、ギルドマスターが出場しちゃいけないなんていう規約、どこにもないからね」

『だが、ディアスとフランが絶対に対戦するかどうか、分からないだろ？』

それともギルドマスター権限でそのくらいは融通が利くのだろうか？　そう思ったが、違っていた。

「出場順は本戦出場者からランダムで決めるから、僕にもどうしようもできない。だからさ、途中でどちらかが負けて対戦そのものが実現しなければ、賭けは君の勝ちでいいよ？」

「いいの？」

「ああ、その時は、それが運命なのだと思って、諦めよう」

随分とこちらに都合がいい賭けだ。それだけ自信がある？　それとも負ける前提？　分からんな。

ディアスが本気で探そうと思えば、ゼロスリードを見付けるのは実は難しくはない。冒険者ギルドの記録を探せば、フランがどこを旅してきたのかなんてすぐにわかるのだ。

それをせずに、わざわざ賭けね……。

『もしその賭けを受けなかったら？』

「その時は、自力でゼロスリードを探すさ」

「……。分かった。その賭けに乗る」

『フラン、それでいいのか？』

「ん。ディアスの気持ちも、分かる。モヤモヤがずっとあるのは、つらい」

フランがどこかディアスを気遣う表情だ。ディアスがそんなフランに対し、深く頭を下げた。

「ありがとう。感謝するよ」

そう言って微笑むディアスの顔は、どこかほっとしているように見えた。

武闘大会の開催まであと数日と迫ったある日。

俺たちは冒険者ギルドにやってきていた。今回はディアスに会うことが目的ではない。ソファの横に立っている、妙に疲れた顔のコルベルトでもない。

俺たちの目的は、目の前のソファに腰かける一人の細い老人であった。

「よくきたの」

よくきたと言うわりに、その顔には微笑みの欠片さえ浮かんでいない。ただ鋭い視線で、ジッとフランを見ていた。

外見は、少々顔が怖い痩身の老人である。

元々つり目なのだろう。細められただけで、まるでこちらを睨んでいるように見える。

髪は加齢によって白くはなっているが、非常に豊かだ。解けばボブくらいはありそうな髪を、短い髷になるように後頭部でまとめている。立派な口ひげと顎ひげを蓄え、まるで漫画に出てくる仙人や中国武術の達人のような姿だった。

まあ、発する気配は仙人などとは到底思えぬほどに物騒だが。

座っているので正確には分からんが、身長は一七〇センチ強といったところだろう。

高齢ゆえに水気を失い、さらに深い皺が刻まれたその肌は、まるでひび割れた樹木の表皮のようにも見える。

ただ、その皮膚の下にはしっかりと筋肉が付いているのは分かった。薄く柔らかい、アスリートの筋肉の付き方である。未だに鍛錬を続けているのだろう。

紫地に黒い刺繍の施された、着流しのようなゆったりめのローブを身に纏っているが、その上からでもハッキリと肉体の強靭さが見て取れた。

コルベルトが、少し前に出て口を開く。

「師匠――」

「もう師ではない」

「……デミトリス様、ヒルトお嬢さん。彼女がフラン。俺に勝った少女です」

「うむ。そうか」

「ふーん」

そうなのだ。今俺たちの目の前にいる老人こそ、ランクS冒険者、不動のデミトリスであった。彼への面会許可が下りたとギルドから連絡があり、さっそくやってきたのだ。

今のやり取りを見ただけで、一筋縄ではいかないと理解できる。

それともう一人。こちらもまた鋭い面差しの女性が、コルベルトとはソファを挟んで反対側、デミトリスの左横に護衛のように立っていた。

コルベルトがお嬢さんと呼んだが、どんな関係なのだろうか？　こちらも相当強いだろう。コルベルト並みだ。値踏みする眼でフランを見つめている。

まあ、今はデミトリスが優先だ。

フランが軽く頭を下げる。

「私はランクB冒険者のフラン、です。よろしくおねがいします」

珍しくフランがしっかりと挨拶をした。相手が依頼に関わる人物であるということもあるだろうが、相対しただけでその強さが分かったのだろう。

その口調には、敬意が感じ取れた。

そんなフランに対し、老人が鷹揚に頷きを返す。

「儂はランクS冒険者のデミトリスじゃ」

ソファに深く腰かけて腕を組む姿は、一見すると隙だらけに思える。だが、もしフランが攻撃を仕掛けたとしても、手痛い一撃を貰うのはこちらだろう。

それがハッキリと分かるだけの存在感があった。

別に、威圧感や殺気を飛ばしているわけではないんだが、立ち居振る舞いから実力がしっかりと理解できるのだ。

あえてなのだろう。実力のある人間であればはっきりと理解できる程度に自らの強さを見せることで、余計な争いが起きないようにしていると思われた。

これを感じ取れないほどに弱ければ、何十人いても瞬殺できるから問題がない。

そして、それでも襲ってくる相手がいたとしても、それはそれで問題ないはずだ。聞いた話を総合すれば、デミトリスは戦闘狂だからな。喜んで相手をするだろう。

コルベルトに色々と聞いてどんな偏屈爺さんかと思っていたんだが、想像よりはいくらかマシである。出会い頭で攻撃されるくらいは想定していたからな。

そもそも、こんな簡単に会ってもらえるとは思っていなかったのだ。

ただ、思ったよりも攻撃的ではなかったデミトリスに対し、何故かこちらを睨んでいるのがヒルトである。

いや、睨んでいるというか、どこか不機嫌というか……。ともかく、穏やかではない雰囲気なのだ。

フランの視線も、いつの間にかデミトリスからヒルトに向けられている。

「私はヒルトーリア。デミトリス流師範でランクA冒険者」

強いだろうとは思っていたが、ランクAか！　となると、デミトリスの直弟子の一人ってことなんだろう。コルベルトが受けていた試練を突破した人間でもあるということだ。

「そして、デミトリスお爺様の直系の孫にして、正当後継者よ。よろしく」

全く「よろしく」とは思っていなさそうな顔で、ヒルトが言い放った。

深緑色の髪の毛をサイドポニーにまとめた、長身の美女である。デミトリスと同じ紫基調の服だが、こちらはぴっちりとした、体のラインがハッキリ分かる布が小さめの武道着だった。

上は、袖の短いチューブトップタイプ。ヘソが丸見えだ。下はスパッツとショートパンツの間くらいのズボンだ。足を保護する目的の防具が、ニーハイソックスにしか見えん。

どれも一見すると薄手の布防具だが、実際は魔獣素材の高級防具である。サイズが小さいのは、動きやすさを重視しているからだと思われた。

明らかに格闘者だからな。鑑定せずとも、ハッキリと分かる。重心とか、動きを見たというわけではない。

手に嵌めたナックルダスターが、ギラリと剣呑な光を放っているのだ。元々銀色なのだろうが、今は赤黒く変色している。長年使い続けた結果、血が落ちなくなってしまったのだろう。それだけ、このナックルダスターをメインで使用しているということである。

「……」

「……」

フランとヒルトが視線をぶつけ合う。どうやら和やかには終わりそうもない雰囲気だった。

「……」

「……」

フランと数秒の間睨み合っていたヒルトが、小さく呟く。

「……なるほどね」

「？」

何がなるほどなんだ？　ヒルトの言葉の意味が分からず、フランが首を傾げる。

「コルベルトが負けるのも納得ってことよ。この年齢でこの強さ……」

そういうことか。デミトリスの関係者であるヒルトとコルベルトは、以前から親交があったはずだ。

だとすれば、フランは友人が破門されるきっかけになった相手だった。

勿論完全に逆恨みだが、素直に割り切ることができるものでもないのだろう。

睨むような表情の意味も分かった。理性ではフランに非はないと分かっていても、目の前にすれば複雑な想いが湧くに違いない。

「コルベルトと友達？」

「友達というか……そこのコルベルトは、私の元婚約者なの。まあ、そいつが破門されたせいで、その話も流れたけど」

「お嬢さん、俺は婚約者候補の一人だったたっていうだけですよ」

婚約者の候補が複数人おり、その中で最も相応しいと思われる男が、正式にヒルトの婿になる予定であったそうだ。

婿は、デミトリス流正当後継者であるヒルトの補佐役として、相応しい男でなくてはならない。当然、破門されたコルベルトは候補から外されていた。

「それに、最後まで残ったチャーリーは俺よりも強くていい男だ。齢も近いし、お似合いですよ？」

「そう？　そうかもしれないわね」

あ、友達とかいう単純な話じゃなかったかもしれない。

コルベルトに軽い感じで返されたヒルトは、同じように軽い口調で肩をすくめる。だが、その表情は明らかに落ち込んでいた。

これって、もしかしてヒルトはコルベルトのことが……？　コルベルトは気付いていないのだろうか？

俺、コルベルトはイオさんといい感じなんだとばかり……。

「ヒルトは武闘大会に出る？　コルベルトの敵討ち」

「見世物になる気はないわ」

「……そう」

ヒルトは出場しないらしい。俺はホッとしたが、フランは残念そうだ。ヒルトは強そうだからな。

いや、それよりも今はデミトリスだ。

『フラン。来た目的を忘れるなよ』

「ん……」

俺の言葉で依頼のことを思い出したんだろう。フランがデミトリスに向き直った。

「この男から、主が儂に会いたがっていると聞いたが、なんの用だ？」

「ん。これ。ベリオス王国から」

「ほう？」

預かっていた、デミトリスに渡すための革袋を取り出し、テーブルの上に出す。これのせいでアル・アジフに狙われたりもしたが、ようやく依頼を果たせたな。

デミトリスがそれを受け取りながら、視線で先を促した。

「ゴルディシア大陸に派遣する冒険者の一人として雇いたいって言ってた。その中に手紙が入ってる」

「ふむ。なるほどな」

デミトリスが袋を開き、取り出した封筒をその場で開く。その中に入っていた手紙に視線を走らせながら、デミトリスは何度か頷いている。

さて、これで依頼は達成だ。後はベリオス王国とデミトリスの間の話だからな。

事前の予想とは違い、かなりあっさり依頼達成できてしまった。

だが、これで終わりではない。

「それで、どう？　ベリオス王国にやとわれてくれる？」

フランがデミトリスに質問した。実はベリオス王国から、デミトリスを説得したらボーナスを支払うと言われているのだ。

「さてな？　まあ、ウィーナレーンがおらぬのでは、退屈な依頼となりそうだしのう。断るのではないかの？」

「そこをなんとか」

「ふむ……」

フランの全然心が籠っていない言葉に、デミトリスが少し考え込む。

そして、孫であるヒルトをちらりと見た。

「……そうじゃな。では、こういうのはどうだ？　黒雷姫よ。主は武闘大会に出るのだな？」

「ん。もちのろん」

「ならば、もしお主が此度（こたび）の武闘大会でヒルトに勝利すれば、ベリオスに足を運んでやろう。どうじゃ？」

「それは望むところ！」

ニコリともせずに、面白い提案をしてくる強面爺（こわもて）さん。当然のことながらフランはやる気だ。ボーナスなんぞよりも、ヒルトと戦えることが嬉しいのだろう。

だが、ノリノリのフランたちとは対照的に、戸惑い気味なのがヒルトである。

「ちょ、お爺様？」

「そして、ヒルトよ。お主が黒雷姫に勝てば、儂は隠居し、流派の当主の座を譲ろう」

「……それは……！」

「ふん。儂とて妻がおり、子を生したのだ。木石でできておるわけではない。知らぬとでも思っておったのか？」

「……つまり、当主となれば自らの婿も、自らの意思で選んでよいと？」

戸惑っていたヒルトの目に、光が宿る。

「当主なのだ。流派のことは好きにすればいい。隠居爺のことなど気にせずな。道場を畳んでもよいぞ？　元々は、希望者に野っ原で教えておったのだからな」

「分かりました。それだけの褒美をぶら下げられて、見世物になるのが嫌だなどと言っておられませんね」

ヒルトが先ほどまでとは打って変わった、やる気に満ちた表情でフランを睨みつけた。フランも、負けずに睨み返す。

「聞いたわね？　勝たせてもらうわ」

「勝つのは私」

今度はただの睨み合いではない。

フランとヒルトが、闘気を叩きつけ合う。

階下が騒がしくなるのが聞こえた。急激に発せられた攻撃的な気配に、ギルドにいた冒険者たちが反応したのだろう。

「お爺様、途中で当たらなかった場合はどうなるのです？」

「その場合は、順位が高い方の勝ちとする」

「分かりました」

「ん」

どちらも、初戦で負けて順位が同じだったらなどという質問はしない。そもそもが優勝するつもりなのだ。自分が最初に負けてしまうなどとは、露ほども考えていないのだろう。

それにしても、毎回武闘大会は気が抜けない事態になるな。前回も獣王と賭けをしたが、今回はディアスとデミトリスが相手の賭けである。

「えーっと……？」

一人困り顔なコルベルトよ。すまん。

多分だが、お前の今後がフランの勝敗で決まりそうだ。

Side　黒骸兵たち

「アル・アジフよ。お主の分け身からの連絡が途絶えたぞ？　どうなっている？」

「やつはバルボラ周辺で、力を集めていたはずなんだがよぉ……。どうやら、倒されたらしい」

「なんだと？　アル・アジフの中でも、特に力を与えられていたはずだろう？」

「くひひひひ！　その通り！　うひゃひゃひゃ！」

「笑い事ではないわ！」

「いやいや、アレを倒すほどの獲物がいるってことじゃないかぁ！　きっと殺し甲斐のある、極上の相手なんだろうなぁぁ！」

「ふん。それで倒されていては、世話ないぞ？」

「大丈夫だよぉ！　どいつもこいつも、俺がぶち殺して糧にしてやるからよ！　ああ！　俺を倒したのはどんなやつなんだろうな？　楽しみだなぁ！」

「ちっ。落ち着け！　今は、この町での作戦をしっかりと詰めることが重要なのだぞ？」

「わかってるさ！　でも。少しくらいつまみ食いしてもいいだろ？」

「ダメに決まっている！　少しでも疑いがかかれば、周りは敵だらけなのだぞ？」

「えー？　ちょっとだけだって！　強そうな冒険者が集まってるし、何人か消えてもバレやしねぇよ！」

「ちっ。これだから欲望に忠実な輩は……。いいか？　我が黒骸兵団は、ここのところ評価を大きく下げてしまっている。アイスマン、チャードマンの消滅に加え、ネームレス様もハイエルフには及ばなかった。南征公は、我らの実力に疑いを持ち始めているとのことだ」

「あー、そりゃあ仕方ねぇよ。負ける時には負けるさ。世の中そんなもんだろ？」

「それで済むか！　ともかく、我らへの不当な評価を払拭するためにも、今回の作戦は絶対に失敗できん。そのために、西征公に頭を下げて協力を要請しているのだからな！」

「ひひひひ！　これで失敗したら、俺たちどうなっちまうんだろうなぁ！」

「だから失敗できんと言っているのだ！　この黒骸兵団第一〇席、アシッドマンが、かならず作戦を遂行してみせる！」

「もう一〇席じゃねーだろ？」

「ああそうだったな。アイスマンとチャードマンが消えて、繰り上がったのだったな。馬鹿な奴らではあったが、戦闘力は一級品だったのだ。それがあっさりと消えるとは……」

「外の世界は、怖い怖い相手がいっぱいいってことだよなぁ！」

「うるさい！　貴様は、我の指示に従っておればいいのだ！」

「へいへい。分かってるさ」

「武闘大会の混乱を利用し——デミトリスをとる！」

エピローグ

　武闘大会がついに始まった。ただ、今回のフランはシード枠になっているので、予選には参加しない。まあ、フランは参加したいと言ったのだが、さすがにディアスたちに止められてしまった。他の予選参加者のためにも我慢してくれと頼まれて、今回は諦めたのである。

『フラン、あっちだ』

「？　席は向こう」

『いや、さすがにフランが普通の席に行ったら、騒ぎになるかもしれん。関係者用の特別席ならそこまで注目されないはずだから、そっちで見よう』

「わかった」

　今日は、予選を観戦しにきた。強い相手が出場するかどうかは分からないが、他にやることもないのである。

　両手に屋台の料理を抱えながら、テクテクと特別席に向かう。その途中、俺たちは見知った顔を発見していた。前を歩く少女たちに、フランから声をかける。

「ケイトリー」

「お姉様！」

　それは、フランを慕う冒険者志望少女、ケイトリーであった。護衛と思われる男性を引き連れ、フランと同じ方向に歩いている。

「お姉様も武闘大会を観戦にこられたのですか？」

「ん。そっちも？」

「はい」

嬉しそうにしているケイトリーだったが、その横には不安そうにこっちを見上げる幼い少女がいた。ケイトリーの手をギュッと握り、もう片方の手で自分のスカートを握りしめている。

「誰？」

「彼女はニルフェ。デミトリス様のお孫さんです」

「ニ、ニルフェ……です」

蚊の鳴くような声で、ニルフェが自分の名前を呟く。

デミトリスの孫ってことは、ヒルトの妹？　確かに緑の髪の色はそっくりだ。だが、覇気というものが全く感じられない。見るからに引っ込み思案で、弱々しい少女である。髪の色以外にヒルトとの共通点はなかった。

「そして、そちらがマイケルさん。ニルフェの護衛です」

「どうも」

ケイトリーとニルフェの後ろに立っていた、禿頭の細マッチョが軽く頭を下げてくる。顔立ちはそこそこ整っているな。デミトリスの門下生であるようだ。

「お爺様から、彼女を案内するように言われたんです。冒険者になるつもりなら、護衛や案内役もできなくてはいけないと」

オーレルは、ケイトリーが冒険者になることを完全に認めたらしいな。少女の案内役をケイトリーに任せたらしい。まあ、同年代の方が打ち解けるだろうしね。だが、フランはケイトリーの言葉が引っかかったようだ。

「なるほど。だったら、今の紹介はダメ」

「え？」

「正式な依頼じゃなくても、冒険者として引き受けたなら、依頼相手とか護衛相手の情報を勝手にしゃべったらダメ。知り合いでも」

どうやらフランの指導は、依頼達成では終わっていないらしい。初めてできた明確な後輩だし、面倒を見てやろうという気になっているんだろう。

フランに迂闊さを指摘されたケイトリーが、すぐに自分の失敗を悟ったらしい。

「……確かに……。ごめんなさいニルフェ」

まるで依頼を失敗した新米冒険者のような表情で、ニルフェに深々と頭を下げた。

そこまで気に病むほどではないと思うんだが、真面目なケイトリーは重く受け取ってしまったようだった。後は、フランへの尊敬ゆえだろう。

「ニルフェは有名人の孫。だったら、なおさら」

「そうですね……」

「う、ううん。いいの……」

謝るケイトリーに対し、ニルフェがフルフルと首を振る。幼い感じだが、ちゃんと話は理解できているらしい。

「ケイトリーたちは、予選を見るためにきた？」

「は、はい……」

フランの言葉に、ケイトリーではなくニルフェが頷いた。どうやらケイトリーがフランを慕っていることが伝わったらしく、興味を持ったようだ。

「じゃあ、一緒にいく」

「はい！」

「はい……」

歩きながら、ケイトリーがフランのことをニルフェに教えている。

例の、活躍メガ盛り強さマシマシエピソードだ。前回少し訂正したせいで多少マシになっているが、それでも十分盛られている。

フランはその辺が無頓着なので、ほとんど口を挟まないんだよね。

ケイトリーの熱いフラン語りを聞くにつれ、ニルフェの表情も変わってきた。明らかにフランに対して尊敬の念を抱いている。どう考えても嘘っぽく聞こえると思うんだが……。

「す、凄い、です」

ケイトリーを信頼しているニルフェは、その言葉が嘘や誇張であるとは思わないらしい。まあ、幼いしね。

その小さい体を震わせながら、ケイトリーの話を興奮気味に聞いている。

「かっこいい、です」

「そうでしょう？　フランお姉様は凄いのです」

「はい」

そのキラッキラの眼差しは、フランを見るケイトリーと全く同じだ。新たなフランリスペクトチルドレンの誕生である。

特別席に到着してからも、ケイトリーのフラン賛美は止まらない。多分ニルフェの中では、フランがデミトリス並みの大英雄に思えているんじゃなかろうか？

別にその話を止めるつもりではなかっただろうが、フランがケイトリーに近況を尋ねる。

「最近は何してる？」

「冒険者になるべく、鍛錬の毎日です。あとは、都市内で雑用をしてますね」

現在のウルムットでは、冒険者として本登録していなくとも、見習いとして受けられる仕事があるらしい。本当の初心者向けってことだろう。武闘大会のせいで雑用はいくらでもあるので、この時期は色々な仕事が貼り出されているそうだ。

この見習い向けの雑用は、ただお金が稼げるだけではなく様々な噂なども聞けるので、ケイトリー的には非常に楽しいようだった。

特にこの時期は、国中の噂が飛び交うんだとか。

「なんでも、ウルムット周辺ではアンデッドの出現率が増えているそうですよ」

「なんで？」

「理由は不明だそうです。ただ、この時期は旅人が多いので、ウルムット周辺で亡くなる人も多いのです。商人さんの話では、そんな不幸な旅人さんたちの亡骸（なきがら）が、アンデッドになってしまうのではないかということでした」

「なるほど」

「あとは、そういった旅人の護衛として傭兵もたくさん入ってきているので、喧嘩も増えるんですよね」

「冒険者と傭兵?」

「傭兵同士も多いらしいです。あと、スリや詐欺師も増えますから、お爺様がずっと忙しそうにしてるんです」

お祭り騒ぎは、ろくでもない存在も引き付けるってことなのだろう。

「あ! そろそろ始まりますよ!」

「む」

ケイトリーが言うように、会場に大勢の参加者が入ってくるのが見えた。

武闘大会の予選一回戦は、今年もバトルロイヤルだ。

五人か六人程度を一組として対戦し、生き残った一名が次へ進む。去年と全く同じだった。

雑魚同士の泥仕合はつまらないが、中には実力者が交ざっている組もある。他には、知り合いが出場している試合などは、それなりに見応えがあった。

それこそ、バルボラでは売り子として活躍してくれた緋の乙女の三人娘たちなども、それぞれが頑張っていたのだ。

去年からかなり実力を伸ばしていたな。今年一年、かなり真面目に修行したのだろう。スキルレベルなども上昇しているようだ。

だが、それでも予選を突破することはできなかった。

彼女たちは個の戦闘力よりは、連携を重視するタイプ。しかも、ダンジョンや野外での戦いを得意とするパーティだ。

それ以前に、盗賊であるマイア、魔術師であるリディアは武闘大会向きではない。結局、一番の実力者として周囲から一斉に狙われ、惜しくも敗退してしまっていた。

また、リーダーで剣士のジュディスに関しては、相手が悪かった。

デミトリスの弟子の一人だったのだ。まだ修行中の門下生とは言え、実力的にはランクC相当だろう。ヒルトに目を掛けられている一人であるらしい。

コルベルトからデミトリス流の話を聞いたが、門下生を指導するのはほぼヒルトの役割であるようだ。元々、デミトリスは自分の修行が第一で、自らが生み出したデミトリス流を残すことにはそこまでこだわっていない。

それでも弟子がいて、道場が各地にあるのは、デミトリスに弟子入りを希望する者が後を絶たないからだ。

最初は、デミトリスに憧れた冒険者たちが冒険の合間や屋外で、格闘の基礎を習っていただけであるらしい。

そうこうするうちにデミトリス自身も弟子を育てることに多少興味を持ち、流派の門下生が増え、いつしか総門下生が一〇〇人を超える大道場となった。

いや、入門したての練習生まで合わせた数にしては、あまり多くはないか？　そう思ったら、修行が異常なほどに厳し過ぎるらしい。そのせいで、入ってきた人間の大半が辞めていってしまうそうだ。

まあ、ランクS冒険者の看板があれば、門下生は一〇〇〇人どころか一万人を超えていたっておかしくはないだろうからな。

そして挫折せずに修行を進めていき、高弟となることができれば、晴れてデミトリス直々に稽古を付けてもらえるのである。ただ、凄まじいまでのスパルタにより、そこでまた多くの弟子が心を折られるのだという。

そんな中で残ったのがコルベルトであり、ヒルトなのだ。

しかもコルベルトほどの実力者でも、師範ではなく高弟という扱いである。

試練を突破したヒルトたち師範の実力は折り紙付きであろう。

実際、師範への昇格試練が現在のような内容になって以来、師範は三人しか生まれていないそうだ。

まあ、能力を封印してランクA冒険者になるっていう内容だからな。そうそう突破できるものはないに違いない。

「お姉様、今負けた方はお知り合いなのですか？」

「ん。バルボラの冒険者」

フランもジュディスを応援していたらしい。負けて思わず「あー」と声が出ていた。それをケイトリーは聞き逃さなかったらしい。

「そうなのですか。残念でしたね」

「……ごめんなさい」

「なんでニルフェが謝る？」

「私のお爺ちゃんのお弟子さんだから……」

ニルフェが泣きそうな顔で頭を下げるが、フランがそれを止めさせる。

「ニルフェは関係ない。本人たちだけの問題」

「そう、ですか？」

「ん」

「……ありがとうございます」

「？」

ニルフェがホッとした様子で微笑む。フランはよく分かっていないが、今までいろいろと苦労したようだった。

有名人の血筋というだけで注目されるだろうし、理不尽な文句を言われることだってあるはずだ。

特にデミトリスのような傍若無人（ぼうじゃくぶじん）さを隠さないタイプは、方々で恨みを買っていてもおかしくはない。その恨みを、孫というだけでぶつけられることもあるだろう。今のような状況ですぐに謝罪の言葉が出るということを見ても、辛い思いをしたのは一回や二回ではないはずだ。

「お嬢様、こちらを」

「ありがとうマイケル」

マイケルが、涙を浮かべるニルフェに対してそっとハンカチを差し出す。できる男だマイケル。ただ強いだけじゃないな！

ただ、フランはマイケルを警戒している。どうも、時おりこっちをジッと見ているのだ。多分、ヒルトと同じでコルベルトの件を根に持っているんだろう。

強い敵意は感じないが、こっちを油断ならない目で観察していた。弱点や隙を探る眼である。これを前に、気を抜けとは言えなかった。

「あ！　お姉様！　あの方は、去年本戦に出場していた方ですよね！」

「ん。シャルロッテ」

シャルロッテは今年も出場しているようだ。冒険者ランクはジュディスたちと変わらないが、彼女の戦闘スタイルはリディアやマイアと比べれば武闘大会向きである。今年もいいところまで行くのではなかろうか？

今も闘技場の上では、彼女の舞うような動きを誰も捉えられず、次々と倒されていく。しかも鑑定してみたところ、去年よりも大分強くなっていた。

レベルが上がっていることもそうだが、職業も変わっている。去年までは戦舞士だったはずが、今は戦舞闘士だ。固有スキルには昏倒の舞が加わり、さらに柔法というスキルまで習得していた。

去年、エルザに対して攻撃力不足で負けたからな。今年はその対策もしてきたってことらしい。

とりあえず、緋の乙女を慰めにいくのがいいかね？　今年は自信があったらしく、負けてからちょっと泣いていたのだ。

あとはシャルロッテに挨拶もしたい。

さて、今年はどんな出場者に出会うだろうかね？

あとがき

いつもお買い上げありがとうございます。

いつもじゃない？　初めて？　だとしたら、買う巻をお間違いだと思いますので、一巻からお買い求めください。もう間違って買っちゃったという方は仕方がありません。この際、全巻揃えちゃいましょう！

どうも、毎度のようにページ調整に失敗して、あとがきを書くことになってしまったへっぽこ作者です。

完全に「ぐぬぬ」しながらこのあとがきを書いてます。

え？　ネタならあるじゃないかって？

アニメの第二期の話？

制作は決定したんですが、まだ詳しいことをお伝え出来ないのです。なので、この話題はまた今度ということで……。

つまり、ネタなしなのです！

はい、ネタがないというネタで半ページ引っ張れましたね。

やってやりましたよ。

アニメの第二期に関しましては、お待ちいただいている方もきっといると思います。いますよね？　いずれ、何か発表できる情報がありましたら各所でお伝えさせていただきますので、今しばらくお待ちください。

ここからはお礼の言葉を。

編集者のSさん、Iさん。私のような我儘な人間の担当になってしまい大変でしょうが、今後ともよろしくお願いいたします。

るろお様。毎回毎回言っておりますが、イラストが素敵すぎます。最高です。

丸山朝ヲ先生。素晴らしいコミカライズをいつもありがとうございます。カレーがおいしそう過ぎて困ります。

友人知人家族たち。そして、この作品の出版に関わって下さった全ての方々と、応援してくださっている読者の皆様方。執筆を続けられているのは、皆様の応援のお陰です。本当にありがとうございます。

特別寄稿

フラン闘争を求める

原案／棚架ユウ
漫画／丸山朝ヲ

もぐ…
もぐぐ…
ヒク…
大丈夫か めっちゃ泣いてるよな?
美味しすぎて 涙出ただけ
ヒクッ…

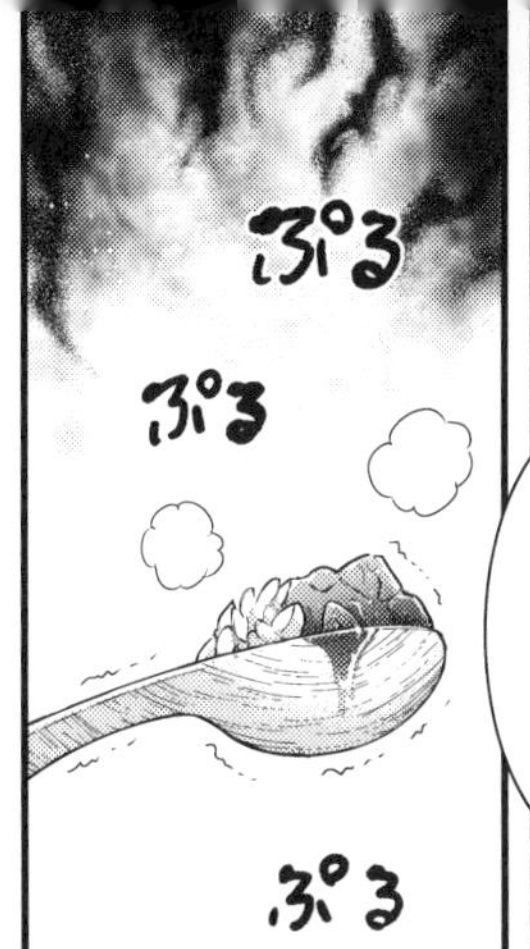
ぷる
ぷる
ぷる

お、おい! そんな震えてまで 食うものじゃないから!
そろそろ やめとけって!
プル
プル
もぐ…
もぐ…

バターーン
フラーーーン!

へいき、これは 武者ぶるい…
師匠の カレーを残す 訳にはいかぬぃ…
ん!?
ガク
ガク

ほらぁ早く ミルクのめぇえ!
フランの前では ゲキカラ封印だ…
END

第14巻 発売中!!

作画 丸山朝ヲ
原作 棚架ユウ
キャラクター原案 るろお

巻末には棚架ユウ先生書き下ろし小説
「フランとマメーモ」を収録!!

マンガ『転生したら剣でした』は
WEBマンガサイト comic ブースト powered by デンシバーズ にて大好評連載中!!!!!

シリーズ累計320万部!!（紙+電子）

1～13巻も絶賛発売中!

発行：幻冬舎コミックス　発売：幻冬舎

猫耳少女×親バ
マンガ
転生したら

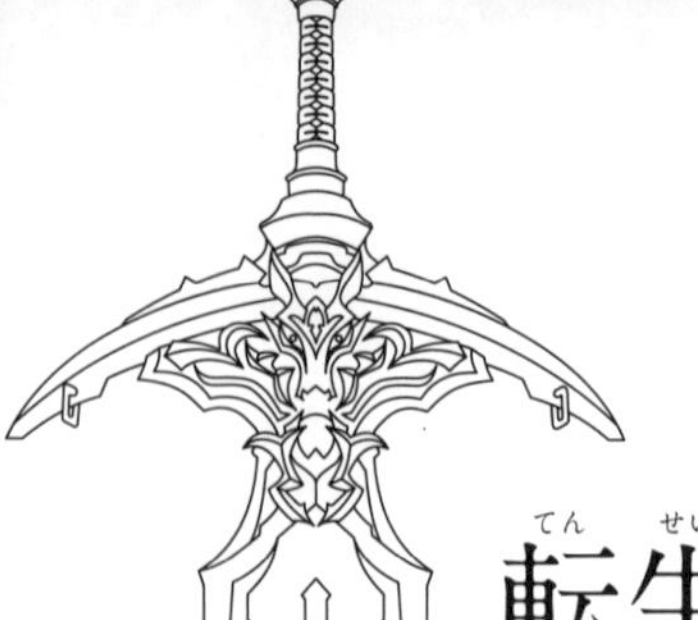

GC NOVELS

転生(てんせい)したら剣(けん)でした 16

2023年10月7日　初版発行

著者　棚架(たなか)ユウ

イラスト　るろお

発行人　子安喜美子

編集　伊藤正和／坂井譲

装丁　横尾清隆

印刷所　株式会社平河工業社

発行　株式会社マイクロマガジン社
〒104-0041 東京都中央区新富1-3-7 ヨドコウビル
［販売部］TEL 03-3206-1641／FAX 03-3551-1208
［編集部］TEL 03-3551-9563／FAX 03-3551-9565
https://micromagazine.co.jp/

ISBN978-4-86716-476-1 C0093

本書は小説投稿サイト「小説家になろう」(https://syosetu.com/)に掲載されていたものを、
加筆の上書籍化したものです。

ファンレター、作品のご感想をお待ちしています！

宛先　〒104-0041　東京都中央区新富1-3-7　ヨドコウビル
株式会社マイクロマガジン社　GCノベルズ編集部「棚架ユウ先生」係「るろお先生」係

右の二次元コードまたはURL(https://micromagazine.co.jp/me/)をご利用の上、本書に関するアンケートにご協力ください。

■ご協力いただいた方全員に、書き下ろし特典をプレゼント!
■スマートフォンにも対応しています(一部対応していない機種もあります)。
■サイトへのアクセス、登録・メール送信の際にかかる通信費はご負担ください。

双刃、奔る。
はし
未知の大地に剣戟が鳴り響く
最高の本格
ファンタジー!!
既刊①～②
好評発売中!

魔女と傭兵

WITCH AND MERCENARY

この二人の
日常に
安穏という
文字はない

超法規的かえる
CHOHOKITEKI KAERU
illust.叶世べんち

GCN文庫

GC NOVELS 話題のウェブ小説、続々刊行！